东野三世

尹洪东 —— 著

天津出版传媒集团

百花文艺出版社

图书在版编目（CIP）数据

东野三世 / 尹洪东著. -- 天津：百花文艺出版社,
2025. 1. -- ISBN 978-7-5306-8944-8

Ⅰ. I247.5

中国国家版本馆 CIP 数据核字第 202448TM65 号

东野三世
DONGYE SAN SHI

尹洪东　著

出　版　人：薛印胜

责任编辑：成　全　　美术编辑：郭亚红

出版发行：百花文艺出版社

地址：天津市和平区西康路 35 号　　邮编：300051

电话传真：+86-22-23332651（发行部）

　　　　　+86-22-23332656（总编室）

　　　　　+86-22-23332478（邮购部）

网址：http://www.baihuawenyi.com

印刷：山东临沂新华印刷物流集团有限责任公司

开本：900 毫米×1300 毫米　　1/32

字数：250 千字

印张：9.5

版次：2025 年 1 月第 1 版

印次：2025 年 1 月第 1 次印刷

定价：58.00元

如有印装质量问题，请与山东临沂新华印刷物流集团有限
责任公司联系调换
地址：山东省临沂市高新技术产业开发区新华路 1 号
电话：(0539)2925886
邮编：276017

卷
一

东野一世　去意迟迟

第一章

　　身体的突发事件有时真的说来就来,猝不及防。这不,毫无征兆,齐东野竟得了突发性耳聋。

　　先是左耳一阵阵秋蝉嘶鸣,节奏三长一短,涩涩不畅,有几分沙哑,接着是右耳,仿佛一根正在浇灌的细塑料水管,乍然被几枚钢钉刺破,发出不可抑制的哧哧的喷溅声。两种声音先后发作有五六分钟,便戛然而止。齐东野正惶惑不已,两耳又嗡的一声,随之是整个颅腔轰然共鸣。听觉就像一只正在高速旋转的陀螺,莫名其妙地骤然停了下来。

　　齐东野的第一反应,是用两只手使劲揉搓耳郭,上上下下地揉,耳郭一会儿便搓红了。然而,还是没有任何感觉。他听不到来自这个世界的一切声音了。

　　眼、耳、鼻、舌、身、意,佛教谓之六根。位居其二的耳根,一旦断除,会带来多大的恐怖,这是齐东野原先无从想象过的。秘书小孙将泡好安吉白茶的茶杯,轻轻地放在他的办公桌的右上角。明前茶叶子款款下降,一片片舒展开,只有两三个茶芽的旗枪,宛然芭蕾舞者演出最后的定型。秘书脚步轻轻地离开,在往常,这种细微的声音,他分明是能听得到的,甚至连对面政府办公室工作人员在楼道里行走的脚步声,他也几乎能够一一分辨得出。这些年,随着县城的扩张,各种名贵树种纷纷进城,泡桐树因其老土、树冠容易出现疯枝,已经被全部淘汰,但齐东野力主保留了县政府楼前的这一棵。而今,刚过五一,窗外的老泡桐树已经开满了紫色的喇叭花,一股股甜沁沁的味道,从那些含有蕊丝的喇叭里绵绵吹出。树上照例有几只鸟儿在鸣叫,齐东野也是听惯了这悦耳的鸟鸣声,但今天齐东野只能眼见鸟儿在枝叶间上下跳跃,却听不到一丁点儿鸟鸣声。

齐东野是北溟县的一县之长。早晨八点,是他忙碌的一天之始。一天的会议和所有的活动,昨天已由办公室排定,而一经排定,他是连半个小时的自主时间也没有的。隔壁接待室里,早就有一拨又一拨的人等候接见,等候汇报,等候请示。

说实在的,面对突如其来的耳聋,齐东野还是保持了政治家的镇定。要是没有这一点素养,他也不可能干到今天的位置。北溟是一个百万人口的大县,这个县长不是什么人想当就能当上的。他在这个位置已经干了接近五年,他才三十九岁,不仅是北溟最年轻的县长,也是东夏省最年轻的县长。

揉耳十分钟不见丝毫效果之后,齐东野意识到突发性耳聋的严重性,果断地与县人民医院院长老裴联系,说自己耳朵不舒服,要到耳鼻喉科看看医生,一会儿就过去。然后他步骤井然地安排好一天的工作:经济形势分析会,本由他主持、主讲,改由常务副县长代替;产业园区项目的剪彩仪式,改由分管工业的副县长代替参加。副县长说他去分量不够,因为投资方是个大老板,执意要求县长出席,而且市里分管相关工作的副市长、省里工信厅的副厅长也来,但齐东野不听,说就这么定了。财政局局长第一个等着汇报几项重要资金项目的安排,齐东野心中筹谋已久,三两句便把他打发了。还有县农

东野三世

业局、教育局、建设局等七个局的局长等着汇报。齐东野对办公室主任说，今天没时间了，待定，有特别急的事，先打书面报告，他晚上再批示。办公室主任问他今天的工作安排，他说他要到扶贫点去调研。办公室主任还要请示中午的三场接待，他说中午的接待活动他一个也不参加了，项目剪彩后的接待活动由常务副县长和分管副县长出席，省农业专家组的专家由分管副县长接待，市里农村学校危房改造检查组由分管副县长接待并全程陪同。

齐东野交代秘书说，打电话请示工作或找他有别的事的，让他们先发短信，再由秘书转给他。他生气地说："什么鸡毛蒜皮的事都找我这个县长，什么阿猫阿狗都要见县长，我这个县长难道是给他们传话跑腿儿的？还要不要县长考虑大事？你把好这第一关，能推的都给我推了。"秘书连连称是。

这些安排看上去似乎都是瞬间的率性而为。其实，但凡齐东野的心理素质稍微差些，也许就会立马引起北溟县政坛的震荡，这么说丝毫也不夸张。如果齐东野不是主动化解眼前的危机，仍如平常一样被动地等待着全天一系列活动和人员汇报，又会怎么样呢？他听不到了，一点儿也听不到了，怎样才能做出恰当的回应呢？光用点头或摇头，用"行"或"不行"，用"好好好"或"是是是"是应付不了的。作为一县之长，他要拍板和指示，多数需要明确的意见，少数不明确的，也要给出简要的理由阐释或交给相关部门去处理。而且来汇报、反映情况的人，大都讲的是新情况、新问题，而他从未经受过通过口形去猜测话语的训练，又该如何判断、回应？

待把这一切交代完毕，齐东野给小舅子梁兵打了个电话。梁兵是齐东野妻子梁燕妮唯一的弟弟，大学没读完就在社会上混了，什么都干：装修包工头，收狗卖狗，倒腾古董字画，收集民间秘方，搞艺术培训，等等。他就是小混混一个，已离婚三次了。他头脑活络，东奔西窜，油头滑脑，三教九流无所不交，有时被人骗，有时也骗人，但做不出太出格的事。每逢过年过节聚在一起,岳父拿女婿教训儿子是常规节目。三两酒下肚,石匠出身的岳父便数落起来:"你看看你,整天没个正形,没个正谱,就知道瞎混!你姐夫才大你两岁,早就是县太爷了!"这时梁兵从来也不恼,嬉皮笑脸地说:"爹,你又来,我哪能跟姐夫比?人家是条龙,我就是只虫。"齐东野一听岳父说到这里,马上劝阻道:"爹快别这么说,梁兵是孝顺孩子,已经很难得了。"可在内心里,这个小舅子确实不入他的法眼。这时齐东野却猛然想到了小舅子,并且即刻打了电话。小舅子一听,油腔滑调地说:"咦,姐夫?给我打电话?这是太阳从西边出来了吗?"齐东野听不到他在说什么,但猜也猜得到:"别废话,安排你个任务,有没有认识的民间中医?"小舅子还在耍贫嘴:"有啊,治不孕不育的,治性病的,都有啊!""能治突发性耳聋的,要靠谱。有这方面的人尽快发短信给我。"打完这个电话,齐东野抬腕一看表,正好八点半。他与秘书下楼,迎着一片"齐县长早"的招呼声出了楼,上了车。

县人民医院院长老裴早已在医院大门口恭候。到了耳鼻喉科单人诊室,齐东野对老裴说:"也不知怎么搞的,今早突然觉得耳朵不对劲,一阵一阵地响,像知了叫的声音,又像溅水的声音,一阵听得清一阵听不清的,莫非耳朵聋了不成?"老裴说:"那不会那不会,您这么年富力强,想来是这一段时间过度劳累,或者是上火了。这是院里最专业的魏医生,唯一的硕士,曾在北大医院进修三年。"齐东野向魏医生和颜悦色地笑了笑,微微点了一下头。魏医生便用耳镜等一系列仪器给齐东野检查起来。

齐东野显然有意地粉饰了病情,比如"一阵听得清一阵听不清"的主诉,便掩盖了突发性耳聋这一事实。他不愿承认这一事实,他无条件地拒绝这一事实,他必须尽快地改变这一事实。

魏医生虽然有些许困惑,但基本也得出了突发性耳聋的诊断——绝非仅仅是耳鸣。他与院长老裴商议的结果是:耳病要高度重视,需住院治疗两周。老裴是连任了十五年的院长,北溟人有句话:"县人民医院是块硬碴子地,谁能踩得住?"在院长这个位置上能干满五年,就是人精。可见老裴是人精中的人精。一脸憨厚的老裴最后把这一诊断意见手写在一张处方笺上,亲手交给齐东野。开出的药,有改善内耳血液循环的,还有中成药知柏地黄丸。然后,老裴立即安排给齐东野做耳部按摩、烤电等理疗。

齐东野对老裴说,理疗可以,但时间只有一个小时。老裴无奈地叹息说:"县长这活儿,真不是人干的,病也没有工夫治。"他又小声对秘书说,"小孙啊,告诉齐县长的夫人,这病虽不大,可是不敢大意啊!"

第二章

耳鼻喉科的女医生给齐东野理疗了一个小时,起到的唯一作用是耳朵又找到了存在感,从耳朵到两颊热乎乎痒酥酥的,感觉颇为舒服。一开始突发性耳聋的时候,齐东野的两只耳朵没了任何感觉,就像失去了耳朵一般。

北溟县只有县委书记李春秋和县长齐东野有固定的扶贫点。齐东野的扶贫点叫"回头村",因邻村叫"牛角村"而得名。牛角村地处北溟西南山区连绵山脉的尽头,故称牛角,到牛角村为钻牛角,有想不开、绝望的意思。而牛角村的这个邻村,之所以叫作回头村,意思就是若不想钻牛角尖,就必须在此回头。回头村离县城七十多里的路程,近半年才修通柏油路。

在去回头村的路上,齐东野把手机调到了振动模式,这样一有短信他就会知道,有电话却不接,可以免除耳聋带来的尴尬。对齐东野来说,今天这个早晨太不寻常,一上班就出现突发性耳聋,给他带来的冲击非同小可。在仕途上,他这个年龄具有绝对优势,他从未想过他的身体会以这样一种方式报警。近几天齐东野确实搞得有点累,连着开了十几次会议,还谈了八九个项目,现场督察了五六个民生工程项目工地,发过几次火,骂过几次人,但这些对于齐东野来说都是常态。要说有什么异样的地方,那就是有一家民营化工企业污水地下偷排,被一家三流媒体曝了光,他为此大为恼火,当着各位局长和乡长、镇长的面骂了环保局局长萧建华几句。他说:"这种事没有早发现、早处理,你简直就是个浑蛋,如不好好整改过关,我就撤了你的职!"老萧干过两个乡镇的党委书记,还有两三年就到退居二线的年龄了,脸上有些挂不住。一般是挂不住也得挂,只能打掉牙齿咽肚里算了,可他却很反常,竟梗着脖子当场顶撞了齐东野:"我这个环保局长还真不是你这个县长想免就能免的,不信你免免看!"说这话时,他对齐东野怒目而视,两条颈动脉像蛇一样跃起。齐东野隐约记得,他当时就有一股无名火腾地升起,耳朵里铮地响了一下,有一刹那的失聪,但旋即也就正常了。他无比愤怒,这大概是北溟县自新中国成立以来,不,是从秦时设县以来第一个下级小吏对一县之长的公开顶撞事件。这是对齐东野的公开叫板和挑战,意思就像秃子头上的虱子一样明显:你个县长,能把我这个局长想免就免?其实,他知道,按照有关干部任免程序,对一个正科级干部还真不是想免就免那么简单。任县长近五年来,齐东野与县委书记的关系还是处得不错的,起码是明面上如此。县委书记是一把手,他是二把手,虽同是正县级干部,但他必须把自己的位置摆正。因此,他从不与一把手争权,尤其是人事权。他一门心思干事,积累自己的政绩资本。他有的是时间,他还不到四十岁,而李春秋已经五十五岁了,仕途的终点近在咫尺,最多也就是到市里干个人大、政协的副职,一般情况是到一所职业院校干个书记,享受一下副厅级的待遇,如此而已。面对这样一个"而已",他其实是没有多少压力的,他没有理由不心态放松。因此,虽然老萧的公然顶撞让他下不来台,让他大跌脸面,但他还是忍了。他不怒反笑,指着老萧,本来是食指单出,这时竟然变戏法似的成了竖立的拇指。齐东野用拇指点赞，皮笑肉不笑地说："好，老萧，好，好！"转身就离开了会场。齐东野自己都不知道，他这个由怒转笑的变化有多意外，意外到让现场大多数干部感到震惊。他们本来想看到县长继续发火，老萧继续顶撞，两者对峙相持，最后尴尬到一发而不可收拾。没想到年轻的齐县长道行这么深，深得这么可怕。连老萧看到齐东野阴沉着脸离去的背影后，回想起这皮笑肉不笑的转变都心头一凛，后背升起丝丝寒意。

下属这么一次顶撞，就能让自己突发性耳聋吗？齐东野想，不会，如果是这个原因，那自己修养也忒差了。一念及此，手机振动了一下，是小舅子梁兵的短信："打听到了，有个民间中医叫金针老太，大名麻玄姑，快八十岁了，能治突发性耳聋。"

齐东野："她家住哪里？"

"卧龙镇牛角村。"

"回头村前面那个牛角村？"

"是。"

"金针老太在不在家？"

"在，今日整天都在。"

齐东野长长地舒了一口气，身心放松了许多。他默默感叹，孟尝君门客中不乏鸡鸣狗盗之徒，为后世所诟病，讥其人才层次不高。其实，各种人才都是有用的，鸡鸣狗盗之徒关键时候也是能帮大忙的。何况古人说过"仗义每多屠狗辈"呢。

齐东野放心地在车上睡着了。本来他就有个习惯：一上车就睡，这回又添了一道保险，他可以先好好地养养精神了。县医院的诊断说半个月到一个月耳聋才能治愈，而且有终生耳聋的风险，这带给他的心理压力太大了。

上午近十点从县城出发，七十多里路走了一个半小时。车子在回头村村口停住。迷糊中的齐东野马上就醒了。这也是一种敏锐的直觉。他曾经当秘书多年,跟领导出差,一开始,领导睡觉他是不敢睡的,怕耽误大事。后来看领导睡得那么踏实,他也稍后便睡,但睡得警醒,日久就变成条件反射了,那就是:车子一停,他能立马醒来,并保证头脑清醒。

齐东野告诉司机,先不去回头村,到前头的牛角村。齐东野问秘书小孙带现金了没有。小孙是副科级秘书,已跟齐东野两年多,出门必带一定量的现金,以备不时之需,这是规矩。齐东野接过现金,点出两千元,余下的还给小孙。到这时为止,小孙对齐东野为何改变行程去牛角村、去干什么一无所知。但他能马上感觉出领导是要去办私事。于是他打电话通知回头村村支书赵传统:"赵书记,我是小孙,齐县长临时有事,下午再到你们那里。具体时间?等快到时我再告诉你啊。"

北边是起伏的山岭,南边是绵亘的叠嶂,中间是蜿蜒的河谷。轿车由东向西,行进在靠北侧的盘山公路上,海拔在不知不觉中升高,有恍若坐船的浮动之感。虽然时近中午,但迎着初夏的岚气与山峦轮廓裁出的一长条的青天,扑面而来的还是城里难得一见的清新与湿润。这是齐东野第一次来牛角村。他曾经发誓要把全县八百多个村庄一一走遍,而牛角村就是回头村的邻村,相隔不过五六里山路,他却一次也没有来过。可见誓言易发,说到做到实难。他这次下乡,没让办公室或秘书告诉镇上。以往少数时候他会故意如此,今天尤其故意如此。秘书打开随身携带的一个号码最全的电话本,要联系牛角村的支书,齐东野制止了,他说:"我们没有公事,悄悄地去,就不要惊动村干部了。"这是进村唯一的路,过了牛角村的村碑二三百米,齐东野示意把车停在两棵老银杏树前。有两个老汉在树下下象棋,正杀得难解难分,一看便知已是和棋的残局,可一方不愿和,便仍然来来回回地重复那一套路数。齐东野给两个人递上烟,啪地用打火机给点上:"大爷,请问金针老太家怎么走?"其中一人耳背,另

11

一人听清了，站起来往北一指："顺着往前走，往左一拐，第三个门就是，门前种着两棵一丈红。"

金针老太的家是个与别家不相邻的独院，门口不仅有两棵一丈红，还养着两只大鹅、三只山羊。白鹅高大机警，一见生人，便快速转着圈儿，引颈发出嘎嘎的叫声。山羊都是母羊，拖着沉重的奶袋，估计产奶量大。不知她一家几口，能不能消化这丰富的羊奶。一只通体没一根杂毛的白狗，见人不吠，友好地摇着尾巴迎他们进门。司机留在车上，没有跟来。秘书小孙与齐东野进了院子，见过金针老太，小孙便退到门外等候。院落不大，收拾得整洁。院里东首一棵老杏树，青青的杏子结得多，杏叶已经遮蔽不了。正屋窗前一棵石榴树，磬口似的花儿红得如火。金针老太快八十岁了，耳聪目明，身材瘦小，但瘦而不枯，脸面、手臂皮肤润泽，额上的皱纹整齐排列，耳垂上挂着两个大银坠子。

齐东野自报家门，说是小梁介绍，久闻大名，然后恭维老太太年高体健，是活神仙。老太太牙齿完好，一脸笑眯眯的样子。她说，老了老了，看不动了，上午刚走了三位。齐东野正欲陈述病情，她摆摆手不让他说：来她这里瞧病治病，都不要说，先号脉。待她号完脉说对了病症，才治，说不准的不治。她给齐东野号脉，一边号脉，一边吧嗒吧嗒抽烟。

老太太号了足足二十分钟的腕脉，又摸了摸齐东野脖颈两侧的动脉，还让他脱掉鞋袜，捏了捏两个脚面。

老太太闭着眼，看也不看齐东野，一边吞云吐雾一边说，一边在一张小于十六开的老桑皮纸上唰唰地写。写的全是繁体字，潦草而可辨：近两天大动了肝火，吃多了凉物，受了点儿惊吓，今天早晨直到现在大便未解。一早起来右臂就抬不起来，接着就是你现在的病了——突发性耳聋，什么也听不见了。

齐东野真正惊到了，他素不知道他治下的北溟竟有如此奇人，

12

他从今早直到现在,处于极度惶恐之中,想不到竟会有如此善缘得遇此人。他肃然起敬,进而生出感激之情,竟不自主地有一种下跪的冲动。他克制着这种冲动,接过老太太手中的软笔,哆哆嗦嗦地写下两个字——都对。老太太又回了四个字——稍安毋躁。

这时,一个五十多岁的妇女——老太太的侄女兼助手从隔壁房里走出来,把齐东野领进去。那是老太太的治疗室。

老太太从一个长方形大铝盒里拈出三根长长的针,足足有三十厘米长,散发着收敛的黄光,这就是传说中的金针了。她让齐东野在一张小杌子上坐定,脊背挺直,然后便开始下针。他正等待着下针,正在想象她下针的手法,还没有感觉到老太太要有所动作,三根金针便插入齐东野的头皮了。金针的针尾在头上先是轻微地晃了几晃,接着便屹立不动了。一股很浓的檀香味儿弥散开来,这是老太太侄女刚点上的。老太太向他比画了一下线香的长度,齐东野明白,这是告诉他,等这炷香烧完,才是取针的时候。

进治疗室之前,齐东野到院门口告诉小孙,让他跟司机自己找地方吃饭,他不饿,先做个针灸调理一下身体。

这炷细香烧了半个小时,第一次下针便结束了。其间,他感受到了胀、麻、痛、开裂、贯通、气息的窜突等,仿佛就在这段时间,在他的头部空间里,借助一股神秘力量的介入,他的意识处置了一场规模中等的暴乱。

接下来,老太太在齐东野的脐部下针,后来,又在两个足底下针。

整整三炷香工夫的针灸理疗做完,齐东野感觉,如果把第一次比作处置暴乱,那么第二次就好像是谈判,第三次便是把酒言欢。但他的耳朵仍然无动于衷,还是处于完全失灵的状态。

他表情木然地呆坐着,一副老僧入定的模样。这时,老太太没事人一样坐在堂屋里。治疗室里只有老太太侄女陪着他。她站在一边,脸上带着平静的笑意,似乎在期待着什么。

这样过了五六分钟，齐东野突然不可遏止地连放了几个响屁，这让他很难为情。更难为情的还在后边，他急不可耐地向老太太侄女索纸，而她手中其时正拿着一小卷卫生纸。齐东野夺门而出，奔向厕所。

齐东野仿佛有生以来第一次解大便，畅快淋漓。他分明感到，这大便中有水还有气，回看的时候，他发现其中还有似脓似血的秽物。

从厕所出来后，让他感到惊奇的事发生了。他拧开水龙头放水洗手，他真真切切地听到了水流的声音，接着，他听到了杏树上麻雀鸣叫的声音，他还听到了门口小羊咩咩的叫声……

他一阵狂喜，进屋来向老太太道谢："您不愧是神医，我的耳朵这么快就听见了。"老太太语气平淡地说："你先别太高兴，还得扎针两次，明天、后天还是这个时间来。"

齐东野如约又来了两次，老太太临了给了他两大包自制的丸药，让他一定坚持吃完，不要留后遗症。他给老太太两千元诊金，老太太死活不要，只收下两百元。她说，这是规矩，不论贫富贵贱，一视同仁。后来，他总觉得过意不去，让司机送了些米面肉油，才稍觉心安。这是后话。

东野三世

第三章

当天下午三点多，齐东野来到回头村，连村委也没有去，就直接到了田间地头。扶贫联系点其实就是县长包的村。他包下这个村已经四年多，对这个村的情况了如指掌。全村一百五十四户，真正的贫困户不到五十户。不仅是青壮年男人，年轻的姑娘、媳妇们也出去打工了。山里的土地能种小麦玉米高粱谷子等粮食作物的本就不多，再靠养猪养羊，一年也增加不了太多的现金收入。不出去打工又该如何呢？这些深山里的农民往城里奔，一是奔生存，二是奔发展。他们一是挣城里人的钱，二是要过城里人的生活。山里空气甜，负氧离子含量高，有山有水有白云，种的吃的都没有污染，但又怎么样呢？农民要盖房、结婚、生子，他们的孩子要求学，靠这些山里的收入解决不了。齐东野有个很犀利的观点：传统的农业从根本上讲是个贵族产业，不是一个让家家户户发家致富的产业。小家小户靠务农是发不了家的。西方的农庄，是贵族度假或养老的地方，是有了足够财富积累以后从从容容精致生活、享受人生的地方。东方的山村留不住人。农村人在城市打工挣了钱能够买房的(包括按揭贷款)，就成了城里人，不再回去了。农村三十岁以上的光棍何以越来越多？因为许多农村姑娘的择偶标准已发生了变化：非在城里有房者不嫁。有的甚至要求有房还得有车。农村的房子再新，也是不值钱的，也是无法铺平在城里生活的路的。回头村便是如此。

齐东野给回头村想出的脱贫致富之路就是发展与农产品有关的产业。例如种植金银花，现在有一千多亩了，三分之二卖药材，三分之一做金银花茶。齐东野去年还让村里拿出一百多亩金银花用作苗木，他做主，让县园林局把金银花作为县城新建绿地公园必需的树种之一，一下就消化了。实际上金银花绿化城市效果颇佳，既让城市披金戴银，还花期长，不招病虫害，并且适应了乔灌草立体绿化的要求，可谓一举多得。

回头村还有近千亩桑园，老桑树树冠美观，树干苍遒，桑葚产量高，药用价值也高，可搞观光采摘。新种的桑树以湖桑为主，产叶量大，经冬的桑叶是难得的药材。现已开发出桑葚酒、桑叶茶，齐东野对支部书记赵传统耳提面命，要他打出"猛回头"这个品牌，并且要注册商标。只要一点一滴地做，这两个产品市场前景看好。他答应这两天联系一家广告公司，义务给他们做个策划，把商标、包装等都做好，争取能挤进东夏电视台的农产品公益广告时间。

离开回头村之前，齐东野给老婆梁燕妮打了电话，说晚上回家吃饭。他想，既然已经将今天的接待全部推掉，干脆就回家吃顿饭。近五年里，他几乎记不起曾经回家吃过午饭晚饭。周末和节假日也是如此。"五加二"和"白加黑"，对于县长来说，早已是家常便饭了。

当晚近七点，齐东野才赶回家吃晚饭：路上遇到一起车祸，一辆小轿车与一辆大货车追尾，多亏车速较慢，三人只受了轻伤，均无生命危险。虽然路上耽误了二十多分钟，齐东野还是庆幸不是客车相撞，如果死亡超过十人，就是重大安全事故。对安全问题的敏感，对他来说已经类似于强迫症。他马上给安全生产监督局局长邱先发打

东野三世

电话,要求近期开展交通安全和生产安全大检查,务必把安全隐患摸排清楚。

　　梁燕妮早把饭菜做好等着他,见他进了家门,既高兴,又满脸疑惑。她原是乡镇卫生院的护士,跟随齐东野进城后,先是成了县人民医院的护士、护士长,又成了县防疫站的科长,然后成了县计生服务中心的副主任,工作比较清闲,也算一个正股级干部了。工作之外,她的主要任务就是照顾正在读初二的女儿齐绮。就这样,她还天天牢骚满腹:现在的孩子是怎么了? 这么难伺候、难沟通,动不动就甩脸子。吃了饭,玩会儿手机,就嘭的一声把自己关进小屋里,还锁上门。做作业吧,那个磨蹭,喝着奶,吃着三五种小吃,手里转笔如飞,看得人眼晕。半个“不”字说不得,动不动就说:“烦,烦死了……”

　　“齐绮呢? 叫她一块儿吃啊。”

　　“她已吃过了。校门口吃了冰激凌和辣条,回来我先给她做了个可乐鸡翅,她扒了半碗米饭,做作业去了。”

　　晚饭主要是为齐东野做的,是他喜欢吃的芸豆炒肉、凉拌山芹和紫菜蛋花汤。主食是馒头,外加一盘豆豉腌菜。从齐东野干上县长起,梁燕妮便开始持之以恒地减肥,晚饭只喝点儿薏米莲子粥,吃几个水果。

　　梁燕妮尽量沉住气,等齐东野吃完饭再问他,但齐东野吃完馒头还未喝汤,她就忍不住了。

　　“今天怎么有空儿回家吃饭呀? ”

　　“去了趟扶贫点,有点儿累。”

　　“县人民医院裴院长下班前专门给我打电话,说你耳朵不舒服? 咋个不舒服,检查了吗? ”

　　“检查了,上火,无大碍。”

　　“无大碍? 那他还嘱咐我,让你别大意。他还告诉了我一个神医的姓名和电话号码。是牛角村一个老中医,人称金针老太,擅治各种疑难杂症,省里的大领导找她看病都得预约呢。"

说着,她把写着姓名、地址、电话号码的纸条递给他。

"替我打电话好好谢谢裴院长,他是个有心人。"齐东野说。他又郑重地对梁燕妮说:"你以后别总是一副嫌弃的样子教训梁兵,说他没出息,这也不行,那也不行,难道就你行?我看梁兵不仅有本事,而且还有情有义,改天我还要专门请他吃饭呢。"

齐东野晚上临睡前随便翻着一本书,貌似在看,其实一个字也没看进去。他想想今天发生的事,着实有些惊心动魄,越想越后怕。他经历了有生以来失去听觉的六个多小时。如果不是情急智生想起了小舅子,小舅子马上找到了神医,那怎么办?当然,老裴也在主动帮忙,这是出乎他意料的。而且他与小舅子找到的是同一个人,路径是正确的。但至少那样的话,齐东野在明天上午十点前也还是会处于绝对耳聋的状态。他要推掉明天全天的一切会议和公开活动,推掉一切请示和汇报,而作为一个县的主要领导,这些几乎就等同于政治生命。耳聋,尤其是这耳聋能不能治好、啥时治好完全未知,除了意味着政治生命的终结,他不知道还能意味着什么。他荒唐地设想:假如古时的皇帝遇到了这种情况会怎么办?上朝还能否照常进行?一个大企业集团的董事长、总经理如遇到这种情况会怎么办?皇权至高无上,皇帝可以罢朝,但罢几十年办得到办不到?董事长可以请假治病,但治不好怎么办?权力如何保持?皇帝也许不会退位,但成为傀儡的可能性有多大?如此一想,似乎其他疾病,都不及耳聋带来的风险巨大。

齐东野细思金针老太号脉时的断语,愈发疑惑并感到匪夷所思:环保局局长老萧的顶撞惹自己暴怒,确有其事。那天他吃过什么凉物?他想不起来了。他一向有慢性肠炎,凉物从来不敢吃的。对了,西瓜是不是凉物?那天中午,在吃饭之前,他感到口渴,一口气吃了半个火山西瓜,无籽的。太神奇了!自己每天早晨六点半准时大解,

18

独独今早没有按时解,这她也号得出来? 右臂突然举不起来,也是今早的事,他还以为是睡觉压迫所致呢。

唯有受到惊吓一事,他无论如何想不起来。他心说,这么多细节都能说中,也真难为这老太太了。可在入睡前一分钟,他倏然打了一个激灵,因为他仿佛听到窗外一声鸟鸣。是鸟!是鸟!他前天早晨在小区公园散步的时候,就在一棵国槐旁,突然一只鸟落了下来,就落在他的脚边,啪的一声,把他吓了一跳。还是一只死鸟,一只戴胜鸟,一只死了的戴胜鸟。这种鸟北溟十分罕见,头上长着花蒲扇似的羽冠,鸟喙又尖又长。当时他确实受了惊吓,这惊吓还伴着几分强烈的厌恶,总感到有几分晦气。他并不迷信什么预兆之类,但就是感到厌恶。所以他没有敢细看这死鸟,更没心思追究这死鸟的来历和因由,就逃也似的回家了。金针老太神,太神了!

经由金针老太三次针灸,齐东野的突发性耳聋彻底治愈。这番治愈不亚于一次新生。他回想自己的过去,总的来说,命运之神待他不薄。八岁那年,他得了流行性脑炎,农村医疗条件落后,村医和乡医都当成流感来治,明显给耽误了。他接连三四天发高烧说胡话,高烧到四十多摄氏度,浑身抽搐,火炭似的,喘气发出老牛垂死前那样的哞哞声。父亲把所有的招数都想尽了,跳神的巫婆请来了,连兽医也请来了。因为儿子发声如牛,他疑心这可能是死牛附体。乡兽医站唯一的兽医袁大头,在一个青石蒜臼里放上一团青草,用石杵捣成泥,再沥出汁,往他嘴里硬灌。母亲说,草汁好不容易灌进去一些,后来全从鼻孔里出来了。村小学语文教师王自然是一位青岛下乡知青,私下里自学中医多年,他住的单身宿舍里总是飘出中药的气味。王自然最喜欢的学生就是齐东野,他曾预言齐东野将来会是一位了不起的作家。王自然知道齐东野病了,并且已被医生判了死刑,就跑来恳求说:"让我来试试吧,让我来试试吧。"他开出的方子是张仲景的白虎汤,一斤生石膏,还有知母、甘草和粳米。齐东野的三叔齐星当时是民兵连连长,平常就看不上这个知青,他质疑道:"你这方子行吗?人命关天,你又不是学医的,可别糊弄人啊,糊弄人我可要你好看。"王自然青着脸说:"都什么时候了,还说这种话?只是耽误得太久,就看东野这孩子的造化了。你们这些没见识的人哪,张仲景是长沙太守,陈修园也干过知县知府,哪个是专门学医的?还不是一个个起死人而肉白骨?"这时候,母亲曹春花的定力和主见发威了,她瞪圆双眼道:"听王老师的!"她照王自然的方子煎了一大盆药汤,隔半个小时给儿子喝一次。喝完一袋烟工夫,就止了抽搐;再一次,就停了谵语昏话;到傍晚,烧就开始退了,汗出如洗;到半夜,就睁了眼开始喊饿。王自然一直守着,他告诉齐东野的母亲,先别给他吃馒头,就只喝大米粥。两天后,死神远去。六十多岁的爷爷,患半身不遂多年,走路趔趔趄趄,说话含混不清,看着孙子死里逃生,高兴,一气喝了半瓶烧酒,摇摇晃晃从村里千年老槐树下走过,一头栽倒在树下,后脑磕在一块石板的棱角上,流出了酱油一般的黑血。众人一看,坏了:一边刚刚孙子得救,一边老爷子乐极生悲。可不一会儿,爷爷自己扶着石板站了起来,走两步,不再趔趄。他对围着的众人说:"看什么看?我不就是喝了半斤酒吗?我就说我孙子福大命大,你们这回信了吧?"村里人岂止是信了,简直是惊服!老齐家的孙子喝了石膏水治好了脑膜炎,齐老爷子摔一大跤磕破头磕好了半身不遂。这般奇事咋都让老齐家占了?

　　齐东野想,人生是无从假设的。1965年出生的他,如果小时候生活好一些,他可能不会身高只有一米七。齐绮,一个十五岁的女孩子,个头都比他高了。如果不是那场脑炎,自己的智商肯定更高,不至于高考只上了一个普通本科。得脑炎以前,齐东野读书是过目不忘,老师一讲就会,只知道疯玩疯耍,但门门功课都是全年级第一。得脑炎之后,他的脑子的确笨了,反应明显慢了,人也变得有些木讷。母亲曾担忧地说,原先多灵透一个孩子,一场脑炎让孩子变笨了。但笨了就笨了吧,笨人说不定有笨福,谁知道呢?

后来,齐东野很用功地学,考上了北溟师院中文系,被分配到马鞍山乡当了中学教师。他心有不甘,于是教学之余,晚上挑灯写作,先写点儿豆腐块儿一样的小文章,后来这豆腐块儿慢慢变大,他的名气也渐渐从这些大大小小的豆腐块儿上开出花来。乡中学的教工宿舍里冬天没有暖气,就生个铁炉子,他写到高兴处,忘记续煤,炉火很快就灭了。待感觉到冷,便搓搓手,跺跺脚,缓一缓继续写。

走上工作岗位,十九年下来,回首望去,没想走仕途的他走上了仕途,低开低走的他,开启了低开高挂模式。是啊,当年的高中同学,考入重点大学的,有两位被分在国家部委,现在最高也不过处级,还是打杂的没有存在感的处级,而他已是地地道道的一方小小诸侯了。据说西周初年诸侯国曾有八百个之多,那时一些小诸侯国,真是不如今天的北溟县大,不管是论人口还是论面积。

第四章

下午六点临下班前，"花老吉"老板吉世荣打来电话，说有急事求见，一会儿到齐东野办公室见他。

几年前，"花老吉"还只是北溟市的一个植物油品牌，如今已蜚声东夏省了，国内其他省份的市场也渐渐打开。搞大豆油、花生油起家的花老吉，前身只是北溟县邻县苍岭县报福岭乡梨花港村的一个村办小油坊而已。十多年前，那时花老吉还叫老吉家，齐东野还是北溟市委研究室的一名科长，他第一次到老吉家调研，是把它作为"一村一品"典型材料中的一点下脚料用的。几十间老油坊，就是七八排红砖的平房，房墙上早年涂的石灰宋体字"发展生产，保障供给"仍保存完好。吉世荣先是在乡供销社当代销员，开始家庭联产承包责任制后，就回村干了支书。老吉家植物油一年年地滚动发展，产量销路都不错，在北溟市渐渐冒头。其时，大的植物油厂发展很快，吉世荣分明感受到齐东野对老吉家的轻视，他很固执地说："我们是个小厂不假，但比那些大厂也有小小的优势。"齐东野问："优势在哪儿？""吉世荣说，大厂生产植物油都是化学的加工方法，是加了化学原料的,而我们是传统的榨油方法,质量好,吃得放心。油这东西不比其他,家家人人都用,得有良心。"这话把齐东野给打动了。他到油坊车间里去看,闻到的确实是小时候豆油、花生油那种原生态的香味。在北溟市,老吉家在老百姓中的口碑已经建立。齐东野在老吉家住了一个晚上,用心帮吉世荣做出了一个大策划:一是把老吉家改个名,改为花老吉,花是美的,油是香的,花老吉又美又香;二是突出宣传传统工艺的好处,对外宣称花老吉是古法工艺,用的是物理压榨法,质量放心可靠;三是宣传原料来源,对外宣称北溟市有三十万亩优质花生种植基地;四是联系解决贴息贷款,有个一两亿的资金,就能快速扩大生产规模,目前的厂房太土,地方太小,没有现代化的气息和现代公司的样子,属于东西好吃不好看。听了这番策划,吉世荣那个高兴、那个感激,把儿子吉鹏叫过来:"赶紧,把齐科长所说的这四条全记下来,这就是我们企业今后发展的方向,是指南针,是纲领。"他说:"齐科长啊,你的水平实在是高啊!我见过不少领导,你绝对比市委书记的水平高!"齐东野被夸得有些不好意思:"老吉,我是看着你人好才给你出点主意,我就是个给领导服务的办事员。"吉世荣说:"你甭谦虚,这里又没外人,你说的全在点子上,我多少年思谋不开的事,你这一整,咕咚,咔嚓,就像整骨的高手一样,三两下,就把断的骨头接上了。我开窍了,你知道人不论干什么,这开窍最难也最重要!齐科长,齐老弟,我叫你老弟不唐突吧?你要认我这个老哥,今后企业的发展,什么时候都离不开你的指点!""有什么问题,你尽管说,只要我能做到的。"

花老吉果然按齐东野的思路做大了。才几年,新厂房、新办公楼都起来了,省内各大媒体的广告都做了。分厂已经在省内建了两个,竣工开业的时候,地方领导都出席剪彩。

花老吉高歌猛进的这些年,齐东野的仕途也在步步走高。从市委研究室的科长,到北溟县委常委、组织部部长,再到纪委书记、副书记，虽然一步不落，但小步快走，岗位日趋关键和重要。花老吉跟齐东野一直保持着联系，但也没有多么紧密。过年过节，齐东野没少吃用花老吉的花生油做的菜，这是事实。吉世荣也多次邀请齐东野到公司看看，每次都热情地说："花老吉是我的孩子，也是你的孩子，你有一天混大了，当上大领导可别忘了我们。"因为工作忙，齐东野任北溟县县长后就去过两次：一次是参加花老吉的一个外事活动，有马来西亚的老板来考察；另一次就是单独去吃一顿饭，聊聊下一步的发展，给点建议和提醒。

　　吉世荣到之前，齐东野猜测了一下：花老吉可能在哪方面有求于他。他的原则是，做企业不易，作为一个地方上的领导，能帮的就不遗余力。不一会儿，吉世荣就到了办公室，还是平常那模样，跟个老农民没啥两样，吉鹏也跟着。让座、喝茶，然后直奔主题。相交这么多年，他们无须绕弯子。吉世荣说，他想在冠儒县建一个葵花籽油厂，具体选址是在城东，建一个独立的园区，大概占地八百亩。他跟那边的分管副县长接触过，但进展不是太顺利，主要是涉及地价、拆迁、配套、油葵基地建设，等等。

　　"总投资大概有多少？"齐东野沉思了一下问道。

　　"至少两个亿吧，还能带动起五万亩油葵种植，大约能拉动上万户农民致富。"

　　"冠儒县的情况我多少了解一些，近来日子不太好过。前段时间因为拆迁出了人命，很多大项目都停了下来。这个事我不敢打包票，等我问问再说吧。"

　　吉世荣满脸感激。他知道，齐东野没有拒绝就是愿意帮这个忙。这个忙很大，但齐东野只要尽力，就能如愿。因为他早已了解清楚，目前刚上任的冠儒县县委书记原是北溟市委研究室主任，是与齐东野多年相交甚好的老领导。

　　吉世荣说："还有一件事想请齐县长帮助把把脉、掌掌舵。好多领导批评我小农意识、小富即安，劝我尽快上市，并推荐了两三个上市辅导公司。你说我是上市好还是不上市好？"

齐东野沉吟了一会儿，说道："这得综合分析，各有各的好处。许多公司急于上市，是因为缺钱或想圈钱，或部分高管为了变现退出。但有一点，公司上市了，就成了公众企业，就成了透明体。你尽管是大股东，也不能事事说了算，而要经过股东大会、董事会。这个你可得想明白。花老吉是个家族企业，这是最大的特点，这你也要明白。"

吉世荣感激地站起来，用力地握着齐东野的手说："齐县长，怎么再难的事到了你这里都变得简单了呢？我们爷儿俩为上市差点儿愁白了头！纠结，乱麻一样纠结！现在好了，我们可以做决定了，花老吉不上市！听你的！"

"不，是听你们自己的。我只是提一点点建议。"

目送吉世荣父子走后，齐东野才忽然感到忙了一天之后的疲惫。

第五章

这天上午九点钟，也没跟拆迁办打招呼，齐东野就带上县政府办公室主任柯道生和秘书小孙去县城几个拆迁工地了。他的目的就是出其不意地去检查，看看有什么隐患和问题，做到心中有数。当然，拆迁进度也是他所关心的。

近几年，上级之所以对北溟县的工作满意，后者能在每年两次的全市项目观摩中排名第二，其中拆迁工作的得分占比很大。北溟是个山区穷县、人口大县，搞出点政绩着实不易。大拆大建不是齐东野所追求的，但新班子调整之前，北溟县确实错过了好的发展机遇。

近五年，北溟县城城区面积扩张了近一倍。向东，建新城，以开发区为载体，涉及远郊十几个村，拆迁相对不难。而十个城中村的拆迁，才是硬骨头。

先远后近，齐东野边转边看，总体上还算满意。

南胡、北胡、东洼、李家等六个村，什么时候回迁？都两年半了，老百姓或投亲靠友或租房居住，虽说有点儿补助，但也绝不能再拖了。齐东野责成拆迁办和建设局研究,让开发商抓紧完工交房!

到达第二处拆迁工地时,拆迁办主任胡金友气喘吁吁地赶过来。他一上来便抱怨柯主任也不打个招呼。齐东野说:"是我不让他通知你的。我这是暗访,要是提前通知,那不成了明察了?"胡金友只好咧嘴一笑。

一圈儿考察下来,齐东野发现的最大问题还是太平村的钉子户。胡金友解释,原先有八个钉子户,今春以来经过艰苦的工作,七户已签协议,就剩下郭太福这最后一户了。

最后的钉子户郭太福,已与政府对峙整整三年。他的四间房子就像一座孤岛,也像一只被遗弃的破船。已经七十岁的倔老头儿郭太福,仗着自己的儿子郭军是在读法学博士,提出了极其过分的要求,还表示不满足其要求,坚决不拆。郭军还在网上发帖,直接向北溟市委书记隔空喊话,称其家遭遇违法暴力拆迁,一度导致舆情汹涌。

已经对郭太福断电断水一年,郭太福还是不松口。县乡村三级都派人到北京找郭军协商,或者不见,或者一口咬定不接受他提出的条件一切免谈。

太平村九百多户、三千多口人,除郭太福一家,拆迁后已全部迁住上新楼。

钉子户是拆迁村的烂尾,也是县城面貌的一个伤疤,老么留着,若被一些人或势力利用,有时就是不稳定的变数。

谈起钉子户郭太福和他的博士儿子,胡金友愁眉不展,心情沮丧:"我们也考虑过用非常的手段,但不敢下这个决心。"

齐东野直截了当地说:"我知道你这是什么意思。那种想借助社会地痞流氓帮忙的想法你连想都不要想!政府干事,要正大光明,只要是依法依程序办,总能找到解决问题的办法。"

从太平村出来,齐东野不愿坐车,想走一走。走了不到两百米,他感到右脚一扭,一看不是脚崴了,而是鞋跟掉了。这种情况真有点儿掉链子。秘书赶紧说："县长先到车里坐坐,我去百货大楼买一双新的,十分钟就能回来。"胡金友说："就是,我陪孙秘书去。"

齐东野摇头不让,说："我这鞋才穿了几个月,就近找个补鞋的修修就好。"于是他上车前行。果然不远处就有一个修鞋的。修鞋的兼配钥匙,这是北溟此种职业的通例,而这位鞋匠还同时修自行车、电动车,堪称一专多能。

齐东野在小马扎上坐下来,把鞋递给鞋匠,这才发现鞋匠真会挑地方。这个补鞋摊在县地震局西侧的一条巷子里,隐蔽在一个长五十多米的蔷薇架下,像搭了一个天然的凉棚。密密的蔷薇枝叶遮风挡雨,几乎透不进阳光。一个特大的钥匙模型从蔷薇架上吊下来,这是配钥匙的幌子,修鞋修车有文字做招牌,顶上还挂着一个圆形的北极星钟表。齐东野问师傅是不是也修表,师傅说:"俺这个不修,是看时间的,也算个装饰品。"

"如果你再会修表,那可就齐活了。"

"那不能,不能再抢别人的饭吃。"

齐东野很随意地和师傅聊天,原来师傅也姓郭,叫郭太山,家就是太平村的。问他可知道郭太福,他说:"咋不知道,没出五服的堂兄,让他儿子弄成名人了,骑虎难下了。"

"怎么是他儿子弄的?"

"你不知道,俺那侄子三十五六了,也不结婚,读个博士,七年还没毕业,在北京的房租还靠父母交呢。"

"博士儿子可是全家的骄傲啊。那他家有什么收入来源?"

"靠郭太福他闺女呗,开着个包子铺,也挣不了多少钱。说实话,太福倔是倔一点儿,一开始要的条件也不高,是他儿子不干,说他懂法,不能就这么拆了,拆了就没法提条件了。太福家嫂子为人特别好,最通情达理,可惜身体不争气,得肝癌好几年了,也不去治,那脸蜡黄蜡黄的,见点儿油腥就吐。前天我见她,还劝她别再硬撑,身体要紧。"

东野三世

"她怎么说？"

"说老子和儿子一条心，这么和政府对着干，何时是个头？她闺女也不起好作用，跟自己的婆婆天天吵架呢！"

齐东野从政以来，特别是有实权以来，觉得当官最大的乐趣，除了受尊重的成就感，还有便是识人用人。于寻常的工作事务和日常的小场合小细节中，发现人才身上的闪光点，并且把这人才用到合适的岗位上，眼看他越来越亮，能量迸发，那种快乐和满足，不是官场之外的人所能体会的。小孙就是他当组织部部长时发现的，才二十六岁，原在三岔乡干文书，人长得斯文，言语不多，但反应很快，是个有心人。那次他在三岔乡喝了酒，当晚住下了。小孙负责接待，晚上备了两暖瓶水，一瓶热的，一瓶温的。更难得的是给他床头放了一把小手电。这个细节很有心，他是第一次在乡招待所住，晚上起夜，很容易摸不到电灯开关。而这手电，一看就不是公家配的，是小孙自己的。第二天，他问乡书记，小孙这个选调生字写得怎么样？他有一条比较独到的经验，认为从一个人的字就能大致看出一个人的性情和格局。字写得猥琐，像蚂蚁爬的那种，心胸往往也不宽广，团队意识、合作精神也比较差。他一看小孙手写的材料，立马就看中了。他先把小孙调到组织部办公室，后来就让他干了秘书。这不，齐东野与修鞋匠聊着天，小孙神不知鬼不觉地便帮他全程录了下来，这只有齐东野知道，胡金友根本连想也想不到。

晚上，在县政府第一会议室，齐东野开了一个专门的办公会，专题研究太平村郭太福问题。县外宣办、公安局、卫生局、民政局的领导都参加了。齐东野先放了他与修鞋匠的聊天录音，小孙还在投影上放了蔷薇架下县长与修鞋匠对话的几张照片。听的人、看的人一头雾水，不知道县长究竟搞什么名堂。

齐东野说："老百姓看重自己的权益这无可厚非。我们大多是从农村出来的，都知道农村那点儿事，为了几分地，为了半米的滴水檐,有的就结下世代仇怨。古人有句诗说得很通达:'千里修书只为墙,让他三尺又何妨。万里长城今犹在,不见当年秦始皇。'但在利益面前,老百姓有时就是转不过这个弯来。怎么办?就得想办法,了解真实的情况。太平村的拆迁,在法律程序、民主决策程序上有没有问题?没有问题。村里现在只剩下这一个钉子户说明了什么?说明绝大多数的老百姓不支持郭太福。郭太福为什么还在闹?根子在哪里?在他法学博士儿子身上。对身患癌症的母亲,博士儿子管了没有?没有管。法学博士不一定懂法,法学博士也得依法。以法律为职业的人,不仅法律业务要过硬,道德上也要过硬。博士儿子的行为实质是什么?是不顾年迈父母的身体健康,绑架他们作为牟取更多利益的工具。因此,我们只要用事实说话就可以赢得主动。"

很快,在网上和自媒体上热传一个帖子:博士儿子靠父母供养,多年没给父母一分钱。母亲身患癌症,县人民医院医生上门检查治疗,博士儿子竟然拒绝。民政部门发起募捐,募集资金十万元为博士妈妈治病。太平村已经住进新楼的部分村民(当然包括鞋匠)纷纷指责博士儿子不孝,给全村人丢脸。

这一波网络战仅仅进行了三天,博士儿子便在网络媒体上销声匿迹,原帖文也自动删除了。网民之中平民百姓多,最本能的意气和舆情利器就是道德,一个法学在读博士,一旦成了网民眼中的不孝之子,便成了不堪一击的笑柄。随着法院下达强制执行令,郭太福接受条件搬进了新居,其老伴也住进医院接受治疗。北溟县最后一个钉子户问题,就这样波澜不惊地解决了。

第六章

上午,梁燕妮接连给齐东野打了三个电话。齐东野正在开会讲话,手机调至了静音。两个会结束后,他才看了一眼手机,给妻子回过去:

"什么急事?"

"齐绮出事了。"

齐东野的心一下子提到嗓子眼儿,也禁不住第一次对妻子爆了粗口:他妈的快说,齐绮怎么了?

"你凶什么凶!"

"到底怎么了?不说我挂了。"

梁燕妮用哭腔说:"齐绮早恋了,情绪不稳定,今天还逃课了,班主任说要和家长谈一谈。"

齐东野缓缓舒出一口气:"吓死我了,我还以为齐绮像小学二年级那回上课晕倒了呢。你不会好好说话吗?不带这样吓人的!"

"早恋难道不吓人?"

"我知道了。"

"那你说啥时与老师见面?"

齐东野想了想近几天的安排,说:"周六中午吧。"

"找个茶馆还是吃个饭?吃个饭是不是更尊重人?许晴老师一向对齐绮特别上心。"

"你跟她定,我怎么都可以。"

齐东野说不担心,其实还是担心。齐东野心中感慨:养女儿真不如养儿子,自从有了女儿,这种担心就几乎无时不在。

晚上有两场接待。八点活动结束后,齐东野回到办公室加了一个小时的班,处理完各种文件和事项,回到家已是九点半。这已是最早的了,他一般都是十点到十点半回家。

梁燕妮来到客厅对齐东野悄悄地说,齐绮回来表现还行,承认自己下午逃了一节英语课,放学后主动找老师补上了。现在还在做作业,未见明显异常。

"你问她逃课到哪里去了吗?"

"她说到蛋糕店去了,一人吃了一个小蛋糕,奶油特别多的那种。"

齐东野笑了:"吃甜食可以纾解情绪。这样吧,今晚咱们什么都不要问,先冷处理,待同老师谈过后再说。"

二人正在像地下党员秘密接头似的说着话,齐绮开门来到客厅,叫了一声"爸",坐在爸爸身边。

齐东野爱怜地看着女儿的脸,说:"谁欺负齐绮了?你都是跆拳道蓝带了,谁还敢欺负你呀?"两道细细的清泪顺着女儿的面颊流下。齐东野帮女儿揩去泪痕,拍拍她的肩膀:"真受了男生欺负?是谁?"

"反正是个坏男生,气死我了,我跟他没完!"

"要不要爸爸帮你教训一下他?"

女儿略露惊讶之色:"让老爸出面?那倒不用。"她说完还挥了挥拳头,但接着就仿佛消解了委屈,吃了茶几上的几颗鲜樱桃,便去洗

32　　　　　　　　　　　　　　　　　　　　东野三世

澡了。

梁燕妮约许晴老师吃饭,许老师执意不肯,只好喝茶。周六中午,定在雅兰居茶馆。

齐东野和梁燕妮提前十分钟到了茶馆的包房里。许老师正点到,一秒不差。其实,她提前半个小时就到了附近,在一家书店看书,然后掐着时间分秒不差地进来赴约。

"真不好意思,让县长和梁主任早到久等了!"

梁燕妮说:"我们也刚到,许老师真是准时啊。"

齐东野问许老师喝什么茶,许老师说随意。他们就点了三杯龙井。茶桌上早摆了三四盘时鲜水果和点心。

梁燕妮用不锈钢叉叉起一块火龙果递给许老师,许老师连说别客气,自己来。她夸梁燕妮的旗袍精致,尤其大赞梁燕妮的魔鬼身材,然后又称赞齐绮也是美人坯子,只是性格比较男子化,有时比男孩子还男孩子。

许老师四十岁出头,短小精干,是县里评出的优秀语文教师。她先怪自己不够细心,半月前才发现齐绮早恋的事,是跟班里数学成绩最好的男生董小伟,挺老实挺清秀的一个男生。许老师说:"有一节自习课,我在他书桌上发现了三张纸条——笔记本上撕下来的一整页纸,应该说是情书。就是爱的表白,很火辣辣的那种。我一联想,最近齐绮有时上课瞌睡,注意力也不集中,期中考试成绩有所下降,可见与早恋直接相关。才刚初二,实在是太早了些。这可能与齐绮爱好文学,电影也看得多有关。我敢说你们家齐绮电影看得比任何一位老师都多,当然我也不认为这是坏事。"

齐东野忍不住问道:"这男生给齐绮写情书,齐绮接受了吗?"

问到这里,许晴老师脸色猛然变得严峻起来:"三封情书都是齐绮写给董小伟的,董小伟三个星期没给齐绮任何回复,既没说同意也没说不同意,于是——"

"于是怎么样？"齐东野与梁燕妮几乎同时问道。

"于是就发生了周三下午那一幕。齐绮把董小伟叫到教室外，责问他为什么不回她信。董小伟说：'我是真不知道怎么回复你。'于是齐绮就动了手，把董小伟给打了，两个耳光，鼻子出了点儿血，还踹了一脚，董小伟膝盖磕在地上，破了点儿皮。"

梁燕妮问道："齐绮受伤了没有？"

许晴老师说："梁主任难道您没听明白？自始至终都是齐绮打的董小伟，是她兴师问罪，董小伟一点儿也没还手。打完董小伟，齐绮就哭着跑出校门，逃了一节课。"

齐东野考虑到社会影响，说："许老师，董小伟告诉家里人了吗？要不要我们赔礼道歉啊？"

许晴老师说："我问董小伟了，董小伟说他不会告诉爸妈，爸妈要问，就说是自己摔倒磕的。我就夸奖小伟，说他不愧是男子汉。下午放学后，齐绮已向我认错，并由我向董小伟转达歉意，这样，这件事就算过去了。"

齐东野夫妇连连表达对许老师的谢意，说遇到这样不省心的孩子，让老师多操多少心。许老师说："现在孩子发育成熟得早，网络上获取各种信息又多，早恋越来越防不胜防。我这次约你们家长谈谈，是希望能引起你们的高度重视，密切注意孩子的动向。青春期与叛逆期叠加，在孩子成长的道路上是高风险期，光靠学校和老师，是万万不够的。我知道齐县长忙，日理万机，但孩子这个阶段很关键，还是请您尽量抽出时间多陪陪孩子，父爱不能缺席。您说是不是，齐县长？"

点头、接受、感谢、惭愧、保证，在这场老师对家长的约谈中，齐东野夫妇能做的只有这些而已。梁燕妮为表达感谢之意，给许老师带来了一条丝绸纱巾和两盒金银花茶。许老师没有收下。

当晚，梁燕妮很快入睡了，像个刚刚吃饱了奶的婴儿，鼻息轻微

东野三世

到几乎没有。齐东野却难以入眠。他的思绪回到了1987年的夏天。

本来,北溟师院毕业的齐东野是可以进县城一中的,也可以进县师范学校。但这都需要一定的关系。齐东野没有任何关系,于是被分配到了离县城三十里的马鞍山乡中学。

马鞍山乡属于半丘陵半平原乡。境内有两座海拔五百来米的小山双胞胎姐妹一般连在一起,连接处恰似一副马鞍般凹陷且平坦,马鞍山之名由此得来。马鞍山乡是个小乡,以种桑养蚕闻名。二十世纪五十年代,乡里出了一个全国劳模兼全国人大代表。这位叫吕秀芹的劳模代表当时六十多岁。她当年之所以成为轰动中外的新闻人物,是因为进京参会时带去了一篮子鸡蛋、一篮子雪花白茧和一幅自己画的画,要送给敬爱的领导人。

马鞍山乡政府所在地,只有东西长七百多米的一条主街,而乡政府、乡派出所、乡中学、乡邮电所、乡粮站、乡卫生院、乡兽医站、乡缫丝厂等,就像羊肉串上仅有的几块撒了孜然的肉,都串在这一条街上。乡中学紧邻乡卫生院,而缫丝厂就远一些,在这条主街的最东头。缫丝厂往东,就是一大片桑园,桑园外边是子牙河的拐弯处。发源于北溟西南山脉的子牙河,由西向东流过近百里山地平原,从这里转身向北,一路入海。

马鞍山乡中学老教师多,年轻教师少;男教师多,女教师少,年轻的女教师少到没有。个子矮是齐东野唯一的缺点,人长得白净斯文,额头宽而且光洁,鼻直脸方,不胖不瘦。他教学教得好,业余还时不时发点儿小文章,这给马鞍山乡中学争光不少,因此颇受校长马化云器重。齐东野从事教学两年,除了教学就是写作,偶尔打打乒乓球,一副与世无争、懒懒散散的样子,有时上课蓬着头,留着胡子。一双破旧的塑料凉鞋,断了两根带,衣服有时皱皱巴巴的。但课后总有女生三三两两去他的单身宿舍请教问题,一请教就是大半个小时,不时有女生开心的笑声百鸟鸣啭般传出来。

马校长爱才,想把齐东野留在马鞍山乡中学,同时也有一丝隐忧:临近高中毕业的女生,思想复杂起来了。特别是当时复读生居多,她们年龄比齐东野小不了几岁,马校长生怕齐东野会和女学生之间搞出点儿什么事来。于是,他亲自出面做起了红娘,想把齐东野拴在马鞍山。

　　马鞍山乡巴掌大的地方,归乡镇管的部门就那么多,年轻女性资源集中在乡卫生院和缫丝厂。

　　马校长给牵线介绍的是乡卫生院的护士梁燕妮,北滨卫校毕业。乡卫生院院长老崔对梁燕妮一直有点儿奇货可居的意思,县委书记的司机霍原看中了梁燕妮,求他当红娘他都没有答应,霍原还跟他一个村呢。至于乡上其他单位,想让他这个院长当红娘的人太多,到他这一关就给否了:"这不是癞蛤蟆想吃天鹅肉吗? 小梁这样的姑娘,将来肯定是要进城的,找个爱人肯定是有地位的。县委书记的司机我都不舍得介绍,怕辱没了人家姑娘呢。"当马校长开口要他当红娘的时候,他没反对,一连推荐了三四位护士,但都不是梁燕妮。可马校长对卫生院的情况门儿清,接连摇头,只要求介绍梁燕妮。"别再囤货了,囤久了小心砸在手里。"老崔眼看被马校长识破了自己的这点算计,就说:"这样吧,我给说说,先见个面,依我看够呛,小梁眼眶子高着呢,自己条件摆在那儿:身高将近一米七,脸蛋儿长得像电影明星;身材嘛,一分增不得,一分也减不得,人见人爱。许多县城的人她都拒了。小齐我知道,才学是公认的,但模样、个头儿是不是有点儿寒碜? 要是他一辈子困在马鞍山,那不害了人家姑娘啦? "

　　果然,两个人见了第一面,彼此都没有感觉似的。面是在院长办公室见的,院长特意给他们留出这宝贵的空间。但齐东野老是担心院长老崔会随时进来,心情很不放松。乍一见面,他其实对梁燕妮是动心的,他对好多种制服有些迷恋,后来他才知道这是一种病,叫"制服控"。他迷恋的第一种制服便是医生护士的白大褂。梁燕妮白

　　　　　　　　　　　　　　　　　东野三世

大褂下的身体引起他的冲动，丹凤眼、高鼻梁、长睫毛，一见就是打开的一幅画儿，生动亮眼。但由于两个人隔了一张长桌，就像患者对着医生，梁燕妮显得有几分高冷。总共没聊几句话，还都是他问她答。"你就是大名鼎鼎的吕秀芹的孙女？"她竟没说话，只是目光锐利地回看了他一眼，仿佛是这个问题还用问、你有什么资格问的意思，让他觉得这姑娘不好对付。"你平时看啥报纸和文学杂志？"她说："随便看点好看的呗，在这小镇能有啥？"他感到她有点儿浅薄和势利，起码是看不起乡镇。最后他说："我们离得这么近，欢迎你有空儿到学校走走。校园里种了不少贴梗海棠，春天开满一嘟噜一嘟噜的花，秋天就能结果，操场也很大。"

若干年后，齐绮都五六岁大了，齐东野问起梁燕妮当年他们第一次相见时她对自己的印象，梁燕妮说印象很差：其一，老远就闻到体味不佳，至少有三天没有洗澡，下巴上的胡子也没有刮干净；其二，眼睛很不老实，老盯着人家的胸脯看，不像个人民教师；其三，有点儿看不起人，自己长得不咋样，还嫌弃人家没有文化似的。

他们见第二面是半个月之后了，是七夕节的晚上。齐东野跟单身教师们聚餐喝了点儿小酒，感到有几分寂寞，就去卫生院约梁燕妮，梁燕妮就与他沿着学校的操场一圈圈地走。他们说了许多话，准确地说只是齐东野说了许多话。如果不是梁燕妮说走得累了，可能他们会一直走下去。他们坐在操场边，草虫唧唧，星河灿烂，青草的味儿清新甘甜，他听得见自己怦怦的心跳声，也恍惚能听到梁燕妮的心跳声。他不由自主地牵了梁燕妮的手，小手汗津津的。他大胆地抱了她，想抱得更久一点儿，但梁燕妮说"太晚了"，就挣脱了。这次拥抱，他感受到梁燕妮胸部的迷人，仿佛那是个无尽的宝藏。

但一个多月后，正在齐东野计划加强攻势进一步探索宝藏的时候，梁燕妮却仿佛熄火了。几次约她，她总以加班推辞；写给她几封肉麻的情书，也不见回复。他热起来的心随着秋意的加深，似乎也凉了下来。

两个人看来没戏了。看着就不太般配。学校和卫生院的旁观者私下都这么说。

在齐东野和梁燕妮二人恋爱关系未热便冷的这段时光，齐东野倒是在写作方面更拼了，经常有稿费单和报刊寄来。传达室的毛老头儿每次都兴奋地喊他："齐老师，有你的稿费！快来领！"

稿费其实少得可怜，也就一块两块的。每次来领，毛老头儿都很肃然地看着他，看他很不以为意地把稿费单塞进衣袋里。毛老头儿说："小齐老师，我在学校干了十年了，以前也有老师发表文章，但你是第一——数量第一，层次第一。"

齐东野谦逊地咂巴一下嘴说："我只是写点小文章而已，算不上啥。"

毛老头儿说："你脑子里怎么装了那么多文章？写文章很难吧？"

齐东野说："不难不难，比干庄稼活儿轻松多了。"

有一次，齐东野又去取稿费单，转身欲走时，毛老头儿突然把他叫住，表情诡秘而恳切地说："我给你介绍个对象怎么样？一个百里挑一的好姑娘。姑娘在缫丝厂上班，是我的亲外甥女，成不成看缘分，别有心理负担。"说着，把一个纸条交给他，上面有姑娘的电话号码、地址。不过，毛老头儿叮嘱道："千万别让校长知道是我介绍的。"说这话时，他还环顾了一下传达室周围，看看是不是有人。

齐东野与缫丝厂的"一枝花"陈青娥进展非常快，七天之内就见了两次面。第一次在缫丝厂门口不远处的一个小餐馆，他点了羊杂、猪头肉、凉拌黄瓜，还专门要了一碟炒蚕蛹。小店只有七八个方桌，都是散座。晚上灯光下看陈青娥，只觉得美如天仙。姑娘很能笑，笑起来很好看，这倒不光是因为有两个小酒窝，没有酒窝笑起来也照样好看。她性格很爽朗，两条大长辫子直拖在腰际。他说："辫子这么长，不妨碍干活儿吗？"她说："不妨碍，上班就盘到头上，塞进白色的工作帽里。"问她怎么不吃蚕蛹。她嘻嘻一笑说："谁稀罕吃！我们干的活儿就是从煮熟的茧子里抽丝，雪白的茧变成亮晶晶的丝，剩下的下脚料就是蚕蛹。天天见这东西，天天闻它的味道，已经烦够了。"她说，"舅舅都把你的情况跟我说了，说你特有才，文章写得特好。"他说："哪里哪里，你舅舅夸大了，我就是一个中学语文老师。""那也是大学生啊，你不嫌我没文化吧？我就是个工人，还不是正式工，说不定哪天就被撵回家了。"说着，她低下头。他说："这些我都知道。"他们喝了很多啤酒，姑娘酒量好。他们说了很多话，聊得很轻松。另外几桌多半是缫丝厂的酒客，有几个半大小伙子喝着喝着竟光起了膀子。他们纷纷朝这边看，有的还吹起口哨。齐东野依依不舍地把姑娘送到厂门口，姑娘跟他说再见，在厂门口又回头两次向他挥手，进了厂门就小跑起来，身段花枝一般婀娜。

他们第二次见面是周日下午，她上班三班倒，这次是中班，下午四点下班。

他在厂门口等她。她和十几个小姐妹一块儿簇拥着，说说笑笑蹦蹦跳跳地出来，在那么多女孩子之中，更衬托出她是最美的一个。那一刻他才知道什么叫鹤立鸡群。

陈青娥提议去子牙河边玩儿。他们穿过一片幽深的桑园。这桑园大概有上百亩，有百年老桑，也有新植的枝条发白的湖桑。风吹桑叶，发出飒飒的声音。桑园里鸟声啾啁，地下干燥的鸟粪甚多。

齐东野在马鞍山乡中学教书两年多，竟是第一次来这河边。在子牙河转身北流的拐弯处的上边，形成了这个小河湾。仲秋时节，小河湾水落石出，光滑的鹅卵石裸露了出来。小河湾的对岸就是河中的一个小洲。他们提着鞋子，涉水而过，河水很清凉，感觉很舒服。小洲上面全是灌木，结了很多浆果，他们采了一些捧在手里，红红的。他正要往口里扔，陈青娥对他说："先别吃，我检查一下。"她就在他手心里挑挑拣拣，扔掉了三分之一。她说："扔掉的都是有毒的，会吃坏肚子，剩下这些就放心吃吧。"她带了一个布袋子，里面装了两瓶汽水、两个咸鸭蛋。咸鸭蛋是红心的，滋滋地往外冒油，但并不是特别咸，吃起来很香。陈青娥笑起来，她说："我还是粗心，要是带两瓶啤酒就好了。"齐东野感到惭愧：跟女孩子约会，应该是男生把吃的喝的准备好。于是他们吃着咸鸭蛋，就着浆果，喝着汽水，看着夕阳冉冉西下，晚霞把天际渲染成胭脂红，远处的芦苇丛仿佛着了火一般。

他们牵手再次涉水过河的时候，齐东野有一个令他震惊的发现，原来姑娘的足踝位和小腿这样白，白得发出玉一样的光泽！齐东野忽发怜香惜玉之心，不由分说把陈青娥背在了身上，一直背过了浅浅的河湾。

陈青娥说："我太重了，一百零八斤呢，把你累坏了吧？我叫你别背的，你偏要背！"

齐东野心里想说：我愿意！如果你也愿意，我愿意背你一辈子！

可惜，这话陈青娥不会听到了。

第三天，马校长把齐东野叫到办公室，表情从未有过的严肃。

齐东野诚惶诚恐："怎么了校长，有何训示？"

马校长说："你干的好事！算我看走了眼！"

齐东野愈加诚惶诚恐："我做错了什么事？校长尽管批评！"

马校长说："诚心诚意给你介绍对象，你倒给我来个脚踩两只船！你有本事是吧？为什么不踩三只四只？"

齐东野这才明白自己犯了大忌，可是也无法辩解。他只好支支吾吾地否认，说自己并没有脚踩两只船。

马校长说："马鞍山乡就这么大点儿地方，西头儿放个屁东头儿都能听到，你还狡辩？你不是又跟缫丝厂的'一枝花'搞上了？听说还到河边野合了？齐东野啊齐东野，叫我怎么说你才好！"

齐东野从校长办公室出来，耳朵里还响着校长的话：人生的道路虽然漫长，但紧要处常常只有几步，尤其是当人年轻的时候。无论

东野三世

如何,你得给梁燕妮一个交代!

齐东野知道,马校长这是在用路遥《人生》里的话来教育自己,可谓用心良苦。他思来想去,自己跟梁燕妮见过两次,虽没有进一步的发展,但就这样不再联系确实也不妥,的确需要一个交代,或者叫作了断。

齐东野想,在这种事上,自己应当主动。怎么着也得跟梁燕妮再见上最后一面,当面锣对面鼓地说清楚。处不成对象,还可以做一般的朋友嘛。他连台词都预先想好了。

正考虑给梁燕妮打电话呢,电话就来了。梁燕妮说,小齐老师吗?晚上我不值班,你方便的话就过来,到宿舍聊聊。

齐东野抱定这是与梁燕妮的最后一面。晚上,他来到梁燕妮的单身宿舍。虽然宿舍空间很逼仄,但收拾得很整洁、很温馨。床上罩着绣花的床罩,被褥叠得整整齐齐。一尘不染中,弥散出一股馥郁的花香,原来还养了一盆四季桂,细小的桂花开得金黄如粟米。墙上也没贴什么明星照片之类,只是一片白墙。

梁燕妮说:"也不知你喜欢喝什么茶,就喝点儿绿茶吧,绿茶败火。"

齐东野因为心虚而有几分讪讪地,又因为讪讪地而愈发心虚。他应了句:"绿茶好绿茶好",然后二人便相视无话。他端起茶杯,本想先抿一口,不料一抿竟抿进大半口,烫得他条件反射地吐了下舌头,茶杯慌乱地蹾在小茶几上,洒出了一些茶水。

梁燕妮抿嘴一笑道:"这么心急,烫着了吧?"顺手递给他一块冰糖。

冰糖在齐东野口里含着,疼和甜在舌尖上渐渐中和。梁燕妮递给他一个蓝色的文件夹,说:"你看看这个。"

齐东野惊呆了,这个厚厚的文件夹里,是他两年多来发表的几乎全部文章,从报纸和杂志上剪下来一一粘贴在白纸上,标着年月日、报纸杂志名称、第几版或页码,看上去比专职档案员整理得还专业。

梁燕妮有几分得意地说:"可惜我们单位没订什么报纸杂志,订的都是卫生类的。我可费了好大劲呢,虽然可能仍旧不全。"

齐东野感动到无语,也夹杂着一丝丝的羞愧。

"这么长时间没联系你,我就是干了这么点儿事。送给你做个纪念吧。"

那天晚上他们也没有谈到很晚,不到九点,他就抱着这件特殊的礼物回校了。

既然必须在梁燕妮和陈青娥之间做出一个选择,齐东野只好认真面对。辗转反侧了一夜,把两个人反反复复比对之后,他还是决定选择梁燕妮。

第二天他黑着眼圈儿,硬着头皮,去传达室见毛老头儿,做了亏心事似的万难开口。他说小陈真是个好姑娘,自己配不上她,又没有再见她的勇气,请他把自己用的一支钢笔转交给她。毛老头儿叹了口气,开明地说,恋爱婚姻这事,不是算术题,讲究个缘分。

陈青娥没有把钢笔退回来。毛老头儿说,姑娘表示理解,挺平静的。她还让我转告你,她已报了县里的电大,想拿个会计专业的大专文凭。

齐东野与梁燕妮的恋情很快便公开了,几乎天天晚上两个人都见面,或者在卫生院,或者在学校。梁燕妮学会了两三个菜,翻来覆去地做,齐东野吃得也蛮有味道。有时候,当着同事的面,梁燕妮与齐东野同喝一杯啤酒,而齐东野更是常常把梁燕妮剩下的半碗汤喝得一干二净。两个人已到了一天不见如隔三秋的地步。

马鞍山乡下第一场雪的那个晚上,梁燕妮在院里值夜班,一个病人也没有。齐东野陪梁燕妮值班,边聊天边嗑瓜子。梁燕妮嗑瓜子的水平高,不用手扒皮,唇齿一碰,就无声地壳仁分离,一会儿就有

东野三世

一捧瓜子仁在梁燕妮的手心里。齐东野就从梁燕妮的手心里吃这嗑好的瓜子仁。忽然办公室里仅有的那只白炽灯烧断了钨丝，发出嘣的一声。黑暗中，梁燕妮从抽屉里摸出手电筒，找到一个备用的灯泡。梁燕妮在旁打着手电，齐东野踩到凳子上，够不着，踮起脚尖，还是就差那么一点够不着。梁燕妮说了声"我来"，就轻盈地上了凳子，身体往上只一耸，便拧下坏了的灯泡，换上新的。在梁燕妮身体上耸的过程中，齐东野很是担心却又有些盼望，担心梁燕妮两个紧绷绷的乳房会蹦出来，又似乎盼望它们蹦出来。齐东野在下边抱着梁燕妮的腿，怕她掉下来摔着。灯泡换好了要下来时，凳子却突然摇晃不止，梁燕妮一下便倒在了齐东野的怀里。齐东野趁势而为，两人吻在了一起。新换的灯泡发出更亮的光辉，映得梁燕妮的脸一片红霞。梁燕妮小声地咕哝说："以后你天天晚上都要刷牙，否则不让你亲我，听见没有？"

后来的日子过得飞快。齐东野到梁燕妮家见了她的父母和她八十多岁的奶奶，奶奶就是当年给领导人送礼物的吕秀芹。那个中午，他不知不觉就喝高了，梁燕妮早就叮嘱过他，家里人平均白酒酒量一斤二两。老丈人是个石匠，豪爽得很。他说，小齐："我给你打八十分，燕妮她娘给你打九十九分，奶奶给你打一百分。"小舅子梁兵把一啤酒杯的白酒一口干了，红着眼攥着拳对他说："姐夫，今后你要敢对我姐有半点儿不好，可要小心我的铁拳！"

下第二场雪时，齐东野与梁燕妮在马鞍山乡红运酒楼办了结婚喜宴。马校长和崔院长都是红娘，两个人正在互相谦让对方做主证婚人，这时乡党委书记武志忠不请自到，亮着大嗓门儿说："马鞍山乡这么大的喜事，一个校长、一个院长竟然隐瞒不报，眼里还有没有我这个领导？"校长院长于是不再谦让，让武志忠坐了首席。他举杯致辞："一是祝贺两位新人结婚大喜，郎才女貌，才子佳人，真是天作之合；二是天降瑞雪，红运当头，两位新人从马鞍山乡携手出发，今后的生活必然芝麻开花节节高；三是我要向新娘要人，我要把新郎调到乡党委干秘书，马鞍山乡这些年工作没少干，就缺一个像齐东野这样的笔杆子。"

这场雪多年少见。起初，雪花像秃得开花的毛笔头似的，大而稀疏，三三两两没个阵势，仿佛老天爷还没确定一幅画儿的立意，只是随意地勾勒个轮廓，到了后半夜，才变成了鹅毛大雪的泼墨写意，直下到第二天傍晚。学校单身宿舍里，炉火正旺，被窝儿里一对新人也是你侬我侬，热火朝天。第三天，雪还没化，齐东野就到马鞍山乡党委上班了。

马鞍山人都说，齐东野真找了个旺夫的媳妇。可不是嘛，在马鞍山乡这样一个小地方的人看来，从此，齐东野就不再是个青衣秀才，而是正式步入仕途了。虽然乡秘书什么级别也没有。

东野三世

第七章

　　齐东野夫妇本以为，对女儿的早恋问题他们冷处理的方式是对的。虽然女儿性格的刚烈出乎意料，但这段短促的所谓恋情毕竟以男孩儿被打的形式而告终。许晴老师对孩子又特别上心，已经做了男孩儿的工作，男孩儿答应不告诉家长，而且接受了女儿的道歉。没想到仍然余波不断。男孩儿家长尤其是男孩儿的妈妈从一个嘴巴不严的学生那里得知了儿子受伤的真相，愤怒中痛恨儿子的懦弱——竟让一个女生给打了。当得知实施暴力的女生是县长的女儿后，董小伟的妈妈愤怒达到了极点：怪不得这个女生敢打自己的儿子，敢情是仗势欺人啊，仗着爸爸是县长！县长怎么了？县长的女儿也不能这么欺负人啊！于是董小伟的妈妈就找学校闹，许老师自己顶不住了，就捅到了校长那里。校长对董小伟妈妈一上来就居高临下地试图压服，说："初中生早恋，不是什么光彩的事，作为学生家长，不化解矛盾反而闹事，这是想干什么？"董小伟妈对校长说："你别拿大帽子扣人，扣不住的——我们家小伟没有早恋，是齐绮对小伟单恋，而且单恋不成，把我们家小伟当着全班同学的面给打了。"许老师说：

45

"没有当着全班同学的面，是在教室门口打的，只有两三个同学看见，我提醒你注意事实的准确。""但不论怎么着吧，"小伟妈说，"齐绮必须当着全班同学的面给我们小伟道歉，不然这件事不算完，难道学校还不是说理的地方了？"许老师说："齐绮已经给董小伟道歉了呀，是不是董小伟？"董小伟说："妈妈别闹了，都是同学，何必呢！齐绮已给我道过歉了。"小伟妈说："糊弄谁呢？李子明早告诉我了，齐绮是通过许老师转达的道歉，根本没有直接当面道歉！许老师，手心手背都是肉，你哪能这么偏心呢？是不是就因为她爸爸是县长啊？"许老师红着脸解释："这不是齐绮是女生吗，总得考虑一下女孩子的自尊心不是？你不是也从女生走过来的吗？"小伟妈愈发爆炸了："原来你们这样想啊，真是官官相护啊，自己不是官也主动去护啊——我们家小伟还是男生呢，男生被女生打——传出去，到底是谁的自尊心伤害更大？他以后还怎么做人？我就咽不下这口气！"董小伟的爸爸在一边扯老婆的衣袖，小声说："差不离得了，哪儿能得理不饶人？都是孩子都是同学，何必这么闹？"小伟妈更来气了："我这是闹吗？你个三脚踹不出个屁的东西！我这叫有理走遍天下，管他官多大也大不过理去！"

董小伟的家长到学校闹了一个下午。许老师和校长分别给梁燕妮打了电话，说自己工作没做好，从教这么多年，从来没遇到过这么不讲理的穷横的家长，非要求齐绮当着全班同学的面给董小伟道歉不可，一点儿也不肯让步。梁燕妮又惊又气，坚决不答应这个条件，说："你们学校连这点儿事都解决不好，我们齐绮就不在你们这所学校上了，连个孩子都保护不了！"

梁燕妮的话说得很重，她对许老师和校长都表明了态度：决不答应。双方家长互不退让，校长和许老师只好继续商量对策。校长老谋深算，问许老师："这董小伟就从来没犯过什么错？"许老师说："这孩子挺老实，数学最好，但偏科，语文不行，有过一次，就那么一次，

东野三世

他考试抄袭同桌的答案,还抄错了。哦,还有一次,是上自习课打游戏。"校长一拍大腿,道:"这不是严重违反校纪嘛,一次作弊,一次上课打游戏!过去为什么不做严肃处理呢?"

于是校长和董小伟家长重启谈判:既然双方家长都不让步,学校只好按规定办了,休怪学校无情。齐绮早恋,劝退。董小伟语文考试作弊,上自习玩游戏,劝退。这样好,一了百了。"许老师,我要严肃地批评你,你就是太爱护孩子了,对这么严重违纪违规的孩子为什么不及时处理?你以为这样是对他们好,可家长当回事了吗?"

小伟妈听到自己的孩子原来也存在这样的违纪,不信,拉董小伟到一边问道:"这是真的?"董小伟点头,眼里噙着泪花说:"许老师一向对我很好,妈你就别闹了吧。再闹我就死给你看!"这句话把小伟妈吓得一愣。但她依然说:"这不是闹,妈这是争个理。"可声调明显低了下去,气焰渐消。

梁燕妮为女儿的事气恼得不行。齐东野在电话里劝梁燕妮沉住气,先看看学校的处理结果再说。梁燕妮最终等来许老师和校长的电话,说事情这回总算了了,达成和解了。

晚上回家,齐东野便发现齐绮情绪有些低落。梁燕妮把校长和许老师下午的几个电话又絮絮叨叨地说了一遍,说世上有小伟妈这种不讲理的人简直是咄咄怪事。齐东野平静地说:"要是换位思考一下,你的孩子被打了可能也会心疼,知道对方的家庭背景后你可能也会心理失衡。看来这校长还是有办法的人,我下午一边开会一边还在想这事,已经想好了大不了就带着你去向董小伟的家长赔礼道歉。"

"什么?我们赔礼道歉?齐绮不是已经道歉了嘛,还蹬鼻子上脸啊?"梁燕妮气哼哼地说。

周五下班前,齐东野告诉梁燕妮买些西瓜、香蕉之类的水果,晚上八点去董小伟家一趟,作为家长,当面向他们道个歉。梁燕妮说:

"凭什么呀？咋就这么下贱？"齐东野说："我们这样做是将心比心，人家心里有气，咱们就得给人家消消气。再说了，我们这样做才是高姿态，你懂什么？越是地位低的人越在乎尊严。地位高的人低一下头，肯给别人一点儿尊重，这才是真的高贵。这么多年，我们已经高高在上惯了，难道低一下头能损失什么吗？"

快要换届了，齐东野离县委书记已是一步之遥。小不忍则乱大谋，小事弄不好也会造成不好的影响。齐东野一直注意自己的口碑和形象，他不能容忍任何损害自己公共形象的事情。

梁燕妮从许老师那里要董小伟家的住址和电话号码。许老师惊讶地说："现在老师校内工作繁重，学生作业都要加班加点地批改，已很难做到对学生进行家访了，小伟家我都没去过，您要电话号码做什么？齐绮和董小伟的事不是那天已解决了吗？放心，有我们在，那种没素质的家长是掀不起什么风浪的。"梁燕妮说："有用没用我先要个联系方式，有备无患嘛，是吧？"许老师放下电话沉思了一会儿，心想难道梁燕妮和齐东野还真去登门道歉？那不是多此一举？也许这些官员有别的想法？她摇了摇头，就不想了。

司机绕了好几条街，才找到董小伟家住的小区，是个无物业管理的老旧小区，实际上就是原国营红旗机械厂家属院。住新小区的人，很难想象这里有多么脏乱：生活垃圾深度发酵的味道，相当于几十吨腐烂韭菜的量级，如果气味也有冲击波，梁燕妮可能早就倒下了。长期无人清理的垃圾堆成了小山，小山边上是流浪猫的家园，它们麇集在一起，见人经过，不惊不诧，有的立，有的趴，各呈其态，黄蓝幽幽的目光展露出老住户般的安详。有四五棵老丁香树，树间纵横交错地扯着绳子，晾晒着从床单被褥到女人内衣之类长短不齐的衣物，大晚上有的还没有收走。有几个废弃的沙发和破电视机，差点把齐东野绊倒。楼前，各种自行车、电动车横七竖八地乱放，让人很难找到楼道的入口。

　　　　　　　　　　　东野三世

董小伟家住西单元601。这种六层老楼没有电梯,楼道里黑咕隆咚。齐东野又是跺脚又是大声咳嗽,灯还是没有亮。灯本来就不是声控,看来早已坏了多年。梁燕妮比较机敏,用手机屏幕照着,二人一步步挪着往上爬。水泥台阶破损不堪,每家每户门口都有一个酱紫色的水缸一样的东西,那是腌酸菜的坛子。齐东野夫妇好不容易上到六楼,站在门口喘了一会儿气,齐东野才举手敲门,许久,一个女人喊着"来了来了",也没问门外的人是谁,就开了门。梁燕妮在前,问:"这是董小伟的家吗?"两个人便进去了。这是一个小两居室,不足六十平方米,正对门口的是厕所,客厅小得仅可容下一个三人沙发。董小伟正在自己的卧室里做作业。董小伟爸爸中等身材,头发有些花白,红脸膛,上身穿件背心,脚下趿着一双陈旧不堪的塑料拖鞋。董小伟妈很瘦,高个子,薄嘴唇,腰间系着花老吉花生油促销赠送的一件花格子围裙,一看就是个里里外外一把手。

梁燕妮把一大网兜水果和两个特大的西瓜放在茶色玻璃茶几上,介绍说:"我是齐绮的妈妈,这是齐绮爸爸。"齐东野伸手与董小伟爸爸握手,说:"我们专门来向你们道歉,希望你们多多包涵。"

小伟妈抢着说:"齐县长,您这样说就客气了,你们快请坐。老董,还愣着干什么呀,快去沏茶水啊。"

齐东野和梁燕妮小心翼翼地坐到沙发上,因为老式布沙发看上去太旧了,有点儿弱不禁风。齐东野说:"你们就别麻烦了,我们坐会儿就走。"但董小伟爸爸还是拿起一把大肚子白茶壶去沏茶了。

齐东野问:"小伟呢?"小伟妈便把董小伟拉出来见面。齐东野说:"这小伙子长得够帅啊!我看看,伤在哪里?现在还疼不疼?有没有去医院?"

董小伟说:"没事没事。"

董小伟妈也附和说:"就破了点儿皮,早没事了。"

董小伟便回屋继续做作业。

齐东野与他们唠了一会儿嗑。董小伟爸爸是红旗机械厂的老工人，前些年买断工龄后便在一家民营企业上班。董小伟妈原是厂里的出纳，现在在华天超市当收银员。

齐东野夸赞小伟学习好："听说数学全年级第一，看来是遗传了嫂子的基因啊。"梁燕妮也说："就是，一看嫂子就精明能干，家里收拾得这么利索。"

董小伟妈听了这些话似乎得到极大满足，说："摊上老董这么个老实人有什么办法！我们这房子，依我早就换了，电路管道全老化了，夏天西晒，冬天暖气不热。可老董就不干，怕背上房贷。如今买新房的哪个不贷款啊！好了，现在房价噌噌地涨，越发买不起了。"齐东野点头说："嫂子说得很在理，真有眼光。"

临别，齐东野又到董小伟的房间告别。他摸了摸董小伟的头说："小伟啊，你跟齐绮是好同学是不是？你是男子汉，今后可不许记仇啊！"

董小伟爸妈一直把齐东野夫妇送到小区门口。

回到家，梁燕妮半躺在沙发上，不以为然地说："董小伟那个妈，一看就不是省油的灯，我去了就感到后悔，确实多此一举。"

齐东野说："正相反，去了我才心里踏实。"他放低声音说，"这是一家本分人，人家孩子被打了，找学校讨个说法，其实一点儿也不过分。"

"哎，不过，今晚上我可真服了你。"

"服什么？"

"服你虚伪，服你当领导当了这么多年，越来越会演戏了！演得多好啊，跟那董小伟第一次见面，你表现得多亲热啊。又会聊天，聊得那厉害女人心花怒放的。齐东野，你不去当演员我真觉得怪可惜的。"

梁燕妮跟齐东野两口子，偶尔也斗斗嘴，多数情况下梁燕妮说

50

不过齐东野,有时她耍点儿小无赖,齐东野就让着她了。但听到梁燕妮今天这番冷嘲热讽,齐东野不干了。他正色道:"我是真诚的,发自内心的。你都这样说,我突然感到自己很悲哀,连自己的老婆都不理解。老婆,人不能忘本,我们也是从社会底层一步步起来的。他们过得多不容易,你就没有一点儿感情吗?我说的不是同情心,他们其实也不需要同情!看到董小伟,我就像看到以前的自己。我在上小学的时候,也受到过同学的欺负,因为个头儿矮、体力弱,没有反抗能力,很无助!我那时也很懦弱,受了欺负也是回家从来不敢跟大人说。这样的经历,大概你没有过。"说完,他伤感地点上一支烟。

梁燕妮听他说得动情,便适时变了一副脸孔,柔和地说:"好好好,知道你是真诚真情,感动中国!向你看齐还不行?"

齐绮早恋的事就这样一波三折地过去了,或者说是他们以为过去了。齐绮似乎从此变了,寡言少语,常常坐在那里无所事事地发呆,不再像往日男孩子般活泼外向了。

第八章

　　国庆节前，省、市委组织部门对北溟县委、县政府班子进行了整整七天的考察，名义上是一年一度的例行考察，但明眼人都知道，这是县委主要领导调整之前的考察。组织部门分了好几个小组找人谈话，谈话的范围之广，是前所未有的。于是风传县委书记李春秋很快就要去市人大，齐东野呢，当然是接任县委书记。这意味着北溟县历史上最年轻的县委书记即将诞生。参与考察的人透露，这次考察收集来的民意非常一致，不是一般的一致。齐东野的政绩和声望，简直就像秋天的田野，一派金黄的丰收景象。

　　越是这种时候，干部队伍的稳定就越显重要。李春秋也听到不少风传的消息，关键是他已感受到风气的变化。于是在几次大会上，他旁敲侧击地说："有些人现在想法太多，我奉劝这些人，瞎想是没有用的，组织的眼睛是雪亮的，群众的眼睛也是雪亮的，成天不琢磨事光琢磨人是没有用的。我将来的位子在哪儿，我自己都不知道，有些人就给我安排好了。都给我好好听着，谁都不要瞎议论，我只要还在北溟县干一天，我就当这个家一天，县委定下的各项工作都要不打折扣地落实,谁要干不好、干不了,我就打谁的板子。这是什么风气!决不允许这种风气在北溟蔓延!都把精力投入工作中去,只有不三不四的人才想三想四!"主席台上的齐东野就坐在李春秋的右首。李春秋说完这话,又故意道:"我说的对吧,齐县长?"齐东野马上接话道:"春秋书记强调的这点很重要,我完全赞同,这种不好的风气必须改变!"

其实,也怪不得李春秋敏感,每个职业政治家身当其时都会敏感,不敏感反而是不正常的。当然也怪不得干部们敏感,这种敏感在这种时候也往往是一种政治敏锐性、政治素质的体现。在新旧交替的时间节点善于见风转舵,被认为是识时务者,这种认识从古至今早已浸透了我们这块古老的土地。昨天下班之前,规划局局长老常来汇报工作,带来三幅规划图,一是最新的县城规划图,二是全县县域城乡统筹规划图,三是一幅近二十年来全县规划变迁图。太有心了,这三幅图包含了北溟县的历史、现实和未来。这么精准的"军事地图",对于即将就任的新统帅,是不可或缺的。

前天下班前,县委组织部部长于谦也过来了,不是以汇报工作的方式,而是以表达敬意的方式。因为汇报工作,组织部部长是对县委书记负责的。干部人事问题历来是一把手的"禁脔",县长也不能轻易触碰。齐东野深谙组织部部长工作的甘苦和个中微妙,因为他也在这个位置上干过三年。于谦以自己人的口气,向他透露这次考察的情况,但又显得不违反组织纪律。他说:"齐县长,这次考察,怎么说呢,就是八个字:激动人心,众望所归。谈话涉及一千多人,九成九的干部推荐的都是你,这是什么概念?你知道梦之金公司推出的新品吗?这叫千足金啊,完美到不能再完美了。当然,也有三位老干部跟考察组的同志开骂了。骂什么?骂我们组织部门(当然是指上级组织部门)不作为。他们说,像齐东野这样的领导干部,为什么不能早一点儿用起来?年轻?粟裕,三十八岁就打了苏中七战七捷!怎么?

现在是和平年代？这不成为理由。总之，他们说，北溟县耽误的机遇够多了，再耽误就是历史的罪人。你看，这些老干部是不是真敢讲？我看到省委组织部的同志有的头上都冒汗了，你看，因为没让你早干县委书记，组织部都成罪人了。"

齐东野说："于部长，忽悠完了？没完接着忽悠。"于谦听了这话，好像大受委屈，说："我若会忽悠，还用得着县委常委干八年？"齐东野说："就是嘛，你根本不会忽悠，却装得很会忽悠。"齐东野拍拍于谦的肩头，亲密地说，"谢谢啊，我都记在心里呢。说心里话，我这人官瘾没有多么大，能为老百姓多干点儿实事，就很满足了。干上这个县长，我就觉得我家的祖坟呼呼冒青烟了。往上数十代，我们齐家就从没出过一个当官的。"

于谦走的时候，留给他一个档案袋。档案袋里是一份详尽的干部花名册，全县大大小小干部（尤其是副科及副科以上）的名单简历，尽在其中。

齐东野心里明镜似的，当一把手跟当二把手就是不一样啊。当了县委书记，第一需要的就是这两样东西了：规划图，是全县的整个地理空间，等待着县委书记重新布局，进行资源要素的重组和分配；干部花名册，是全县的干部人力资源啊，也等待着县委书记重新布局和配置。

　　　　　　　　　　　　　　　　　　　　　东野三世

第九章

浪莎美容院 10 月 2 日开业，来了两百多位女客。门前摆满了花篮，花篮上扎着红色的彩带。红地毯从里面的吧台一直铺到门前的街道上。六位姑娘花枝招展地迎宾，一色的高开衩绿旗袍。专门请来的管乐队、礼宾的号管从早晨七点直到现在就没有停歇。美容院地处县城电影院对面是县城商业街最繁华的地段。美容院共三层，有大厅有包房，从皮肤护理、美发美甲、按摩、刮痧、艾灸到塑形塑体、去皱去斑抗衰、卵巢护理，几乎涵盖了在这座县城所能做的所有美容项目。从十六七岁的姑娘到中老年妇女，女性消费群体简直被一网打尽。

梁燕妮是同计划生育服务中心的一位女同事一块儿去的，作为特邀嘉宾，受到了陈青娥的热烈欢迎。她前后一看，来了不少熟人，许多是县城干部的夫人，政协、人大老领导的夫人也有几个。有些不认识的，从珠光宝气的俗艳打扮就能看出，她们是老板的女人，其中不乏小三上位者。在这些有身份的女人中，不管什么年龄层次的，梁燕妮都感觉自己最有底气。她顾盼生辉，熠熠发光，离人老珠黄、徐娘半老那些词儿，还差着十万八千里呢。女人耳朵尖，她尤其尖，她分明听到几个人在议论她："这就是齐县长的夫人？真是大美人一个，啧啧！"

浪莎美容院老板陈青娥，就是二十年前马鞍山乡缫丝厂那个最美女工。

"燕妮姐，我就知道你会来的，快先喝杯沙棘汁。开业剪彩之后，还有个抽奖活动。"陈青娥迎上前亲昵地说。

今天来的年轻女孩子也不少，看来多半是为了抽奖，因为奖品除了洗发水、面膜，还有面值不等的优惠卡、代金券。为了让梁燕妮来参加美容院开业典礼，陈青娥到单位找了她三次。陈青娥恳求说，自己砸锅卖铁搞了这家美容院，要是不去捧场，那就是看不起她。话说到这份上，梁燕妮就没法儿推辞了。

当年在马鞍山乡，齐东野谈恋爱脚踩两只船，但不能怪人家陈青娥。梁燕妮本想好好吊吊齐东野的胃口，等吊足了胃口再收网的，没想到网中的鱼儿差点儿溜了。她是马鞍山乡卫生院的"一枝花"，陈青娥是缫丝厂的"一枝花"，花开两处，彼此知名而不认识。齐东野这家伙太没有耐心了，才吊了他二十来天，没有给他个回复，他就转身跟陈青娥谈上了。梁燕妮听到消息时，那个气恼就不用说了，一会儿在心里咬牙切齿地骂陈青娥，一会儿又恨齐东野，最后，她拿出力挽狂澜的手段：先让崔院长给马校长施压，继之趁热打铁。她做得那样巧妙，分寸和节奏拿捏得恰到好处，齐东野便乖乖地回来了，彻底拜倒在她的白大褂之下。

后来，梁燕妮知道齐东野利用乡秘书的职权，让缫丝厂厂长给陈青娥转了正式工。再后来，陈青娥嫁给了县委书记的司机霍原，进了城，而没出几年，乡缫丝厂就垮掉了。陈青娥老公现在是县交警队的副教导员。陈青娥进城之后，先是开了个服装店，看来是赚了不少，不然现在哪儿有实力开起美容院呢？

县妇联主席是美容院开业剪彩的主角，配角是县工商联主席。陈青娥知道梁燕妮的身份不适合担任这样的角色，也没有逼她。剪彩完毕，妇联主席和工商联主席先后致辞，然后便是抽奖活动。县电视台女主持人拿着话筒煽情地主持，场面热烈。最后，来宾们带着奖品满面春风地离开，梁燕妮手里还多了一张会员卡，明面标着两百元，其实是五百元。

晚上，梁燕妮似有几分说不出的落寞，坐在沙发上按着电视遥控器来回选台，好久也没选上一个。

齐东野问："今天参加美容院开业活动了？怎么样？"

梁燕妮说："搞得场面可大呢，那么多人捧场，陈青娥真是令人刮目相看啊。"

"叫你别去吧，你非要去，去了又这么酸溜溜的，有意思吗？"

梁燕妮异样地瞅了齐东野两眼，扑哧笑了，心想，昔日的情敌如今竟成了闺密，真是奇了怪了。陈青娥对她那么尊敬，平时遇到大小难事都请她拿主意，甚至把老公早泄的秘密都透露给她。而她呢？作为县长夫人，她竟很享受这种感觉。

齐东野问梁燕妮笑什么，梁燕妮不回答。齐东野说，今后少跟陈青娥走得那么近。

梁燕妮说："哎哟，你不让我走近，难道你是想自己走近，还想旧情复燃？门儿都没有我告诉你！"

"什么旧情复燃？不可理喻！"

"你那点儿心思我知道。哎，陈青娥的美容院叫浪莎美容院是不是有点儿低俗啊？"

"是有点儿低俗。浪莎不是长筒袜的品牌吗，怎么就直接拿来用了？"

"是啊，陈青娥还请教过我呢，问我是用黛痕好还是浪莎好，我也没多考虑，她也真是听话。"

第十章

中午午休前,齐东野接到一个陌生的电话,是北京一位多年前认识的老板打来的。他一时怎么也想不起来。"我是老艾,艾克蒙,是鲁飞介绍我们认识的,怎么,马上要当县委书记了,就把老朋友忘了?"老艾进而提示道,"三年前,在北京朝阳区的一个会所。还想不起来?那个会所离机场不远。还没想起来?当时专门叫了几个三流演员和电影学院的学生作陪,你老弟喝了不少酒,但还是放不开,哈哈。"齐东野似乎有些想起来了,但似乎又有些模糊。老艾很有耐心,继续提示道:"后来有两位空姐过来陪酒,老弟才放开了。记得吗?那个叫苏叶的空姐还常常念叨你哩。"

"你这杂七杂八说的哪儿跟哪儿啊!"

老艾暧昧地笑笑:"开玩笑开玩笑嘛,知道你们这些人就是开不起玩笑。"

齐东野一本正经地说:"打电话有事吗?"

老艾说:"没事没事,就是想老弟了,老弟最近来北京吗?很想见面聊聊。"

齐东野想打住,就说:"我近期工作忙,去不了北京。"

老艾说:"我就知道你忙,这样吧,我去看你,明天的班机啊。我不是空手去啊,我带着项目去。你还不知道我现在做什么、做得多大吧?这可太官僚了。我现在是中美合资企业昆都布兰素克的首席执行官,对对对,就是 CEO,我们公司主要做投资,投资中主要做药企,别的项目也可做,反正什么赚钱做什么嘛。北溟县不是有家中药厂吗?我想带着团队去考察一下,你到底欢迎不欢迎啊?欢迎?好,那我们明天可就去了,齐书记,哈哈。"

"我还不是书记,还是县长,别乱叫。"

"马上就是了嘛!好好好,齐县长,明天见!明天见!"

《民风报》驻北溟记者站站长鲁飞,是齐东野的铁杆儿朋友,二人相识于他在市委研究室任职期间。巧的是,二人同年同月同日生。他们一块儿调研,一块儿喝酒吹牛,一块儿胡侃女人,一块儿写稿,好得可以说穿一条裤子。1991 年秋天,随着马鞍山乡党委书记干了北溟县委常委、办公室主任,不久齐东野就调到县委当了县委书记杜大江的秘书,由乡党委书记的秘书一跃成为县委一把手的秘书。齐东野自己也没想到,更好的运气还在后头——一年之后,市委副书记鲍安石请杜大江推荐一个文字过硬的年轻人到市委研究室工作,杜大江便忍痛割爱,又推了齐东野一把。

齐东野那时是真的不想离开北溟县,并不仅仅是出于对县委书记的个人感情或者忠诚。他当教师时,没想过有一天会踏上仕途;干了乡秘书,他就只是想着能在乡里一步步起来,从秘书到包片的片长,再到副乡长、党委委员、再到乡党委副书记,这么一步步熬出来,四十岁干上乡长,四十五岁干上乡书记,五十岁左右回县城,当个部委办局的一把手,再混到五十五六岁退居二线,终生止步于正科级干部,这是他的最高人生理想。连到县委干秘书他都想也不敢想,这回要调到市里去,他突然有些不自信了,因为到了市里,不确定的事情就太多了。

杜大江没想到齐东野会拒绝这样千载难逢的机会。他很生气，骂道："妈了个巴子，真是山沟里的野鸡没见过世面！这样好的机会，别人抢都抢不到，你还拒绝！去也得去，不去也得去。若不去，就到环卫局扫大街去！这么没出息的东西！"

二十七岁的齐东野很不情愿地去了市委研究室，一干就是五年，成了城市科科长。三十一岁时，他回到北溟县干了常委、组织部部长。两年后，他又任纪委书记一年、县委副书记一年，三十四岁冬天干上了县长。回顾自己的仕途，在他自己看来，有时都觉得够顺，甚至有几分太顺了。

有一次，鲁飞跟他一起随市里的领导到海南考察。那是他第一次到南方出差，正是十万大军下海南的年代，海南太开放了。他们晚上出来闲逛，一个酒吧负责招徕的小姐向他们招手，说是可以陪他们聊天。小姐穿着超短裙，很是性感迷人，加上椰风海韵的撩拨，两个人都有点儿蠢蠢欲动，于是就跟着到了一个黑酒吧。那小姐也没问他们要不要，就让服务生打开一瓶洋酒。都是第一次喝洋酒，都喝不惯。但也要假装喝过，他们就慢慢地喝了几口。卖酒小姐说："你们找小姐不？两百块陪你们出去玩儿。"他们说："怎么玩儿？""想怎么玩儿就怎么玩儿。"那时他们年轻，久在北方城市，对南方的一切都感到新鲜。一会儿就叫来两位小姐，浓妆艳抹，穿得要多暴露有多暴露。"那你们结了账带她们走吧。"可一结账他们傻了眼，肺都气炸了，明摆着宰人：一瓶洋酒要两千元！鲁飞仗着自己干媒体，一向比较横，脾气也比较冲。他大声说："两千？笑话！想宰人是吧？叫你们管事的过来！"管事的过来了，带着两个有文身的大块头儿。卖酒小姐说："他们想不付钱就走。"管事的说："你也不问问这酒吧是谁开的。"齐东野担心鲁飞脾气搂不住，就温和地说："这酒价也太离谱了吧？做事也别太过分。"管事的说："就是两千一瓶，少一个子儿也不行。"鲁飞两眼冒火,要跟他们动手。齐东野心下思忖,他们两个人不是对手,好汉不吃眼前亏,认宰也认栽吧。齐东野捅了捅鲁飞的腰,使了个眼色。"没有办法,身上有多少全给你们,要嫌不够就跟我们到海口大酒店去取。"最后掏遍全身,两个人只有一千三百元。

回到酒店,鲁飞越想越气,想报警。齐东野说:"报什么警,那是什么地方?我们这身份怎么报警?"

"我就应该当场把记者证亮出来!"鲁飞说。

齐东野说:"亮出来也没用,那地方我们就不应该去。算是花钱买个教训吧。"

招商引资,是县级地方政府的一项重要工作。大招商、招大商,是市里的要求。网撒得很大,但这两年网进的大鱼不多,各地招商引资的竞争太白热化了,优惠政策的比拼余地已经越来越小了。重污染、高耗能的项目倒是不少,但环境风险太大了,齐东野是慎之又慎的。为此,他还与李春秋产生过重大分歧,两个人闹得很不愉快。有个化工项目,投资二十个亿,李春秋引来的,已经把选址和优惠政策都谈好了,就等从齐东野这个县长手里过一下,便算大功告成。齐东野就此通过私人关系,找东夏省发改委和国家环保部的朋友了解情况,他们都说这种项目限制很严格,环评这关难过,弄不好招来子孙后代的唾骂。李春秋本想将此项目作为自己在县委书记任上最后浓墨重彩的一笔,却遭到齐东野公开的反对,其恼火可想而知,当时两个人的关系几乎到了剑拔弩张的程度。幸亏网络舆情的快速发酵使李春秋主动选择了放弃——化工项目在签订投资意向书之后,在媒体上做了大张旗鼓的宣传,没想到北溟县的老百姓不干了,在网络媒体上发帖,呼吁停止这一项目,并自发地组织了几万人,要到县政府前的文化广场"散步",引起省市两级的高度关注。此后,齐东野与李春秋的关系慢慢缓和下来。

虽然齐东野与艾克蒙仅有过一面之缘,那次酒局之后再无联系,通了电话之后齐东野对这个人的感觉也不是很舒服,但为了招商引资,他还是要热情地接待艾克蒙的考察。

艾克蒙团队一行五人,个个一副中外合资企业代表的派头,西装革履,交流中故意摇头耸肩,谈吐中不时蹦出几个英语单词。

齐东野把他们的行程安排得满满当当:一下飞机,分管文化旅游的美女副县长蔡咏梅亲自接站,经过一个半小时的山路颠簸,直奔白塔寺镇新辟的一处旅游景点,先让这些人对北溟县有个初步的印象。白塔寺建于南朝时期,六座白塔耸立于群山环抱的翠微之中,一塔独高,五塔拱卫。大雄宝殿的佛祖木雕,为国内最高最大。但最殊胜之处,还是白塔寺的地宫。地宫中有罕见的佛骨舍利。蔡咏梅陪同艾克蒙进入地宫,长老小心翼翼地捧出一个紫檀锦盒,一层又一层,打开十层之后,出现一个小金盒,金盒内装一琉璃宝瓶。打开瓶盖,便有红光盈盈而起,细视底部,是一枚晶莹剔透的圣物,这便是佛祖的指骨舍利了。不可思议的是,能从这圆润的舍利中看到观音菩萨的化身。长老问,施主看到了没有?艾克蒙没有看到,但立马说看到了,还说观音菩萨宝相庄严,栩栩如生。长老念声阿弥陀佛,说看到的人有福了,只有有缘有上等慧根的施主才能看到。

出了白塔寺,天空飘起了蒙蒙细雨。蔡咏梅说:"'南朝四百八十寺,多少楼台烟雨中',在细雨蒙蒙中看这寺,看这山,看这松柏,才最有诗意。今天齐县长特意安排,对你们可真够重视的。艾总你可能不知道,只有省委书记和更高的领导来,才能瞻仰佛骨舍利,我今天真是沾了你们的光了!"

艾克蒙国内国外到处飞,是见过一些景致的,但他还是被白塔寺东南的一片薰衣草迷住了。远看紫云满坡,与天际相连。山风一阵一阵,香气扑鼻。在三千多亩薰衣草之中,还S形地游弋着一条小河,河边长满了灌木。艾克蒙说:"我好像来到了普罗旺斯,太美了。但美中不足的是,"他可惜道,"要是这里再搞个房车营地,那就再好不过了,是不是田硕?"

田硕是艾克蒙的新任女助理,他一般一年换一个。田硕脸硕胸硕屁股硕,其他地方硕不硕不知道,白白的胳膊也很硕,小手背上有几个小窝。田硕妖娆地一笑,说老板说得对。艾克蒙说,晚上在这里开个篝火晚会,喝点德国啤酒,吃点烤肉,然后在房车里美美地睡到第二天自然醒,那才叫"不知有汉,无论魏晋"哪,那才叫 Happy(快乐)哪。田硕立即显出很神往的表情,两个人配合太默契了。

中午,按齐东野的吩咐,只吃饭不喝酒。蔡咏梅请他们在白塔寺镇的一家农家乐吃北溟全羊宴,从羊头羊腿羊蹄到羊腰子羊蛋,最后是每人一碗羊肉汤,吃得人人满脸满手满口泛着亮闪闪的油光,浑身散发出正宗黑山羊的膻味儿。大家吃得很惬意,夸赞北溟县的羊肉是天下最好的羊肉,这羊肉至今未曾在国宴露面,只能说是国宴的遗憾。主食是潘金莲烧饼,专配羊肉汤的。艾克蒙似乎无意看了一眼田硕,然后眼光移开,说道,妙哉妙哉,一通全羊宴吃下来,最后就想潘金莲这一口了。陪同的人和宾客们都笑得合不拢嘴,蔡咏梅说:"艾总呀,你真是太幽默了!"

一点二十分,他们乘坐的中巴车开到县政府办公楼前。等了十分钟,齐东野从楼上下来,身后跟着常务副县长曾辉和分管工业的副县长苗庆以及四五位局长。艾克蒙一眼就认出了齐东野,两个人握手,艾克蒙继之拥抱,主要是显示自己与县长的熟稔,同时也体现公司的国际范儿。

艾克蒙和助理上了县领导们坐的一辆更小一些的中巴,三辆车便直奔北溟制药公司而去。

昨天接了艾克蒙的电话后,齐东野安排秘书小孙做了一番功课:全面了解艾克蒙那家名字太长的合资公司的背景和实力。为此小孙又找了五六个人帮忙,有县工商局的,有县委宣传部的,也有在海外的同学校友。综合了解的情况是:这家公司相当有实力,最早卖医疗器械起家,后来涉足投资,前些年主要在国内投资水务,控股了七八个城市的供水公司。供水公司,是垄断性的稳赚不赔的买卖。近年来这家公司靠做水务赢利,转而以投资药厂为主。

艾克蒙在车上对齐东野大发感慨,说:"老想来北滇你也不邀请,原来北滇是这么个好地方,你这不是金屋藏娇吗?"他又赞叹齐县长办事效率高,说,"以前到过那么多地方考察项目,都是中午酒晚上酒,甚至有的早上也上酒,搞得人昏天黑地,考察一圈儿啥也记不住,啥也做不了,你倒好,午睡一个小时也不给我们留,环环相扣。"

齐东野说:"好不容易把你大老板请来了,哪能轻易放过你?当然要让你尽可能多地了解北滇,了解项目。"

北滇制药公司的前身是县中药厂,虽然规模不是很大,但有四五种名牌产品,有主治心脏病的丹参滴丸,还有九味保肾丸、生发丸、温经丹,等等。

到达后先参观厂区。花园式的厂区,标准化的厂房,蓝白为主的格调,尤其在参观了中药文化博物馆之后,艾克蒙兴趣大增。一个药企的博物馆,不但把本厂的产品、文化底蕴展现出来,还把整个中医文化的脉络展现出来了。几百部线装发黄的中医古籍,中药丸散膏丹的炮制工艺,人参、灵芝、铁皮石斛、穿山甲、犀牛角、千年何首乌等名贵药材的标本,让艾克蒙叹为观止。厂长叫辛桂枝,是中医药大学的博士,才四十五岁,业务能力没的说,只是经营方面稍弱一些。

辛桂枝看到艾克蒙很关注穿山甲和犀牛角,怕他产生误解,便特别解释说,这些都是中药标本。新鲜的穿山甲和犀牛角,根据野生动物保护法,早就不用了。

参观制药车间之前,每个人脚上都套上蓝色鞋套,从消毒池里过一下。即便这样,他们也只能隔着玻璃参观。新建的现代化的生产车间,先进的萃取和分离设备,流水线上工人很少。最后是包装车间,带着商标品牌的丸散膏丹就从这里走向市场。

在公司会议室,他们观看了企业的宣传短片。齐东野说:"独有的地理、土壤、气候优势,使北溟成为丹参、柴胡、桔梗、黄芪、地黄等道地药材的产地。有名的老中医都会在处方上注明药材产地,如怀山药、潞党参、杭白芍、辽细辛、川黄连等。可见不同地域药材的质量差异会直接影响到疗效。北溟县光丹参 GAP(Good Agricultural Practices 缩写,意为"循序良好农业规范")种植基地,就有三万多亩,全省第一。北溟制药公司未来的发展规划是主攻心脏病、肾病、妇科病三大类。这里的研发团队很强,已建起省级重点实验室。我们有意引进战略投资者,计划在三年内上市,这样可以让北溟制药公司得到更好更快的发展。艾克蒙让财务部经理向北溟制药公司索要相关财务报表,了解整体资产状况。随后,齐东野又陪同考察了污水处理项目和垃圾发电项目。

晚饭限定一个小时,菜很丰盛,上了白酒,是当地的北溟古酿,度数低的五十多度,高的达六十二度。齐东野没有使劲劝酒,艾克蒙喝了二三两,舌头打着卷儿说,北溟姑娘厉害,劲儿太大了!他故意把"古酿"说成"姑娘"。

晚饭后在县政府第一会议室又开了一个座谈会。齐东野和县政府班子成员全部到齐,县招商局、开发区、国土局、规划局、税务局等单位的领导也在。齐东野把全县的产业发展规划、招商引资优惠政策、营商环境等,向艾克蒙做了总体的介绍。艾克蒙是个老江湖了,首先向齐县长和各位领导表示感谢,然后说,我们第一次到北溟考察项目,感到很震撼,没想到北溟这么美、经济这么充满活力,今后我们将更加关注这块投资的热土。他谈了考察的几个项目,也跟团队做了初步的沟通,最感兴趣的是北溟制药公司,明天就可以先签个意向性的协议。其他项目,以后一步步来吧。

座谈会开完已经八点半了,艾克蒙以为就回酒店休息了。齐东野却诡秘地一笑说:"你们一行工作辛苦,一会儿还有个保留节目,请大家放松放松。"

这个保留节目，叫作"桨声灯影里的北溟"——乘船夜游北溟城。

船分机动和摇橹两种，摇橹船多在白天行驶。大船都是机动船，但都改装成画舫的样式，挂着红灯笼，灯光映在波光粼粼的水面上，梦里水乡的感觉马上就出来了。

"桨声灯影里的北溟"，是齐东野就任县长以来的头号大手笔，是得意之作。北溟是北方城市，干旱少雨，有河流也多是季节河，最大的河流子牙河，秋冬两季水量不足夏季的五分之一。把子牙河水从东引入县城，先造出一个东湖，再把黑虎水库的水从西引入县城，造出一个西湖。北溟县城的旧护城河，随着城市的扩张，环绕着目前县城的中心地带。但护城河不通活水，久已污染，早成了垃圾河、臭水河，夏天蚊蚋苍蝇乱飞，附近居民一年四季不敢开窗。临护城河地段成了城内房价最低的区域，房子连租都租不出去。齐东野硬是无中生有，变不可能为可能：先全面整治改造护城河，疏浚清淤，砌渠筑堤，把两岸绿化成滨河公园；通过水利部门设计，分设水闸，把东西两湖的水注入护城河，让其循环贯通，成了环绕内城中心区的一条活水。齐东野把护城河改名为惠通河。当清凌凌的碧水从两湖注入，惠通河通水的那一天，全城人奔走相告，就像过节一样。当天中央电视台记者采访齐东野，齐东野的表现颇为出色："为什么把旧的护城河改名？因为惠民则通，凡是惠及民生的事，作为一名基层领导干部能早干就要早干。原来老百姓对护城河的污染怨声载道，沿河居民深受污染之苦却又不愿拆迁改造。通过护城河的整体改造工程，我们树立现代城市的功能理念，同时把县城的水系建设起来，在江北打造出了一个江南水乡，一个有灵气的温润如玉的江北水城……"

画舫轻柔地犁破水面，船速不疾不徐。楼房的倒影和岸边树木游人的倒影被打碎，船过后又迅即恢复。忽然有几只水鸟飞掠而过，艾克蒙少见多怪地发出一声惊叫。齐东野说，惠通河通水后，水鸟就

66　　　　　　　　　　　　　　　　　　　　　东野三世

多起来了,动物对自然环境的敏感远超人类。"刚刚飞过的这几只是野鸭。"齐东野肯定地说。

十月初是北溟气候最适宜的时节,惠通河上的游船前前后后有二十多只。齐东野说:"当时我们搞护城河改造和水系建设的时候,也想到了今后可以发展旅游,但没想到会发展得这么快。第二年,夜游北溟就成了全省的一大著名旅游品牌。"

齐东野是个有心人。惠通河上的游船中,本来只有摇橹船才有船娘,今晚齐东野特意安排他们坐的机动船也有几位船娘服务。这些船娘,都经过大半年的培训,很多是艺术院校的毕业生。船娘们戴着蓝布头巾,身穿白花蓝底裤褂,装扮成渔家女的模样,别有一种风情。船娘有吹箫吹笛拉二胡的,有弹奏琵琶的,也有专门唱京剧和地方小曲的。

齐东野说:"艾总你喜欢什么节目?不用客气。"艾克蒙说:"来支小曲儿吧。"两个船娘唱了一曲《珍珠倒卷帘》。长条茶几上摆着茶水、饮料和果盘,还有绿豆糕、老婆饼等甜点。艾克蒙和随行人员吃着小吃,听着小曲,摇头晃脑,耳边不时传来河岸上卖鲜藕、鸡头米、菱角、热玉米、烤白薯的叫卖声。因为有了这条惠通河,河边繁华地段就成了名副其实的夜市和餐饮一条街。

惠通河上建了二十四座小桥,多是石桥或铁桥,也有两三座木桥,还有一处玻璃桥,玻璃桥在夜里亮如水晶。每座桥边各立一个白色大理石雕塑,是一裙带飘飘、双手持箫而吹的玉女形象。这些桥以二十四节气命名,从立春到大寒,与周易后天八卦的方位一一对应。桥边的绿地,固然是草灌乔三类植物立体配置,还独出心裁加植了几十株红芍药。齐东野对此颇为得意,因为这不仅仿了扬州二十四桥的外在形象,更在于它神似,甚至超越了二十四桥的意境。船过二十四桥,肚里稍有点儿文化水儿的人都会被唤醒——"二十四桥明月夜,玉人何处教吹箫""念桥边红药,年年知为谁生",一种怀旧的对繁华的眷恋就会油然涌上心头。

　　船儿经过一处,齐东野指点道,这是新修的城隍庙,古代城市居民是信奉城隍的。又指另一处说:"这是原址的老城墙,就这一段一百二十多米,我们想法保留了下来,请名书法家题了两句诗:'留下宋城墙一段,教人想见旧北溟。'这是我偷的汪曾祺老先生的诗句,只把'高邮'换作'北溟',怎么样?"

　　"'君到姑苏见,人家尽枕河……夜市卖菱藕,春船载绮罗。'啧啧,夜晚的北溟不亚于古代的苏州啊!"

　　主客双方在船上一边观赏北溟令人陶醉的夜景,一边喝茶聊天。齐东野这才知道艾克蒙上中学时喜欢写诗,大学读的是法律,第一个工作单位是外经贸部,第二个单位是一家央企,1992年邓小平南方谈话以后下海。他第一任妻子是个牙医,第二任妻子是个乌克兰美女,现任妻子是个日本人。齐东野赞他本事大、体力好,艾克蒙笑而不语。

　　第二天上午,北溟县人民政府里,在县长齐东野和班子成员的见证下,艾克蒙那长名字公司和北溟制药公司签订了投资框架协议。齐东野与艾克蒙在酒店门口分手,抱歉地说:"我不能送你去机场了,常务副县长和美女副县长去送你,下午我市里还有个会。北溟也没啥太好的土特产,有你也不稀罕,给你带了点儿北溟制药的保肾丸和乌发丸,留着自己用,若用着好就吱一声。"

　　二人在酒店门口握手告别,相约后会有期。

第十一章

陈青娥的老公霍原给原县委书记方波干了七年司机,方波临退前把他安排到县公安局交警队当副教导员。起初公安局局长还有点儿不想接收,说交警队领导班子都快成了县委历任书记的司机班了。方波叹口气道:"你以为我愿意这么做?小霍跟了我这么多年,我怎么也得给他个交代。他一无学历,二无其他专长,不安排到你这里还能去哪里?历任领导都把司机的归宿安排到你这里,这说明他们都有共同的苦衷,你就理解吧。你也会有退下来的一天,那时你就懂了。"

霍原是马鞍山乡甜水井村人,高考落榜后参军,在部队站了两年岗,开了两年车,就复员了,先在县供销社开车。供销社主任被提拔为县委办公室主任后,他就进了县办公室的司机班。在当时,县委书记的司机地位很高,都不亚于一个副科级干部。像他这样的条件,在县城找个对象毫不困难,可他执意要在马鞍山乡找,到底是有家乡情结,还是要显示尊荣于乡里呢,人们不得而知。

霍原跟马鞍山乡卫生院院长老崔是同村人,他去卫生院找老崔,见到了护士梁燕妮,一见面便有些动心,想把梁燕妮搞到手。他想有老崔帮忙当红娘,他又有这个县委书记司机的身份,应该没有什么问题。没想到问题首先出在老崔身上,老崔竟一口拒绝当这个红娘,这说明越是知根知底的同乡同村人,在有些事上越容易嫉妒。不是吗?老崔,一个小小的乡卫生院院长,连这样一件顺水推舟、成人之美的事都不干,除了嫉妒还能是什么?后来,让齐东野捷足先登后,霍原也不认为是自己条件不行,只归咎于老崔误事。乡兽医站站长老朱帮忙,另给他介绍了缫丝厂的"一枝花"陈青娥。见陈青娥之前,他只知道梁燕妮是个美人,见到陈青娥之后,他才知道美人之外更有美人。陈青娥见了他第一面,基本上就答应了,说自己不介意他头大腰粗脖子粗,不介意他是个司机,只在乎他是不是真心对自己好。他赶紧表示,他是真心喜欢她,并发誓一辈子对她好。他顺带解释说,他是司机不假,但不是一般的司机,是县委书记的司机。第二次见面的时候,陈青娥很直白地提了两个条件,一是必须进城,二是让她成为县国有企业的正式工——那会儿她只是乡办企业的正式工。霍原高兴地一口答应了,他喜欢这种直白。后来,陈青娥就进了县供销社的门店当了会计,那时她已有了电大专科文凭。

霍原一度痛恨齐东野夺了他曾经的至爱梁燕妮,又纠结于他和陈青娥曾经多多少少有些不清不白,好像自己吃了哑巴亏。霍原这想法只冒过一次头儿,陈青娥便把他骂了个狗血淋头:"狗屁!梁燕妮算你哪门子至爱?你跟她谈过吗?人家正眼瞧过你吗?我告诉你,也就是我愿意嫁给你,娶了我是你老霍家烧了八辈子高香!至于齐东野,我是跟他正大光明地谈过恋爱,见了总共两次面,一次在厂门口的饭馆,一次在河中小岛的小树林,怎么着?你老婆是掉了一根毛还是少了一块肉?这日子还想不想过?不想过了就立说立散!"

从那以后,霍原的脾气就彻底萎了下去。他不仅没了脾气,房事方面也渐渐式微。他偷偷地吃过各种药丸,有时有效并且成效显著,但陈青娥冷淡依旧。

在齐东野的记忆中，陈青娥从未给他打过一次电话。他们的恋爱就像在非常状态之下写的一篇文章，还没有正经八百地开头，就结束了，就了结了。陈青娥比齐东野结婚晚了一年多，因为她以进城为结婚的条件，霍原把她从乡里调到县供销社之后，她才在县城办了喜事。齐东野从乡里到县里又到市里，折腾了好多年，也离开了县城好多年，其间，他们再也没有联系。待他回来出任县委组织部部长的时候，陈青娥早已不在供销社，干起了个体户，开了家门头不大的服装店，已经干得有声有色。他想不到自己就任部长的一周后，陈青娥突然给他打来了电话。齐东野公事公办地问道："有事吗？这些年过得可好？"陈青娥爽快地说："找你没事，我过得挺好的，现在自己干了，儿子也上一年级了，我就想请你们全家吃个饭，不知部长赏不赏脸？要是不方便，也别为难啊。我是没经你同意就先订了个地方，'北溟人家'，你要是来不了发个短信通知一声就行。"听他一直没答应，她又接着说，"就算是给你接个风。主要嘛，我是想见见嫂子。"

齐东野一时没有表态，是有自己的考虑：县城这么小的地方，与一个女子私下约会吃饭，是要小心的。何况那是陈青娥。这么多年从无联系的她突然出现，让他有一种本能的警惕。

齐东野把球踢给梁燕妮："陈青娥一家想请我们一家吃个饭，你说去不去？我没答应她，听你的。"

梁燕妮洞若观火地睃了齐东野一眼，意味深长地说："'缫丝厂'这么多年都没联系，突然就请吃饭？哦，可能是你们偷偷联系我不知道吧？"

在梁燕妮嘴里，陈青娥从来没有名字，只有一个代号"缫丝厂"。

齐东野说："别犯浑，她说主要想见见你呢。"

梁燕妮不无揶揄地说："你自己心里有鬼，别当我不知道，这么多年了，藏得够深啊。'缫丝厂'既然那么想见我，就见呗，搞得谁怕

71

谁似的。"

陈青娥对梁燕妮那个亲热啊,第一次见面,比见了失散多年的亲姐妹还亲。梁燕妮的打量和挑剔,都在这浓烈的亲热中含而不露。可见,逢场作戏这种事,最有天赋的还数女人。陈青娥奉承梁燕妮是北溟县第一美人,就差说她母仪天下了,接着又夸梁燕妮是贤内助,姑娘也带得这么好,齐东野娶了梁燕妮真是福气。

霍原在齐东野面前有些拘谨,也是一口一个部长地叫着,连连敬酒,杯举酒干。齐东野说:"霍教导员,咱们是家庭聚会,不要这么放不开。"

霍原说:"部长客气,叫我小霍就行,我那叫什么官?"

"好好好,这才对嘛,那我叫你小霍,你叫我老齐,再叫错一次罚两杯。"

两个孩子吃到一半就一块儿出去玩了,后来又在包间的沙发上打游戏。这场家庭聚会,男人喝白酒,女人喝红酒。霍原喝得多,齐东野喝得少,因为霍原屡屡口误罚酒多。梁燕妮喝得多,陈青娥喝得少。陈青娥不论对什么酒都过敏,喝了一口胳膊就全红了。她还悄悄让梁燕妮看她的左手,蜕了一层皮。她说这都是在缫丝厂做工时留下的病根,车间蒸煮蚕茧,温度高,湿度大,一到夏天手上就起水泡,痒死人,到了秋天就蜕皮,蜕得瘆人。"哎呀,嫂子,我的皮肤若有你一半好就知足了。"梁燕妮听着陈青娥的声声恭维,心里太受用了。

陈青娥最后单独敬齐东野夫妇,两层意思:一是感谢齐部长往日帮助之恩,让她在缫丝厂转了正式工,这恩情不能忘,这么多年了也没有主动联系过、感谢过,是因为自己没混出个人样来,没有脸面相见——即便现在也是没混出什么来,但必须厚着脸皮报答这份恩情;二是感谢嫂子不嫌弃,愿意认她这个妹妹。"齐部长你是大领导,我们平头百姓够不着,也不会给你添麻烦。今后我就跟嫂子单线联系了,我在这县城也没有别的亲人,求齐部长答应好不好?"

梁燕妮说:"哪还轮得着他说话,我答应了,我们姐妹今后的事,你们男的别管,也别掺和。"

陈青娥送了梁燕妮和孩子几件时装,价值应该不菲。齐东野让梁燕妮给退回去。梁燕妮就把衣服拿到陈青娥的店里,并转达了齐东野的话。陈青娥生气地说:"嫂子,我可真恼了,你不带这么看不起人的,我一片心意你若不收,我就把它们全撕了。"梁燕妮无法,只好说下不为例。

第十二章

在中国，哪怕是在县这一行政层级，政治嗅觉最灵敏的往往也是企业老板。

齐东野任北溟县县长之后，许多本地的能称为企业家的老板，便一致看好齐东野的政治前景：从乡镇基层干起，在市委研究室这个领导智囊团里历练多年，又经历组织部长、纪委书记、副书记等多个岗位，为人低调，做事高调，廉洁正派，讲规矩讲原则而又不失灵活圆通，从政的根基可谓筑得又牢又稳。政绩那就更没的说了，北溟县的城市面貌、经济发展，变化之大，在北溟市最为抢眼，即便在整个东夏省也是出类拔萃。省委书记钟其庸在北京的一次推介会上，面对中外媒体说："百闻不如一见，推荐媒体朋友们一定要到北溟县去走一走、看一看，相信不会令你们失望的。"

一个省委书记这样直接为一个县做广告，东夏省自新中国成立以来都没有过，可见省委对北溟县工作的满意程度。大家也都心知肚明，这些政绩来自齐东野的思路、能力和魄力。而社会对齐东野的评价越高，齐东野的前景越是被一致看好，他就越有一种战战兢兢、如临深渊、如履薄冰的感觉。他不明白为什么这种感觉有时那么强烈。从政的人不就盼着这一天吗？不就盼着能主政一方,大展宏图,造福人民,青史留名吗？

齐东野这天下班前打电话给玉皇集团董事长王柏年,让他到办公室来一趟,把画取走。

王柏年说:"哪儿有什么画啊?"

齐东野说:"少废话,你拿不拿? 不来我就送纪委了。"

王柏年说:"县长这是说的啥话,我过去,我过去。"

几天前,王柏年为一块土地的开发来找他。他来之前,已分别有省里和市里的两位领导打来过电话,请齐东野关照玉皇集团。玉皇集团在省里房地产企业中排名前三。

齐东野跟玉皇集团打过交道,内心里并不十分认可这种企业和王柏年的做派。记得第一次见面,当王柏年递上烫金的名片时,他就感到土豪气甚浓。他开玩笑地说:"哎哟,我是跟玉皇大帝见面啊,荣幸荣幸!"王柏年说:"没办法,我们那个村就叫玉皇庙,所以公司就叫了这个名字。"齐东野说:"我不是针对你们企业啊,搞企业我是外行,但我认为,企业名字不是越高大、越霸气越好,你看那些外国大公司,世界五百强什么的,微软、通用、大众、惠普等,是不是名字很普通啊?"

王柏年的脸色便有些难看。他从建筑包工头起家后成立了建筑公司,干了不少工程,其中最大的一项工程是北京香榭丽园楼盘。楼盘建成有两年了,卖不出去。香榭丽园老板在全国铺的摊子太大,资金链断了,于是把北京香榭丽园抵债抵给了王柏年。王柏年摇身一变成了房地产开发商,建筑反而成其副业。未承想北京香榭丽园到手后,楼市的春天忽然到来,王柏年因此大赚特赚。

北溟县要在惠通河北岸、城隍庙与老城墙之间这块地方打造一个独一无二的宋城艺术小镇,既可将散在全城的五百多家画廊悉数纳入，打造一个中国最大的书画市场，又可以吸引全国的艺术名家在此落户，设立自己的创作室，北溟也就能顺理成章地成为艺术家们和艺术院校的创作基地。

王柏年看好这一项目，许多房地产公司都看好这一项目，有意投资、前来考察的，半年时间内不下几十家。根据政府的规划和定位，这个特色小镇采用宋朝古建筑风格，融相关现代商业设施和艺术品拍卖、展览等于一体。鉴于一些投资商在拿到项目后常常乱改规划、自行其是，将一好项目搞得面目全非，齐东野对投资者的选择特别谨慎，并明确提出北溟县国有公司北溟城投占 30% 的股份。王柏年对此项目志在必得，动用了所有高层关系频频施压，要求独家投资、独家运营。

齐东野不接受这种一家独大的投资，对王柏年的艺术素质和眼光更表示质疑，因此无论王柏年怎么做工作，他就是没松口。王柏年凭他多年的从商经历，凭他拿到第一个建筑工程都是靠关系和金钱开路的经验，笃定"火到猪头烂"的至理名言，认为猪头之所以老是不烂，是因为火候没到。自己看来还是小看了齐东野的胃口。

前几天王柏年来看齐东野的时候，临走留下一幅画，说是现代的仿制品，有空儿可以欣赏欣赏。齐东野一来没有把这事放在心上，二来因为忙，没顾上看这幅仿制品，三来他对书画鉴定和市场行情一窍不通。他想找个明白人咨询一下，正苦于找不到合适的人，小舅子梁兵来了。梁兵这些年的主业，就是倒腾古玩字画，在圈子里很有名气。打开一看，梁兵便倒吸一口凉气，慢慢地，他把手和画同时放下，几乎瘫坐在椅子上，半晌不说一句话。

"这张画真的假的？"

"这是李可染的《归牧图》，绝对真迹。"

"确定？"

"当然确定。别人仿不出来。"

76　　　　　　　　　　　　　　　　　　　　　　东野三世

"市场价格多少？"

"听真话假话？"

"屁话，当然是听真话。"

"根据佳士得等拍卖公司的记录，现市价不低于五百万。若是在手里再留个五六年——"

"怎么样？"

"至少过千万！"

齐东野惊呆了。在市场交易中，奸商都是以假充真，但他不知道在送礼中，有人故意以真充假。而许多接受者还就将计就计了。

齐东野做不到。在办公室，齐东野对王柏年再次申明："玉皇投资没有什么大问题，但不能独资，必须与北滨城投合作。宋城主体古建筑部分由城投建设，未来的运营也是双方共同完成。我给你算了笔账，整个项目下来，你至少纯赚五个亿。"

王柏年嘿嘿一笑说："没有那么多，没有那么多，能有点儿肉吃就行，这是我一贯的生意原则。"

齐东野表示认可这个原则："一次吃得太多，容易把肚子吃坏。再说，生意已经做得这么大了，也不能吃相太难看。"

王柏年说："好吧，那我们再回去商量商量，商量好了，再给县长汇报。"

齐东野把旧报纸卷着的画交给王柏年，说："这画我看了，我不喜欢，虽说确实仿得不怎么样，但放在我这里也就糟蹋了，你收好，再送给喜欢的人吧。"

王柏年一脸无奈地说："齐县长，叫我怎么说你好，你看，直接打我脸，我这张老脸往哪儿搁？"他一边收好画要走，一边把个小小的盒子放在齐东野办公桌上。齐东野打开，是一块玉雕，和田玉上雕了一匹马，马上立一只活灵活现的猴子。这就是所谓的"马上封侯"了。

王柏年说："这个小玩意儿就是个吉祥物，纯和田玉籽料雕的，玉质不错,雕工也还凑合。"

齐东野说:"这个我也不能收。"

王柏年说:"还是不给面子?"

齐东野说:"面子不在这些上头。"

争让了半天,齐东野也没收下这个玉雕。在王柏年的送礼史上,这是极罕见的。王柏年在心里很佩服地骂了一句,这狗日的!转而一想,他也许不配!老子以往送出手的画95%都是假的,这次真品他却拒绝了,可见他就是不配。

送走王柏年,齐东野心里有一种空空落落的感觉,身体有一种很虚脱的感觉,仿佛刚才不是跟王柏年在争让,而是自己跟自己打了一架。

齐东野想想就有些后怕:一幅五百万的画!这些老板真是敢送。假若自己稀里糊涂地收下了这幅画,会怎样呢?其他一些官员是不是就是这样着了老板们的道儿呢?为什么拒绝了这幅画之后,再拒绝王柏年的玉雕那么难呢?那块玉在他们之间,就像拉锯似的来来回回,有几十个回合。许褚裸衣斗马超也没有这么累!

政商之间,按说正常的是亲清关系。可要做到亲而又清、清而又亲,真是太难了。老板们请吃饭,齐东野能拒的一般都拒了,谈事到办公室,不必多此一举。在北溟,是没有老板敢送齐东野钱的。早在几年前,他把几个老板送的钱交由纪委出面退回,弄得老板们灰头土脸。但变着法儿送,像王柏年这样的,还是让齐东野差点儿放松了警惕。

第十三章

关于北溟县领导班子的调整,坊间流传的版本比较一致:齐东野接任县委书记,已是板上钉钉,省委常委会已经通过了。县委书记虽是正处级,但由于地位和作用的重要,县委书记的选拔和任命都要经过省委常委会通过,这已成为惯例。原先传说李春秋要任市人大副主任,这会儿又有新说法,改去市政协任副主席。原来传说副书记李卓升任县长,接齐东野的班,最近也有新说法,改为常务副县长曾辉接任县长,据说这主要是由于齐东野的力荐。调整的时间,预计是 2004 年春节前后,总之很快了。

齐东野接任县委书记的日子越来越近。齐东野最应该春风得意。仕途的发展正在向他招手,北溟县百万百姓在向他招手,所有党政机关的公务员在向他招手,惠通河两岸的垂柳因为暖冬的缘故,似乎提前含了春意,也在向他起舞招手。梁燕妮也分明感受到人们对她格外的尊敬,笑容似乎也更加真诚。

但齐东野的心境却出奇的平静。一些老干部和精于观察的人,看到这时候的齐东野更低调、更内敛,说话更平和,人平静到近乎平淡的模样,便评价说这是为官素养修炼到炉火纯青的体现,还不到四十岁就有这般城府和修为,可以想见齐东野的前途不可限量。

星期天一大早,梁燕妮就回马鞍山乡去了:她四姨过七十大寿。齐绮做完作业,正想散散心,也跟着去了。齐东野到办公室处理了一个小时的公务就回家了,难得有时间看本自己喜欢的书。他先拿了本洪迈的《容斋随笔》,看了一会儿,实在没觉出有什么好,不如重读《世说新语》来得有味。读了小半天,中午煮了碗葱花面,吃了接着读。他很庆幸中间只接了四五个电话,都是小事,算不上干扰。他忽然想起若干年前,大学同学张一军曾求他将自己在乡镇教书的妹妹调回城里,事后作为感谢,送给他一块刻印用的章料,到底是什么质地,他记不清了,似乎是寿山石,似乎是鸡血石。于是他翻箱倒柜地找起来。

每个成功男人的奋斗史,也都是一部家庭发达史。齐东野工作十九年来,娶妻生女,仕途一路升迁,日子越过越好。想当初在马鞍山他和梁燕妮刚结婚时,住的是十来平方米的单身宿舍,后来房子越换越大,由五十平方米到六十平方米,由六十平方米到九十平方米,直到今天三室一厅的一百三十平方米。客厅很大,卧室也很大,装修得很高档、很华丽,他的书房摆满了几乎全部的中外文学名著和“二十四史”,但他却很少能在书房里坐上两个小时。他恍惚中产生一种错觉:家里的配置,总的来说越来越像一个旅馆了,尤其是卧室。梁燕妮是营造卧室情调的高手,被褥、枕头、枕巾、床单、床罩,哪个都是过了她的手的,自己织、绣、裁,床帏子上的一朵梅花、一只小鸟,她都能静静地绣上好几天。而今,连卧室也宾馆化了,可供显示手艺的地方越来越少了。这究竟该归功还是归罪于纺织业的发达呢? 说不清楚。

找一件东西这么费劲,半天也没找到。这是家有贤妻的好处,也是家有贤妻最大的坏处。这个家对你来说,看着熟悉,是你的,但其实你对它最陌生。每天,你要穿什么衣服鞋袜,有人给你安排好,放在手脚边。你省去了寻找的麻烦,也从此找不到任何一件你想找到的东西。它们就放在这个家里,却隐藏着,只有梁燕妮一个人知道,只有她能一个呼哨就呼唤它们出来。

他找了整个博古架,没有。书房,没有。他第一次打开梁燕妮的专用衣柜,感到特别陌生,衣香中混有樟脑的香味,更多的本应是梁燕妮的体味,或许又因为衣服太拥挤,而且多数衣服穿得次数不多,这体味淡到似乎和服装店里衣架上的没什么两样。皮草、裙装、旗袍、内衣,看得他有些眼花缭乱,几十件不止。她的专用鞋柜,更让他惊讶:怎么会有这么多鞋?羊皮小靴、半高筒鹿皮靴、尖头圆头的高跟鞋、形状各异的拖鞋,颜色棕、红、绿、白、黑、紫皆有,有五六十双之多。

梁燕妮的化妆镜边,还有一个乳白色的半高小柜,他一次也没打开过。一打开,他又惊呆了:化妆品这么多,什么乳膏、面膜、玫瑰花精油,什么香水,林林总总,不亚于一个化妆品专柜。他这才知道,梁燕妮这些年皮肤保养得那么好,气质变得那么雍容华贵,背后原来有这么雄厚的物质支撑。

待到拉开化妆匣,他已经不只是吃惊了,简直是震惊:里面有各种卡,购物卡、优惠卡、会员卡、礼品卡、美容卡……虽然卡上金额一般都是两百元,五百元的只有一张,但架不住多呀,全部加起来,数字就不小了。他曾多次叮嘱梁燕妮不要收受这些卡,说这里面有陷阱,而梁燕妮每次都答应着。看来完全不是那么回事。

还有就是梁燕妮的首饰盒了。里面首饰倒不太多,项链、耳坠、耳钉,还有一个满绿的翡翠手镯,是他们结婚十周年时他花八千元买的。其中有一个云南保山的南红手串比较扎眼,也没见梁燕妮戴过,看上去价值不菲。

诧异犹如心悸,一阵阵袭来。也许齐东野不应该这么诧异。他想,这本来就是明摆着的事:靠自己和梁燕妮手中的工资,他们能承受的消费,中等水平可能也达不到。那些衣物、鞋子和化妆品,怎么可能完全来自工资卡呢?到现在为止,在他们家的账面上,也就十几万元存款。梁燕妮早就想买一辆私家车,她的同事有两三个买了。这几天他们就准备去买车。

傍晚梁燕妮和齐绮回来,看上去在马鞍山乡过得挺开心。梁燕妮看到家里被翻得凌乱不堪,有如遭遇一场小劫,便不大高兴,说:"怎么回事?我半天不在家,就搞得这么乱糟糟,是带什么野女人来了吗?"齐东野说:"我问你,几年前我同学送我的那块挺好的刻印章的石头放在哪里了?我找了半天,怎么也找不着。"

梁燕妮想了想,说:"是不是有点鸡血红的那块石头?你原放在博古架上,有一次让梁兵看到了,我见他爱不释手,就让他拿走了。他还问我:'你说了算吗,姐夫回头不愿意咋办?'我说:'不就一块小石头嘛,你姐夫什么时候对你小气过?'怎么,你是有什么用处吗?要不我再找梁兵要回来?"

齐东野说:"算了算了。"

梁燕妮说:"你接任县委书记的事现在已确定下来了,不用再担心有什么变数了,这是咱们盼了多少年的,现在愿望马上就要实现了,我怎么看你一点儿也不高兴,反而一副心事重重的样子?东野,你告诉我,到底发生了什么事?我能为你做点儿什么?"

齐东野心里有几分热乎乎的。白天翻找东西时引发的沉重心情,忽地就不见了。她是和自己一路相濡以沫、同甘共苦走过来的妻子,是为这个小家付出了很多而毫无怨言的妻子。时代在变,社会风气在变,人也在变,他齐东野不是也在变吗?一个对社会、民情知之甚少的毛头小子,现在不也成了主政一方的县长了吗?妻子总的来说变化不大,虽说难免有了些官太太气,但还是个本分人。

梁燕妮说:"最近总有一些认识不认识的人说请我吃饭,还有要

　　　　　　　　　　　　　东野三世

送我这卡那卡的,都让我给回绝了。你跟我说过一条底线,小小不言的土特产,算礼尚往来,一动钱,性质就变了。卡也算现金,因此超过五百元的我几乎从未收过。我知道你走到今天不容易,我帮不上忙,但总不能添乱,这个道理我懂得。"

齐东野偎着梁燕妮的肩,握住梁燕妮的手说:"我们走到今天真不容易。谢谢你的理解,燕妮能离开马克思,但齐克思离不开梁燕妮!"

齐东野说得很动情,梁燕妮眼睛也有些泛潮了。齐东野任县长以后,两个人各忙各的,的确很少说心里话。回想在马鞍山乡时,他们结婚后,齐东野已到乡党委上班,但仍住在学校里。学生们跟齐东野关系好,时不时就去他们家蹭饭,家里摆不开,就把桌子支到门前的石榴树下,学生们一圈儿围坐,一齐起哄,叫他把名字改成"齐克思",还振振有词地说,燕妮是马克思的妻子,要是不改称齐克思就是不尊重燕妮!这也可见学生们是多么喜欢梁燕妮——那个隔壁乡卫生院里穿着一身白衣,燕子一样轻灵的护士,那个在下雪天总爱围一条火红色围巾的护士,那个托着两颊和老公一起为球场上的学生们喝彩、加油的护士,那个怀孕九个多月挺着大肚子还提着一网兜蔬菜穿过校园的护士,那个给同学们打针从来不痛的护士……后来,齐克思成了齐东野固定的笔名,以至于很多人多年来只知道齐克思而不知道齐东野。

第十四章

趁着去省城开会的当儿,齐东野决定把春节前走访老领导的事一块儿办了。

老领导分两类:一是北溟县籍的省领导,二是原在北溟县工作过的老领导。这些老领导又分三类,一是现任省委省政府领导的,不多,只有一名常委、一名副省长。跟他们秘书联系过,领导都忙,说就不接见了,对齐东野表示感谢,将年货放下就是了。二是进入省人大省政协尚在职的领导,也各有一位。跟他们本人直接通完电话,领导都肯定他工作干得不错,对他寄予厚望云云,然后也是让把年货留下即可。三是已经退休的省领导,也有两位,也是如此这般。

齐东野要登门看望的老领导不在上述之列,因为鲍安石副书记当年没能接任北溟市市长,而是从北溟市委副书记任上先平调到省民政厅任副厅长,后任省农业开发办主任,到头是个括弧里的正厅级。鲍安石对齐东野有知遇之恩,所以后者任县长后每年春节前必去探望。

去省城之前,齐东野就给鲍安石家打了电话,电话是鲍安石的

东野三世

爱人钱阿姨接的。钱阿姨说老鲍在家,什么时候过来都行,他们在家等他。按着钱阿姨告诉齐东野的她家的新住址,齐东野和司机找了半天才在一处远离市区的小区找对门。钱阿姨回答齐东野目光中的疑问说:"去年把原来那套大房子卖了,换了两套小的,一套九十平方米,一套八十平方米,都是两居。大的给小儿子住,小儿子鲍强不成器,什么工作也干不长久,离了婚,幸亏没有孩子,四十多岁的人了还在啃老,这不,好不容易又找了一个人结了婚,儿媳妇还嫌房子小。你问鲍荣?留学德国后就没回来,嫁了个犹太人,看来这辈子回不来了。"

鲍安石从沙发上站起来,不到七十岁的人身边已多了一根拐杖。过去那个声如洪钟、健步如飞的鲍安石已经不在了,仿佛有些痴呆相,左边嘴角有些歪斜,眼睛也有些混浊,只有两道剑眉依旧又黑又浓,保持着以往的气势。

钱阿姨说:"老鲍春天脑梗了一次,当时全身瘫了,话都说不了,现在恢复得很不错。"关于工作,鲍书记只问了一句:"干得还顺吗?"他回答还行。然后鲍书记又关心了梁燕妮和孩子。齐东野大声回答说:"小梁挺好,来时托我一定代问鲍书记和钱阿姨好。齐绮已经上初二了,明年就要中考了。"钱阿姨感叹,人是真不禁混啊,连齐绮都这么大了啊。齐东野特地多备了一些年货,小米、大米、香油、黑猪肉香肠、北溟八宝腌菜等土特产之外,就是些生活用品。钱阿姨说:"老鲍在北溟干了十几年,就是对北溟感情深。但这些年,我们与北溟人基本上没啥联系了,也就小齐你还每年记挂着我们。"齐东野把一件毛坎肩和一条毛线围巾拿出来,说:"这是小梁自己织的,坎肩给鲍书记,围巾是给钱阿姨您的。"鲍书记嘴角动了好一会儿,似有话要说,但一句话也没说出来。

钱阿姨把齐东野送下楼,拉着齐东野的手说:"你到省城办事,有时间就来看看我们,也不用专门来。老鲍这个样子,真的是见一面少一面了。"

　　齐东野这晚心情都不太好,回想钱阿姨说的话,他只感到有一种凄然入骨的悲凉。仕途的尽头和人生的晚景,也许都不过如此,曾经的雄心万丈也好,得之喜失之忧也罢,又有多少意义呢?

　　环保局局长萧建华打了若干次电话给齐东野,说要当面向齐县长道歉,齐东野都没接他的茬儿。齐东野说:"你又没什么错,道哪门子歉?"萧建华说:"我错在不该当众顶撞领导。"齐东野不接受萧建华的道歉,让萧建华愈加惶恐,特别是在齐东野接任县委书记已是板上钉钉之后。有一天晚上,萧建华夫妇带着礼物到齐东野家登门道歉。梁燕妮从猫眼里看了几次,说:"让不让他们进门?看着怪可怜的。"齐东野说:"你隔着门告诉他,有事到办公室谈,家里一律不见客。"萧建华夫妇走了,把礼物留在门口。齐东野估量萧建华已走到楼下院子里,便打开三楼的窗子,将两袋礼物呼啦啦扔了下去。

　　萧建华在齐东野办公室门口一连等了三天。秘书小孙说:"萧局长天天来,县长还不见吗?"齐东野头也没抬,说"不见"。到第四天上午,齐东野第一个就接见了萧建华,仿佛才知道他已排队等了三天。齐东野的办公桌收拾得光溜溜的,不似有些领导总是文件、材料堆积如山。他是文件随到随批,当日事绝对当日毕,晚上离开办公室,办公桌上见不到一个文件夹。齐东野神情悠闲地剪着指甲,招呼老萧坐下,说:"都老同志了,这是何必呢?"

　　萧建华满脸堆起真诚的谦恭,一迭声地道歉,痛悔到要打自己耳光。齐东野正色道:"老萧,你还记得我干过纪委书记吧?"萧建华听了,紫红的脸便立时有些发黑。

　　齐东野点上一支烟,让也不让萧建华,自顾自地抽着,不紧不慢地说:"你的一些事,我还是掌握的。我悄悄地保过你,你知道吗?"

　　萧建华脸色慢慢变黄:"知道知道,感谢县长。"

　　齐东野说:"你知道个屁!我没告诉任何人,你咋会知道?"

　　　　　　　　　　　　　　　东野三世

萧建华说:"是是是。我该死啊齐县长,又说错话了!你对我这么恩重如山,我还恩将仇报,我真不是人啊!"

齐东野却道:"我说这些,也不是要你记住欠什么情,意思是让你知道就行了。"

萧建华点头如捣蒜地说:"我明白,我明白!"

齐东野道:"不管你真明白假明白,反正明白就好。你在官场混得比我久,实话告诉你:眼里没有一把手肯定不行,但眼里要是只有一把手,有时也是会吃亏的。"

第十五章

北溟县部委办局、乡镇街道的干部们，凡有想法的，都在想办法接近齐东野，有的献媚，有的示好，有的表忠心，有的直接表达对李春秋的不满，指斥他某些方面的过失。总而言之，直白也罢，含蓄也罢，无非显示一种靠拢，也许这也算是官心所向？就算是吧，可齐东野对他们屁股一撅要拉什么屎都清清楚楚：有的想要提拔，有的想要进城，有的想要保住现在的好位置不动，也无非是这些而已。他们对权力的诉求，看上去很卑微，让有生杀予夺之权的领导打心眼儿里轻蔑。齐东野既同情又悲哀地想，曾几何时，自己不也是其中的一员吗？面对更高的领导，自己从本质上不也是一样吗？这些基层的干部都是当地的精英，没点儿本事，他们也混不到这一步。在外人看来，他们也是挺直了腰杆，自身带点儿光芒的人物。

只有县残联主席穆涛是个官场中的另类。他也干过马鞍山乡的书记，和他同时的三四个乡镇党委书记都成了县级干部。他进城也早，先任县建设局局长，再任县史志办主任，后任现在的县残联主席，一步步边缘化的轨迹十分明显，甚至有些人猜测他是因捞足了而收手。

因为穆涛已经边缘化多年,所以在北溟官场上几乎就是一个可以忽略的人物。县委书记、县长召开的会议,重要的部委办局一把手是不敢缺席的,偶尔请假缺席,还必须讲清楚理由。但类似残联等单位,领导一般不会关注,这些单位的领导即便参会,也躲在最后边的一角,没人关心他们存不存在。

穆涛资格够老,年纪其实还不大,才四十七岁。所以穆涛来找齐东野汇报工作时,后者一猜就知道,这个人已边缘化太久,现在有想法了,想回归,想干点儿事了。

齐东野对这位被遗忘的人,表现出难得的热情,他准备细听他的诉求。

然而穆涛的诉求简直让齐东野惊异,惊异到失望。穆涛说:"这么多年,我也没跟组织上提过什么要求,今天有个小小的要求,希望齐县长给予考虑。"

齐东野说:"老穆,你的资格、能力和为人都摆在那儿,有什么要求尽管说,跟我你还客气什么?"

穆涛说:"我考虑了半天,残联我是不想干了。"

齐东野说:"也是,你在那里是大材小用,就好比庞凤雏干县令,委屈你了。"

穆涛说:"我考虑了很久,还是求县长把我安排到地震局干局长吧!"

齐东野差点儿惊掉下巴。

穆涛一退再退,还嫌残联不够边缘,想到更边缘的地震局去。县里的地震局没有多少事儿,没多大责任,几乎也没什么权力,单位总共只有八个编制。

齐东野此时真的恼怒了。他霍地站起身,声音提高到几乎可以说是凌厉的程度:"我不同意! 你这种状态压根儿就不对。你已经老到混吃等死了吗？才四十七岁，一个干过乡镇党委书记的人，竟这样没志气！老穆，别怪我看不起你！"

齐东野接着又刺激他一下道："你以为你想去哪儿就能去哪儿？你以为地震局好去？那里需要高学历的人才，需要学地球物理的专家！"

穆涛倒是很平静，说："县长行行好，我就这样了，连我自己有时也瞧不起自己，但已没办法了。五年前我就想去地震局，没让我去。何况我也算是学地球物理的——我当农民七八年，在农村长大，修理地球的活儿会干。"

这弄得齐东野还真没了脾气。但齐东野始终没有答应他的要求，他甚至已暗暗决定，等自己接任书记后调整干部，一定要给穆涛找个有职有权、吃苦受累的活儿干干，同时昭示自己的用人导向：跑官要官的不一定用，权力欲不大的人反而要重用。

"齐县长，您不让我去地震局也没关系，我就待在残联也挺好。我就想请您去我的一个小园子看看，行不行？到时我开车来接您。"穆涛约齐东野去看他的园子是周六快中午的时候，齐东野该忙的也忙完了，实在不好拒绝这个在官场无欲无求的人。

穆涛的无名小园在城东七八里外首阳山的一个山坳里。一位五十岁左右的农民给他们开了柴门，穆涛介绍："这是我表兄老宋，平时都是他在打理。"穆涛又介绍这是齐县长，表兄笑呵呵地说："见过，见过，俺在电视上见过，跟电视上长得一模一样。"园子大约三亩，露天之外有一个温室大棚。园里盖房三间，正房生个铁炉子，可以烧水做饭。东屋可放张床睡觉，西屋是杂物间，堆放着锨锄、喷壶、刀剪、肥料袋子之类，靠墙根码着几十棵大白菜。

露天园地里有七八个菜畦，春夏秋三季看来种了些蔬菜，现在是隆冬年尾，菜畦里空无一物。

齐东野笑着说："老穆你这也算园子？连农村老农的园子也不如

啊。"穆涛唯唯称是,用手掀起大棚的草帘子,请他进温室看看。

温室里就是穆涛这些年业余经营的成果了。他租下这几亩山地,其实就为了鼓捣这个小小的梅园。温室里种的全是梅花,并不多,总共也就八九十株,有的栽在地上,有的已移栽在花盆里。最高的超过人头,最小的可摆在办公桌上。以红梅为主,也有白梅、绿梅、墨梅,还有自己嫁接的桃梅、杏梅各两盆。他从在马鞍山乡时就热衷于玩梅花了。一开始也只是喜欢,慢慢有了感觉,后来就成了梅痴,一点一点搜求,求精不求多,积累二十年,也就这些而已。梅花以北溟本地品种为主,也有南京、无锡、江西大余和云南大理的。他最早也想一步登天,上来就玩儿高级的古桩,但一则资金实力不够,二则他渐渐悟出养梅之乐不尽在于奇古。他也讲究造型,但更注重顺势造型,以舒展、有韵味为追求。

穆涛带齐东野来他的梅园,并非为了让他赏鉴并认可,而只是为了让他知道一个真实的自己。他的温室很普通,跟一个蔬菜大棚无异。他的梅树并非出自名家老玩家之手,绝大多数来自花鸟市场或者农村集贸市场。花盆也不讲究,有三分之一是塑料盆。

北风在温室外呼呼地刮,温室的温度并不高,只有十五摄氏度左右。穆涛说:"我在控制着温度,让它们到春节时开。"只有两盆红梅和一盆白梅已经含了很大的苞,仿佛装扮齐整,只待上轿的新娘。齐东野嗅到梅花的清香,看着这些并未弄出过分造型的梅树,更惊异于梅树的自然美。

穆涛说:"齐县长,我这梅树不论大小,只观赏,不卖,我从没卖过一盆。但可以春节租给朋友观赏,尤其家里有老人喜欢梅花的,等花谢了,你赏够了,再给我送回来。放心,我不收租金,一律免费。"

齐东野说:"放心,到时我也不会破你规矩,我只租不要,说好了,今年春节我就租你一盆红的一盆白的。"

穆涛让表兄一早生好了炉子,买了一只土鸡,上午九点多就已经炖上了。他又亲自做了三个菜:一盆白菜豆腐炖粉条,一盘大葱炒山鸡蛋,一盘酸辣土豆丝。

穆涛因开车不能喝酒。齐东野本也不想喝的,但看了上来的这些菜,酒兴顿起,便把穆涛表兄也叫上一块儿坐,喝两盅。

老宋有点儿受宠若惊地说:"俺活了这大半辈子,跟村书记都没一桌喝过酒,没想到还能和县长一块儿喝酒。"

齐东野说:"我就奇怪了穆涛,你这大老粗哪儿来这么大雅兴?你养梅二十年,不为了出名,又不为了求利?"

穆涛说:"人活到一定时候、一定份上,若没个发自本性的爱好,就有一种撑不下去了的感觉。是梅花帮了我!"

齐东野说:"那天说到你想去地震局,我真的很生气,气你意志衰退,气你不思进取。"

穆涛说:"县长容我掉书袋一次:孔子他老人家说过,'富而可求也,虽执鞭之士吾亦为之;如不可求,从吾所好'。我也想求富,可已经当了这小官了,那样做不是要把自己送进监狱?我是很消极,但也算有理论指引——孔子曰:'从吾所好!'"

"你一退再退,为什么不干脆退出体制算了?我是说,为什么不辞职呢?那不是更能一心一意侍弄你的梅花?"

"我傻呀?从乡镇到县城,我干了二十几年才混上正科级干部,让我全部丢掉?丢掉之后,光是生计问题就不好办,当官当得我除了当官,别的谋生技能已经不会了。我一退再退不假,但你没发现我是有底线的?那就是再怎么退,我这正科级单位一把手不能退。在世人眼里,我还是一个响当当的官,在北溟县百万人口里面,我依然是那精英队伍里的一员。不错,工资是不高,但有保障,有地位。养梅花,终究是为了玩儿,为了让自己有一个精神的寄托;如果我不养梅花,可能我有一千种方式堕落。养情人的还少吗?养情人靠那点儿工资能养得起?我是靠养梅花,一点点转移我内心深处饥渴膨胀、像野兽

　　　　　　　　　　　　　　　东野三世

一样的欲望。

　　齐东野想用道理反驳他，说服他，但在脑子里搜索了半天，竟找不出一句有分量的话。

第十六章

　　环保局局长萧建华眼里的确只有一把手，以前只有李春秋，今后只有齐东野。尽管他在向齐东野道歉的过程中饱受屈辱，但他觉得这算不了什么，无关尊严和人格。只要官帽还在，只要自己一年后平安着陆，他的尊严就在。如果官帽没有了，就意味着他连受羞辱的资格也没有了。想到这些，他对自己这些天来能够自轻自贱去向齐东野道歉，一再地自我赞赏、自我肯定了。齐东野敲打他的那些话——那些违纪贪腐的事实，他理解为是对他的震慑，甚至是拉拢，为了让他感恩。当然他也有一丝后怕，知道有很多人在背后盯着他不放，必欲除之而后快。所以他要做的，第一必须紧跟齐东野，第二要小心行事。比如，白苗苗曾给了他那么多肉体上的快乐，但在身边太久迟早会成为一颗炸弹：她太痴心，死心塌地想嫁给他。他早就明确地告诉她，离婚娶她是不可能的。他劝她找个差不多的男人赶紧结婚，她也勉强表示接受，已经跟税务局离婚多年的干部丁二厚谈上了。他为此还有几分酸溜溜的。

　　萧建华做梦也没想到会后院失火。他老婆今天去单位大闹了一通,把白苗苗给打了。他老婆平时病恹恹的,干干瘦瘦,没想到竟是武功实力派,揪住白苗苗的头发,把白苗苗的胳膊反扭在身后,只两拳,就打得她鼻青脸肿。

环境监测站的小迟算是萧建华的一个心腹,第一个向他报告,并绘声绘色还原了当时的场景。萧建华说:"在场有没有其他人,就没个拉架的?"小迟说:"都在,都在劝:'别打了,别打了,怎么还真打呀? 还要不要面子啊? '没想到嫂子气性那么大。"

萧建华玩儿了这么多年的火,最终包不住了。他发誓与白苗苗断绝一切联系,电话不接,短信不回,并且把白苗苗下放到一个城郊的污水管理站去。同时,他声泪俱下地向老婆认错,表示彻底悔改。

萧建华自以为这招数很高明,虽然出于不得已。想不到白苗苗不干了,她到县政府办公大楼去,一直爬到楼顶的天台,穿着一身白衣,化了精致的淡妆,手里拉着一条很短的横幅,红底黑字写着:萧建华,我去了! 她摆出要跳楼的姿势。公安反应很快,三辆警车停在路边,在县政府办公大楼周边方圆一公里之内拉起了警戒线。公安局副局长洪盛用扩音喇叭喊话:"你务必保持冷静,千万不要做出傻事。萧建华对你做了什么我们不知道,但你要相信政府会秉公处理。"政府办公大楼的工作人员都拥到楼前广场,看到这一情景,不相信这是真的,还以为有好莱坞大片来此实地拍摄。不少人议论:"一看就是个骚货! "有人说:"你怎么知道是骚货,是你自己没骚到心里发骚吧? "也有人又恨又羡:"老萧这狗日的艳福不浅! 他凭什么? 真是活该! 活该! "还有人夸赞横幅上的字写得漂亮。有好心的老人说:"大冷的天,这闺女穿这么少别冻坏了。"这时,两名女警察悄悄上去,走近,同时快速出手,把白苗苗抱住了。

"萧建华确实活该。闹出这么大的丑闻,"齐东野说,"北溟设县两千多年以来还是头一回。县政府先开会研究,成立一个小组调查处理此事,然后再让县纪委跟进。"因为萧建华是正科级一把手,是政府的一位局长，李春秋要先给县长面子。李春秋征求齐东野的处理意见。齐东野说："环保局局长是不能再干了，给他免职，保留正科级待遇算了。"李春秋沉思片刻，表示反对，他说："这不行，必须严惩，以儆效尤。我虽然是马上要离任的人，但有责任把一个风清气正的干部队伍留给后任。萧建华被开除党籍，撤销党内外一切职务，仅保留公职，这已经是很宽大了，否则直接移交检察院，还不得判他个十年八年？"

一连几天，萧建华丑闻传播的热度不减，像滚雪球一般越滚越大，出现若干版本。一个版本是说白苗苗是在龙湾镇与萧建华好上的，她原是一家饭馆的服务员，后成为镇招待所的服务员，后进入镇经管站，先是合同制工人，后是合同制干部，再后是正式干部，最后成了环保局副股长。另一版本说，白苗苗原是萧建华家的保姆，只干过半个月，萧建华老婆就要把她撵走，结果，不但没撵走，反把两个人撵到了一起。这些年萧建华一直瞒天过海，过着家外有家的生活，以为可以直到永远。还有一个版本说白苗苗是原龙湾镇书记的小姘，萧建华乐呵呵地接盘，不想一下子被套牢而且套出这么大的事，没进牢里已算万幸。结论是，对这种来自底层、欲望太大的女孩子，最好不要招惹。

萧建华丑闻对齐东野的触动有多大，只有他自己心里知道。他承认自己没有资格嘲笑萧建华，更没有资格可怜萧建华。他由此感到，他也已行走在一个锋刃的边缘。

四年前的夏天，齐东野带队参加上海文化产品博览会，带去了北溟的诸多"非遗"产品，当然有些还只是省级"非遗"产品，比如羊头村的风筝、刘家窑的蛋壳黑陶（薄如蛋壳）、田家集的剪纸、白纸坊的桑皮纸、顾家庄的丝绣，还有马鞍山的农民画，等等。齐东野特地将梁燕妮奶奶吕秀芹那幅经典画作——胖娃娃骑红鲤鱼拿出来展览，虽然奶奶已经去世多年。

北溟县的文化产品轰动上海滩，让齐东野感到高兴，更让他高兴的是他在上海受到的特殊礼遇。这是北溟农民送给他的礼物。北溟县是个蔬菜大县,虽说离上海没有近水楼台之利,但北溟农民硬是打开了这条市场通道。北溟菜贩子在上海经营多年,打出了一片天地,他们想让家乡的齐县长风光一下。于是齐东野进入上海市区,一路警车开道,晚上区长专门接待,齐东野内心得到了极大的满足。他的酒量一向是藏着掖着的,这次全放开了,来者不拒,还跟菜农们光着膀子照了合影,这张合影今天还挂在他的办公室里。

这次北溟到上海参会的人,总共有八人,五人在展厅,其中文化局局长老孟是主角,主要接受各类媒体的采访。文化局艺术科科长范萍萍是团队的总服务员,订机票、订酒店、招待等,都由范萍萍负责。老孟交代范萍萍,会上的具体事情由办公室主任井小秋管,而范萍萍的主要任务就是为齐县长搞好服务。博览会上的事一结束,齐东野就去看北溟在上海的几处菜市场了,跟他们座谈,问他们需要家乡政府提供哪些对接服务,直接提出来,不用客气。范萍萍一直跟在身边,拍照,忙前跑后。晚上,齐东野参加区政府的接待,就没让范萍萍参加。范萍萍嫣然一笑说:"好,领导的酒场我就不参加了,随时听从吩咐。"她把一张房卡给他,他看也没看,就放到了手提公文包里。

齐东野那天晚上喝得有点儿多,但是不是高了,不好说。区长接待是第一场,菜农老乡接待是第二场。他们请他去唱卡拉OK,那时是时尚,县城也这样,都是跟大都市学的。每个人由一位小姐作陪,掷色子,猜点儿,谁输谁喝酒,一罚一小瓶啤酒。歌倒是不少,会唱的不多,只唱了《心雨》和《涛声依旧》。本来齐东野《东方之珠》比较拿手,可前面有好几个人都唱了。

到晚上十一点,齐东野要回酒店。老乡问:"不再搞一个项目吗?"齐东野说:"什么项目?"老乡说:"就是那种项目呗。"齐东野两眼蒙眬,摇了摇手,老乡也不知齐县长是真不明白还是假不明白,心想可能是第一次端着,那就算了。

回到酒店门口,齐东野感到头脑很清醒。老乡想送县长到房间,齐东野说:"不用不用,我没喝多。"他感谢了这五位老乡,并一一叫出他们的名字:"蒯三喜、张道生、李响、康敏、庞大海,你们是北溟人的骄傲和功臣,五位老总。"

"我们算不上老总,就是贩菜,就是菜贩子。"

"不,你们就是老总,搞蔬菜流通的老总。你们了不起,没有你们,咱们的菜一是卖不上价,二是就得烂在地里。你们每个人的家乡籍贯我都记着,回北溟一定找我!"

五位农民老乡很感动,也很佩服。县长这么大酒量,这么清醒,说话滴水不漏。

齐东野自己坐电梯上 23 楼,2309。用房卡打开门,发现灯是亮着的。这是套房,外边是客厅,里面是卧室。他一进卧室,便看到范萍萍穿着睡衣躺在床上,披散的长发湿漉漉的,有一股很新鲜的发香味。她目光炯炯地望着他,说:"喝了两场?"

齐东野一把把范萍萍拉到怀里。

他与范萍萍这是第二次单独见面。第一次是在一个保龄球馆,那时才时兴保龄球,范萍萍陪他打球,一身白色的运动装,留着短发。她是教练,很认真地示范,弯腰、助跑、扔球,动作优美,几乎每次都是大满贯。

几乎没有语言的前戏,其他的前戏也大都精减了,齐东野一边挺进,一边喃喃地说,我见你第一面,你在我面前飞手出球的那一瞬间,我就想要你。范萍萍大大方方,没有一点忸怩作态。齐东野从头到尾豪气干云。事毕,两个人并肩在窗前,望着窗外的黄浦江好一会儿。齐东野说:"我是从此跳进黄浦江也洗不清了,唉唉,怪谁呢?"

"谁也不怪,这是命运的安排。"范萍萍说,"自打见你第一次,从你的目光里我就知道,这一天迟早会到来。为什么要等到现在?"

齐东野与范萍萍目光炯炯地对视着,两个人说话到很晚还不觉疲惫。齐东野还想再来一次,范萍萍说:"足矣足矣,不能太贪了。"

看着外边天光开始放亮,黄浦江上披着霞光的帆影越来越清晰,范萍萍把一个房卡交到齐东野手里。他这才恍然大悟:昨天范萍萍交给他的,是她自己的房卡。

"你真的不用有任何心理负担,真的。我不需要你为我做什么,现在不会,将来也不会。你也不要以为是你把我征服了,我只是愿意被你征服。我们是互相需要对不对?我渴望一个不一样的灵魂,用它安抚我有时躁动不安的肉体,而你在渴望一个不一样的肉体,用它来释放你野心勃勃的灵魂。"范萍萍狠狠地咬了一口齐东野的肩头,留下一圈深深的美丽的齿痕。她闭着眼把头拱在他的胸口,听着他异常有力的心跳,温柔而决绝地说:"从此萧郎是路人,今后我们不要再单独见面了,从此相忘于江湖,相忘于北溟,这是我们第一次,也是最后一次。我有爱我的老公和孩子,你也有爱你的老婆和孩子。再抱我最后一次吧。"

齐东野说:"你不是学舞蹈的吗,怎么能说得这么哲学?"

范萍萍撒娇地说:"我学的是艺术哲学。"

事后齐东野愧疚之余,想不通自己到底是个什么样的人。自己是不是变坏了?还是本来就坏?他事前为什么就没有想到梁燕妮?当时整个世界仿佛都不复存在。他和范萍萍之间,是不是只有单纯的激情?好像是的。也许,人与人之间,本质上就是不平等的,肉体与肉体不平等,灵魂与灵魂也不平等。而一个人自身,灵与肉也往往是错位的、撕裂的。而且,灵魂是成长的,肉体常常是不变的。成长的灵魂,有时渴求肉体对应的变化。是耶,非耶?

齐东野一度处于盼望和惊恐之中。有时接一个陌生的电话,他会盼望是范萍萍打来的。但他又怕,怕在某一个时刻会接到范萍萍的电话。三年多了,他们就像两个被组织永久遗忘的潜伏的间谍,谁也没有唤醒过谁。

第十七章

梁燕妮对于萧建平沸沸扬扬的丑闻,似乎毫不关心,毫无感慨。这让齐东野感到奇怪。平时她对明星的八卦津津乐道,反而对身边真实的八卦兴趣全无?奇怪得有些可疑。

晚上,齐东野跟梁燕妮聊天,故意把话题引到萧建平丑闻上来,想听听她的看法。梁燕妮目光锐利地剜了齐东野一眼,意思似乎是:我还不明白你们男人的心思?但我就是不说。

过了一会儿,梁燕妮忽然生气地说:"老萧的丑闻没有啥好关心的。齐东野,我倒正想问你,你最近是怎么了?自从接任县委书记的事大局已定之后,你为什么没有一丝一毫的高兴,反而一副心事重重魂不守舍的样子?这不是你多少年苦心奋斗的目标吗?你到底在想什么?到底发生了什么?"

齐东野艰难地咽了一口唾液,长舒一口气。自从初夏那次突发性耳聋以来,自从他确信他马上要当县委书记以来,他脑子里就一直在盘旋着一个想法、一个抉择。由于这抉择太让人痛苦,一旦做出就是对自己近四十年人生的否定,所以他迟迟无法向梁燕妮开口。

他知道她绝对无法接受，因为她不能理解。

齐东野有种豁出去的感觉。反正早晚也得和她商量，或叫摊牌，不，应该叫亮牌，不如眼下就把自己的想法直接告诉他，免得她瞎猜。

"我想辞了官职，县委书记我不想干了。"齐东野故作轻松地说。

梁燕妮确认他不是在开玩笑后，静静地一语不发。

"只是考虑你无法接受，所以一直不敢跟你说。我知道不仅你，我们整个家族，乃至整个社会，都不会理解我这个想法，你们会以为我疯了，精神出了问题，或者遇到了什么难题。但是确实什么问题也没有，我只是产生了这有问题的想法。"说到这里，齐东野已是泪流满面。

梁燕妮用一张纸巾给他拭泪，她紧握齐东野的手说："没事没事，东野，你都把窝在心里的话倒出来吧。夫妻之间，不就是有福同享，有苦共担吗？这些年，你心里的压力太大了，我做得太差了。"

"不，这与你无关。"齐东野说，"我只是害怕，对未来充满恐惧。我以前迷恋权力，追求权力，总是嫌自己手中的权力小。燕妮，可是当这更大的权力来临时我却怕了，是从心底里怕。我也一次次地问我自己，你怕什么？为什么你要这样？别的官员不都一样吗？你现在不是在守住底线方面比别人做得都好吗？每个人都在奋力攀登，而你就要阶段性地登顶了，却要主动地退下来？是的，我想退出。因为我知道我自己。我知道自己总有一天会把持不住的，我抵御不了诱惑。我太懂得权力和市场的运作了，这本来是我的优势，但一旦有一天权力参与了市场的交易，那就是噩梦。"

梁燕妮说："你现在就能想到这些，这说明你不会的。"

"不，"齐东野说，"我太知道自己是个什么东西，道德有时是靠不住的，而且我自身道德的根基也没有多么牢靠。你会说，这些年来，我没有变。可你错了，我天天都在变，只是觉察不出来而已。你也变了，燕妮，你也只是不想承认而已。那天我找那块刻章用的石头，

101

翻箱倒柜大半天，我看到你那么多的衣服、鞋子、化妆品、购物卡，我惊呆了。你可能会说，这都是多少年的积累，自己并没有过分，可能比其他科长、局长的夫人还少呢。可越是这样，我越是害怕，我怕等一切都变得习以为常之后，自己会跌入万丈深渊。"

梁燕妮默默地听着，对丈夫说出这样的话感到吃惊。但她没有打断齐东野的话。

"我设想过退出的方式，不干县委书记了，到一所高职院校去怎么样？走不通，我还太年轻，那都是安置老年官员的去处。到一家国企去干老板？且不说北溟没有像样的大国企，就算有，同样也不是像我这样处于上升期官员的去处。因此，我要退，就是裸退，干干净净地退出体制，到社会上干点儿自己能干的事，至于具体干什么，我还没有想好。但我想，凭我的能力和这些年积累的资源——虽不是有目的地积累的，但总不至于让你和齐绮的生活水准有太大的下降。燕妮，你在听吗？你相信我吗？"

梁燕妮一时间陷入混沌之中，丈夫的话分明字字声声入耳，但听上去却是那么遥远，那么飘忽不定。她仿佛从睡梦中醒来一般说："我听着呢，听得我有些手脚发凉。我觉得你是过虑了，东野，你是拿未来很多预想的不确定性吓唬自己，这事还是先放一放再说吧。"

齐东野说："我今天才有勇气把我的心事说出来，其实我已经考虑得差不多了，我最担心的就是你接受不了。"

梁燕妮说："这县委书记也不是你想辞就能辞的吧？你得听组织上的。组织上不让你辞，你就不要辞。"

齐东野说："只要我下决心辞，组织上一定能批准的。一方面心去人难留，另一方面，又空出这么重要的一个职位，多少人挤破头在争呢。已经有太多的精英集中在官场，我退出来试试，找到一条能实现自己价值的路径，对哪一方面都不是坏事。"

"可是，对我们这个家来说，绝不是什么好事！"梁燕妮不高兴

东野三世

了,她说,"多少人都在羡慕我,羡慕我就要成为书记夫人了。你倒好,这一退,猛闪我一下,你考虑过我是什么感受吗?社会上的人会怎么看?官场上的人会怎么看?家里人会怎么看?他们会认为你是以这样的理由退出吗?他们——所有的人,都不会这么想,他们会认为你犯了什么错,你的竞争对手们会拍手称快:本来你是座山,挡着他们,现在山突然消失了。但他们不会感激你,他们会等着看你的笑话。为什么那么多人想当官?为什么那么多人在官场混得远不如你也不愿离开?你想过吗?等你把这些都想明白了再跟我说。睡觉!"梁燕妮扭过头,撤灭了床头灯,给他一个冷冷的背。

齐东野知道梁燕妮这道坎最难迈过,他没想一次把她说服。但他已经把牌亮了出来,把最大的心事说了出来,心里一下释然了许多,轻松了许多。齐东野睡得不错,梁燕妮第二天早晨眼圈儿黑得有些吓人。梁燕妮说:"你昨天说的那些,我不同意,别再胡思乱想了!"

上午市里有个"双拥"表彰会。北溟县历来是拥军模范县。发言,领奖,结束时才十一点。齐东野打电话给鲁飞,约好中午两个人在"笑傲江湖"吃个饭,有重要事情要谈。

"都大局已定了,还这么神秘兮兮的?估计正式上任要春节后了吧,最晚三月初。"鲁飞与齐东野是无话不谈的好友,一见面就用力地握手,并仔细观察齐东野的面部表情。

中午不过二——喝酒不超过二两,这是他们多年的规矩。喝了两口北溟古酿,齐东野就把想辞职的话跟鲁飞说了,是想听听他"最后的意见"。

"最后的意见",表明齐东野对鲁飞的看重,让他有几分感动。

"有领导亲口对我说,你接任县委书记后用不了多久还会被重用,意思是很快就能兼上市委常委,那就是副厅级了。"鲁飞追问道,"这就是说,你马上就要进入仕途的高速公路了,你却想退出?"

齐东野毫不犹豫地说:"就是这个意思。因为我害怕,我对未来感到害怕,我怕自己把持不住,我抗拒不了那些应当抗拒的。我是因为懦弱而选择逃避,我对自己没有信心。"齐东野这样讲的时候,语气里有些许悲凉的意味,还掺杂了几分委屈。

鲁飞呷了一口酒道:"你有这个想法,我感到吃惊,但可以理解。这些年咱们多次谈论过——不论失意还是得意,从身边就能看得清清楚楚——风气坏了。你闻过腐败苹果的味道吗?不但不臭,还有一种奇异的香味,类似于酒糟的味道。不少人就在这种味道里沉迷,没有信仰,无所敬畏,只迷恋权力和金钱。在这种味道里打滚儿,醉生梦死,仿佛只有今天没有明天。似乎也有清醒的人,也有觉得味道不对的人,但就如沉醉在一场春梦里,谁都不想醒来,不想离开。东野,这些年,你与其他官员不一样的地方,除了才华和理想,我认为就在这里——你清醒而孤独,痛苦而迷茫。你不想一起堕落,但堕落却像鬼影一样紧紧相随。"鲁飞与齐东野碰了一下杯,一饮而尽。他接着说:"'民不畏威,则大威至。''官不畏天畏民,则严惩必至。''天视自我民视,天听自我民听。'有些人太不像话,老百姓都看不下去了。所以我支持你,尽管我打内心眼儿里为你惋惜。这样的决定,假如是我,我做不出。毕竟,县长和县委书记之间有质的差别。当然,我知道你最担心的也在这里,你就是怕自己职变之后会发生'变质'!"

有泪水在齐东野的眼窝里闪亮,齐东野已经感觉到了,马上抽张纸巾揩了揩眼角。他说:"我是不是一开始就错了?我是不是当年就不该步入仕途?"

鲁飞说:"你不要因此否定自己的过去,你一路走到今天,说辉煌一点儿也不过誉。一个农家子弟,没有任何背景,能在四十岁之前有你现在的成就,很了不起。至于你离开后去干什么,我的建议是下海经商。你有这个头脑,北溟县城的'经营城市'比其他地方早了多少年?没有这个,北溟县这盘棋破不了局。我相信用不了多少年,你就会在商界打出自己的一片天地。"

东野三世

听了鲁飞的话，齐东野心里敞亮多了。不过鲁飞也告诉他："既然选择了，就要承受失落的代价。家里人的工作固然要做好，但也别把辞职看得太重了。你又没犯错误，你只是在戏剧的高潮部分离场而已。而且还有另一场戏在等待你开场。"

两个人在饭店门口分手。齐东野说："今后我就要笑傲江湖了，不要忘了兄弟。"

鲁飞说："我们是一辈子的兄弟，说不定将来我还要到你那里讨饭吃呢。"

两天后的周末，鲁飞和妻子孙丽专程到北溟县看望齐东野和梁燕妮。孙丽给梁燕妮买了一件蓝色旗袍，让她换上试试。梁燕妮在饭店的厕所里换上新装走过来，鲁飞拍着手说："请嫂子转一下身。"梁燕妮就转了一下，鲁飞的小相机已拍下了照片。鲁飞与孙丽说："嫂子转身的瞬间太美了，这照片可以放到网上卖钱了。"

鲁飞是个高手，他从这里就谈到"旋转门"："我们的观念总是很固化，多数人一辈子的职业从一而终。可欧美就有一个旋转门，他们可以跟中国一样，学而优则仕，可以先经商而后竞选总统。当官当烦了，还可以再去当学者，再去经商，或者去干公益。这都稀松平常，但旋转的人生往往最美丽——就像嫂子穿上新旗袍旋转的瞬间。"

孙丽也插话说："北溟相邻的天池市，有个局长辞职下海不到两年，现在都是大老板了。"

梁燕妮说："当老板有什么好？男人一有钱就变坏。"

鲁飞反驳道："嫂子，你这话可错了。变坏的官员比老板多，老萧不就是最好的例证？要是说变坏，如果将来老齐有50%的可能变坏，我就有80%的可能变坏。"

梁燕妮顿悟到这是齐东野请来的说客，为了开导她。

第十八章

　　齐东野召开年前最重要的一次会，确定北溟县 2004 年的十大民生工程。子牙河河道防汛工程、断头路打通工程、污水处理厂扩建工程等，列了十项。齐东野说："还有一个老旧无物业管理小区整治工程，这个也要列入。"财政局局长说："财政资金捉襟见肘，实在顾不过来了。"齐东野说："我建议在座的各位都去红旗机械厂宿舍小区看看，那里的居民是怎样一种生存环境！简直与我们不是生活在同一个城市、同一个世界！垃圾堆放十多年没有清理，臭气熏天，蚊蝇乱飞！我们的城市越来越光鲜，可是谁会想到，就在我们的眼皮子底下，却掩盖着这样的事实——老旧小区的人还生活在改革开放以前！所以，财政再紧，也要把这项列入民生工程。"另有一位局长说："十大民生工程，多了这一项，不成'十一大'了吗？"齐东野听了，真想发火骂人，但最终还是克制住了。他说："形式主义的思想，让一些人变成了猪脑子——进了水的猪脑子。数字还能把人框住？你一天要尿十一泡尿才能解决问题，你偏要规定只能尿十泡尿，你是要让尿憋死吗？"
　　那位局长在大家的哄笑声中脸一直红到脖子根。齐东野想：这

　　　　　　　　　　　　　　　　　　　东野三世

种骂效果好,比带脏字效果好。以前怎么就没想到可以转变一种方式骂人呢?

不管是县长委婉的骂还是赤裸裸的骂,县政府的副县长和局长们都很服。因为齐东野确定的民生工程,总是看得准,看得远。就拿三年前来说,齐东野独出心裁,划定县城东北角那块偏僻的地方,要给进城的农民打造一个安乐新区。当时,开会的人没有一个表示同意或是反对,也就是说都不以为意,不以为意到连反对也不屑的程度。齐东野说,没有反对那就表示全部同意。于是,他推出新政:面向新市民,凡是进城务工三年以上的农民,都可以买房,可以享受同样的首付按揭贷款。结果,盖了十栋小高层,一开盘便销售一空。官场不是不看重才华和能力,但没有一定的职位你根本无法展示,所以怀才不遇、感叹英雄无用武之地者,往往以身居官场者居多。

齐东野的弟弟齐东城当年从市商业学校毕业后进了县百货大楼。计划经济时代,亲戚朋友买家用电器还得辗转通过他走齐东城的后门。那时齐东城的女友是化妆品组的,叫魏紫,家里一致反对,但齐东城就认准了她,非娶不可。那时候化妆品少得可怜,也就口红、日霜、晚霜等,家里人对她不满到不屑叫她的名字,私下都叫她"雪花膏"。雪花膏后来抱着刚出满月的儿子闹闹回老家,嘴唇涂得红红的,白高跟鞋噔噔的,头昂得高高的,胸脯挺挺的,屁股蛋子翘翘的,一身雪花膏味儿浓浓的。齐东城的母亲曹春花问一句她答一句,不问不答,孩子包在一层层的花布褓裸里,只让老人看,不让老人抱。从此曹春花要见孙子只能进城,当天去,当天回,回来就抹眼泪,骂那雪花膏心狠、记仇,报复他们当年反对齐东城和她的婚事。

曹春花是齐东野的后妈,齐东城是齐东野同父异母的弟弟。齐东野的亲妈在他五岁那年就去世了,后妈曹春花待齐东野好,对他从来不打不骂,视若己出。齐东野上边有个姐姐齐文秀,是后妈带来的,但小时候最疼他这个弟弟,比待亲弟弟都亲。齐文秀人长得好,读书也挺好,作文常得到语文老师的表扬。姐姐要是读了高中,起码也能考个大专。但姐姐辍学了,为了齐东野和齐东城两个弟弟,她甘愿做出这个牺牲。

　　齐东野对姐姐的感情有多深,在姐姐出嫁那天才体现出来。姐姐出嫁,是大喜事,对方家里日子殷实,一下就给了两万元的彩礼。但齐东野就是很生气,很悲伤。十四岁的他暴跳如雷,在家里摔摔打打,就像疯了一样。他不明白为什么姐姐只有二十岁就要嫁人,而且嫁给那么憨憨壮壮的山里傻小子,他觉得天底下配得上姐姐的人不多,姐姐要出嫁也不是嫁给这样一个人。迎亲的队伍吹吹打打,喇叭唢呐吹的是《百鸟朝凤》和《步步高》的曲子,很欢快,但在他心里,却比听着哀乐还难受。家里人叫他出来送姐姐,他赌气不出来。父亲要用鞋底抽他,说他太不懂事。只有曹春花懂他,说他们姐弟情深,也不枉他姐姐疼他这些年。

　　后来姐姐生了方慕荣。齐东野这个外甥,上学是好样的,是全县的高考文科状元,上了清华,现在在北京一个部委上班。有一次姐姐对他说:“你知道你外甥为什么考学考得那么好吗?”他说:“当然是姐姐教育得好。”姐姐说:“不对,都是因为有你这个舅舅,你不仅是我们家族的骄傲,也是对晚辈最大的激励!每当你外甥贪玩儿不好好学习时,我就拿你的故事讲给他听——‘你舅舅小时候多么努力多么刻苦,头悬梁锥刺股’;每当你在电视屏幕上出现,我就跟他说:‘你看,这是你舅舅!长大了你也要像你舅舅一样……’东野,这么多年,虽然我和你姐夫没本事,但靠种地打工,日子也还过得去,又加上有你时不时地资助,孩子读书真的没觉着难。你是真体会不到啊,一想到有你这个弟弟,我和你姐夫腰杆儿就是直的,走路有时不知不觉就昂起头来。你在乡里干秘书,就是乡党委的干部;你在县委干秘书,就是县委干部;你在市里当科长,就是市委干部。后来你干了县长,相当于古代的县令,你就是国家的干部,是朝廷命官。”齐东野说："姐姐，我就是一个基层干部，别把我捧得那么高……"

百货大楼后来要改制裁员，齐东城找到大哥，二人抽了一下午的烟。后来齐东野求人把齐东城调到县农村信用社，从信贷员干起，直干到信贷部副经理，一干又是好多年。与他同一时间入职的人，都提了正职，就他还是个副职。齐东城不好意思再找大哥，"雪花膏"就拖着他来找大哥，说了好多拜托的话，齐东野就给县农信社主任老潘打电话，问起齐东城的情况。那时，他已是县委常委、组织部部长。老潘其实一直在等齐东野的电话，这电话一来，老潘就说："东城干得很好，虽然班子里多数人对他有点儿成见，但我力排众议，已经准备用他。还是让他干老本行信贷怎么样？就地提信贷部经理。我说齐部长啊，您也不能看不起企业啊，我们信用社一年支持的三农资金，超过北溟县几大国有银行的总和。您要没时间，我就去向您专门汇报工作。怎么？过几天您就过来？好好好，我候着。"第二天，齐东城就如愿以偿，成了信贷部的一把手。第三天，"雪花膏"就带着闹闹回家看爷爷奶奶，从此或半个月或一个月，不用老人叫她就带孩子过去，成为常规。而且"雪花膏"还很大方，每次都给老人带点儿牛奶、花生油等。

如今，齐东城遇到了一点儿麻烦，克达公司两千万的贷款已经逾期半年未还。如果年前还不上，直接影响业绩不说，关键是有潜在的更大的风险——听说公司在转移资产，老板有跑路的可能。

齐东城没遇到麻烦是不会给大哥添乱的。齐东野知道弟弟也是没有办法才找他。他也知道自己有能力帮这个忙，可每每这个时候，他还是有些烦。

金融机构出现不良贷款，按说是单位的事，应该公事公办：可以到法院起诉，如是恶意逃债，可以报警立案。但一遇到这样的事，农信社就想到通过齐东城找他这个县长哥哥，把公事变成私事，把本该由专责机关和单位办的事，变成由领导过问，让权力越位。

再怎么心烦,再怎么不乐意管,齐东野也不能不管。他打电话找公安局的局长,先讲农信社对地方的贡献,然后让他过问一下农信社不良贷款案,尽快对克达公司的账户采取措施,以防其转移资产。公安局局长滑头地答应着。他不敢不答应,也不能不落实,叽叽歪歪的,一方面强调到了年底经侦那边案子太多,一方面又说经费不足。齐东野承诺来年给增加经费。

自从因治病结识金针老太之后,齐东野几次对老太太说:"您是国宝级的人物,应该到县城开个诊所,还要多带几个徒弟,好让您的绝学后继有人。"老太太说:"我就是一介草民,离不开这家乡的水土草木,离开了就不灵了。"

"传人?有的,但我是传女不传男,我姥姥定下的规矩。我姥姥当年是金陵名医,宋美龄都找我姥姥看过皮肤病。"

周五,省财政厅邹厅长的秘书来电话,说厅长要见见神医,并专门叮嘱,不想惊动地方,要做好保密工作。齐东野因为有自己上次突发性耳聋的体验,最能理解这一苦衷。邹厅长用的是私车——一辆奔驰商务车,没带秘书,只有夫人和一个保姆随同。

邹厅长曾经在北溟市挂过职,所以齐东野和他相识。二人相熟是在齐东野任北溟县县长之后,他常到省财政厅跑项目资金,要政策支持,二人交往既多,也多少有了私人感情。周末假日,领导一般还在忙工作,但家里人需要放松。邹厅长的夫人及一帮省城厅级领导的夫人,便曾结伴到北溟玩儿过几次。齐东野安排得颇为到位,夫人们都很高兴,耳旁风吹得不少:齐县长是个难得的人才,有能力、有魅力不说,还特别会做人,会来事!

邹厅长身高一米八二,很魁梧健壮,以往陪他考察,年轻人也赶不上他的脚步。这次却不一样:车门打开,夫人双手搀着他,他右腿抬了好几次,才终于抬起来,迈下车来的时候,步态很有些不稳。而且他身体明显地瘦了,瘦了一圈儿不止,俗话说就是有几分脱相了。

脸面气色尤其不好,发暗,没有一丝光泽。

齐东野请示:"邹厅长,一切都安排好了,可以现在就去见金针老太,也可以先到宾馆住下休息一下,等吃了午饭再去。"

厅长夫人问:"能不能把这位神医请到宾馆里来?"

齐东野为难地解释说,这位金针老太名气大脾气也大,从来不到外地出诊,只在村里坐诊,不少大领导来,也无不如此。

邹厅长说:"先不去宾馆,直接走吧。"

邹厅长一路无语,只是脸色中有难以掩饰的痛苦,有时两手下意识地捂着下腹部。

齐东野把厅长介绍给金针老太,只说这是省城来的朋友。等老太开始闭目号脉,他便出来,站在院子里的老杏树下抽烟。老杏树的枝条光秃秃的,树干秃噜着老皮,像是陈旧的伤口。

号完脉,老太长长地叹了一口气,将病情一一说了,跟大医院的诊断丝毫不差。她说,此病已得五年多,如早治疗绝不至于走到今天,现在,神仙也没有办法了,只能扎几针,缓解一下病痛罢了。

夫人很着急,哭求老太道:"您是神医,希望全在您身上了。"

老太说:"我都讲明白了,已经无能为力。"

于是扎了半个小时的针。针取出后,邹厅长气色好了些,身体也轻松了些。他向老太道谢,与夫人先上了车。齐东野留下来,单独问老太几句话。这也是邹厅长暗示的意思。

老太说:"你这个朋友,肺癌晚期,癌细胞已经转移到大肠,肠子里全是了,胃里、肝里也有了。要是两年前来,几针就能扎好;一年前来,吃两个月的汤药就好了;即便一个月前来,也还有得救。现在,的确是不能了。"齐东野求老太再给他开几服药,权当是安慰,也算尽朋友之心。老太就给拿了十五服中药。齐东野要给钱,老太一分不收。

肯定是老太的金针效果显现,邹厅长在回来的路上像换了一个人,状态很好,谈笑风生,问了一些齐东野工作上的事。看着车窗外连绵的群山,虽是冬季,有些萧索冷寂,但淡烟寒树,倒也不乏水墨画般的情趣。他甚至摇下一点车窗,让山里的空气吹进车内,并赞叹山里的空气清新如洗,真是太好了。

晚上是齐东野专设的家宴,只有齐东野和梁燕妮作陪。邹厅长要求饭菜清淡和家常,齐东野就没上龙虾鲍鱼之类。但考虑到营养,还是特意上了小米海参、清炖甲鱼,还有牛肝菌、竹荪做的一大盆菌汤。白酒、红酒都上了,但厅长夫妇只抿了几口红酒,齐东野夫妇每人陪了一杯。梁燕妮是第二次见厅长夫人,拿了两套高档的化妆品,都是陈青娥美容院的礼品,算是转赠了。

齐东野送厅长夫妇回宾馆。厅长拉住齐东野的手,感谢说,深交他这个朋友晚了,不然早由金针老太医治,何至拖到今日。他有些黯然神伤,看到夫人进了洗手间,才说出一段悲凉的话来:"依我,早就住院治疗了,可老婆不让,孩子也不让,说正是关键时期;明年省政府换届,我是副省长第一人选,如住上几个月的院,恐怕这机会就拱手让人了。所以就瞒下来,只悄悄地吃药;偶尔去输输液,也是偷偷去朋友的私人医院。岗位越重要,责任就越大,工作上忙得喘不过气,还得像正常人一样硬撑着,病就这样耽误了。今天我才明白,但已迟了。小齐,除了生命,一切都是身外之物啊!"这时,厅长夫人出来了,厅长便就此打住,眼里泪光莹莹。

晚上齐东野情绪很低落,连话也懒得说,窝在沙发上。这状态在齐东野是少有的。结婚十六年来,齐东野工作上总是精神饱满,斗志昂扬,最难得的是,即使工作上遇到这样那样的烦恼,他也从不把负面情绪带回家里。今天这是怎么了?梁燕妮一个劲儿地问:"厅长的病是不是很重?"他也不愿回答。梁燕妮今天也奇怪,平时看齐东野不愿回应的事,一般她就知趣地作罢了,今天却问起来没完。

齐东野烦躁地说:"邹厅长得的是绝症,没有几天活头儿了。"

梁燕妮一怔,摇头说:"不可能,不可能,这么大的领导,这么好的医疗条件,有什么病治不好的?再说,癌症不等于绝症,癌症病人活二十年三十年的并不少见。好多外国特效药,老百姓吃不起,也买不到,高干就是另外一回事了。"

齐东野这才透露真相,他说:"邹厅长这病,生生让他老婆给耽搁了。"他把厅长的原话复述了一遍。

梁燕妮说,这厅长夫人好糊涂。

齐东野说:"可见当官当到一定程度,家人也都成为一个利益共同体了。亲人以亲情的名义绑架当官者,使当官者成了一个平台和工具。人在官场,身不由己,更多的其实是这层意思。燕妮,你会不会有一天也这么糊涂,把官位看得比老公的命还重要?"

梁燕妮说:"哦,齐东野,你闹情绪原来是为这个啊!我才不会呢!我是没文化,但我记得奶奶教给我的两句大俗话!"

"哪两句?"

"'留得青山在,不怕没柴烧。''塞翁失马,焉知非福。'"

"你真这么认同?"

梁燕妮在齐东野的额头上亲了一口,算是回答。

第十九章

"糖瓜祭灶,新年来到。"农历腊月二十三,谓之小年,是灶王爷辞灶的日子。花老吉老板吉世荣一连约了几次,齐东野都以太忙推掉了。上次吉世荣请托齐东野帮忙之事,齐东野既尽心又尽力,已经完全办妥。为此,齐东野不仅给冠儒县委书记打电话,而且亲自去了两次,一次是自己单独去,讲明花老吉这项投资的重大意义;一次是带吉世荣父子一起去,让他们当面对接成功。冠儒县拿出八百亩地为花老吉打造食品工业园,并组织农业部门和三个乡镇进行种植结构调整,计划把美国油葵种植面积由五万亩发展到十五万亩,可以带动至少三万户农民脱贫致富。多方共赢,皆大欢喜,12月初便举行了园区开工典礼。

齐东野与花老吉多年来的关系就是这样, 表面上并不热络,也没有私人的利益往来,齐东野只是尽心地在政策范围内助力花老吉做大做强而已。吉世荣父子二人也分工明确,凡是对外的事,基本上都是让儿子去办,包括出任省工商联的理事由儿子挂名,一般性的拜访、答谢,儿子出面就行了。对于齐东野,吉世荣怀有特殊的敬意

东野三世

和感激，拜访一定是父子同来。这天，吉世荣却自己跑来了。

他把在冠儒县的投资和未来的发展计划向齐东野做了汇报，表达深深的谢意，说马上就要过春节，家里有没有要办的事，请县长尽管吩咐。齐东野说："我们相交这些年了，不用这些客套。"吉世荣说："县长对我老吉恩重如山，我总觉无法报答，不表示一点儿心意，于心难安。"他说他想拿出一部分股权赠送，找一个可靠的人代持就行。齐东野仿佛也不感觉惊讶，他笑着摇摇头并坚决地说："老吉，你也给我来这一套，太不应该了。不行，这绝对不行。"齐东野说："但假若有一天我不干这个县长了，真到了走投无路的地步，你不要忘了这份心就好。"吉世荣说："不干县长了？对呀，谁不知道你马上要接书记了呀？我明白，我明白。"齐东野说："我是说假如，假如有一天，我书记也不想当了，你不要忘了今天的这席话、这份心。"这下吉世荣是越发听不懂了，他直说自己没明白县长的意思。齐东野说："也许有一天你就明白了。"

齐东野这天走访了县里几个人大、政协的老领导，慰问了几个贫困户，还有点儿时间，就突然想起了小舅子。齐东野在电话里叫他找个地方见一面，小舅子说："那就到我的茶室吧。"

梁兵的茶室在县城的百花公园。百花深处，竹林掩映着几间白墙黛瓦的房子，齐东野好不容易才找到，见面就说："梁兵你这小子藏得可够深的。"梁兵咧咧嘴说："我是一介草民，哪儿有什么藏不藏的，天天瞎混呗。"他一边说，一边洗壶、泡茶，茶道玩儿得精熟。他用竹镊子夹起一盅茶递过来，说："请姐夫品尝，看看这武夷肉桂香不香。"齐东野闻了闻，连道不错。他听到身后有潺潺的流水声，卷起竹帘往外一看，原来是一股细细的泉水，绕了茶室一周。

"这肉桂在北滇已属难得，用马蹄泉水泡的肉桂就更难得了。怎么样？姐夫以县长之尊，今日才喝到这样的好茶，是不是有点感慨？"梁兵素来有些油腔滑调、玩世不恭，但也算是个性情中人。岳父老说他是高考落榜生,其实不然。梁兵从小喜欢画画,本来考上了东夏师大美术系,上了一年,觉得老师教不了自己,便退学回家,想第二年考中央美院,结果连考两年不中,就放弃了。从此虽没学得唐寅的画技,他却学会了唐寅的做派,一副"不炼金丹不坐禅,不为商贾不耕田,闲来写就青山卖,不使人间造孽钱"的混世风范,摆夜市小摊,当装修包工头,做艺术培训,倒腾古董字画,寻医问道,练咏春拳,什么都干,什么都玩,似乎什么也没搞出名堂。说他离了三次婚,其实也不准确,都是以恋爱之名长期同居;觉得不行,不想过下去了,就分手了。第一个是他的学生,跟他学画兼同居,考上美院后走了。第二个是学外语的,后来留学美国,也走了。第三个是弹琵琶的,全国大赛一举成名,同样走了。现在是第四个,县城如意酒楼老板娘扈冬菊的独生女扈海棠,同居已有两年,任凭扈冬菊百般不乐意,但眼看是棒打不散的趋势。

齐东野与梁兵聊天,两个人都很放松。梁兵说:"我姐跟我说,你在找那块刻印的石料,那是块带黄冻的鸡血石,我早已卖了,换了三幅名画、两张字,如今一幅画就能把你的石头抵了。现在石头是没有了,画和字你要不要?"

齐东野说:"你姐也是,一块石头,我就那么一说,她就找你要,多嘴。"

梁兵说:"我就知道姐夫不是那种小气人。"

梁兵谈起古董字画,什么高古玉,什么青铜器,尤其对宋元明清瓷器,哪个窑口,都如数家珍。当代画家,前五十名的,其师承风格、笔墨的细微差异,他也评析得入木三分。梁兵说,他自己的梦想是将来开一个艺术品拍卖行,还要姐夫帮他在艺术小镇留一块地方,他要办一个私人博物馆,把他收藏的所有好东西向世人展示。

齐东野明显感到小舅子的话里有不少的水分,也很有些忽悠外行人的意思,但对他玩世不恭外表下掩盖着的一种执着情怀,不免也生出几分敬意。

我就常跟你姐说："梁兵不是瞎混瞎玩，他是个有想法的人，可你姐总是不太相信。当然，你姐也是盼你好的意思。"

"我知道，我知道。"

齐东野漫不经心似的，突然问了一句："梁兵，你说实话，在你眼里，姐夫除了会当官，还能干些什么？"

梁兵感到惊奇，歪头想了一下，神情诡秘地说："说实话还是说假话？"

"当然是说实话。"

"那我可就说了。"梁兵道，"按理，姐夫是官场中人，官也当得挺顺溜，但我却认为姐夫跟别的官不一样。将来姐夫当了县委书记，肯定会更耀眼，但跟官场的整体气氛似乎又有不很协调之处。一言以蔽之，很多人是只会当官，除了当官别的一概不会；原来会的，后来也不会了。你不是这样，你即便不当官也……"

"也怎么样？"

"姐夫即便不当官，打个比方，你若经商，也能当个大老板，毫无疑问。因为你既懂政治，又懂经济，精通市场化运作之道，深谙资源整合配置之妙，长于谋划，满腹韬略，攻守进退灵活有度。姐夫当然也可以做学问，也能成为一流的学者，因为姐夫是一个通人。赢家通吃其实很难，但通人却能一通百通。未来谁都无法预测，未来即使你做的官再大，我总觉得姐夫你这个人本身比你的官职要大。"

生活中，人们总是容易低估别人，尤其是身边的、亲近的人。地位高的人看地位低的人也多半如此，总以为这个社会只有自己在飞速进步，而其他人或原地不动，或都在退步。这种人忘了，也许那时他只是在船上，而其他人都在岸上。待上得岸来，才发现其实自己也没有走出多远。离开梁兵的茶室时，齐东野意味深长地看着小舅子，笑道："梁兵你小子，我就说你有一套，的确有一套。"

晚上夫妻二人床头夜话。梁燕妮说:"下午陈青娥请我去店里做年前最后一次保健。过了腊月二十一,技师们就陆续放假过年了,所以就去蒸了蒸、按了按,还做了个排毒。我感觉浑身清爽,干干净净的,可以迎接新年了。陈青娥还送你一个多头电动剃须刀——你看她想得多周到,不过她说那是小霍送你的。还有,文秀姐托进城的人捎来了年糕,给齐绮吃的,但嘱咐不可吃太多,多了难以消化。梁燕妮还说,原来马鞍山乡卫生院崔院长找我,说他儿子在北溟医学院公共卫生管理专业明年毕业,想进县防疫站或县人民医院,请你费心。末了他非要送齐绮一个红包,我没要,我说齐东野的规矩大家都知道,这不行。临走他还有点儿不高兴。"齐东野说:"你可别瞎给我揽事,我事已经够多的了。"梁燕妮说:"我哪敢给你揽事,平常替你挡的事还少?搞得很多亲戚朋友都疏远了;有的很明显,见了面脸不是脸鼻子不是鼻子。对了,今天你找梁兵喝茶?怎么没在一起吃个饭?他是不是又嫌我胳膊肘总是往外拐,不向着他说好话?——对我这个弟弟,我是真的没有好话,天天吊儿郎当的没个正形,他不会又给你添什么麻烦吧?"

齐东野发自内心地说:"你别对梁兵成见那么深好不好?我倒觉得梁兵活得比我们真实,他不装。说不定将来梁兵是你们梁家最有出息的人。很快就能吃梁兵的喜糖了。"梁燕妮问:"新娘是谁?""扈海棠啊。"不是她妈不答应吗?""不答应也得答应,梁兵有这个本事。""嗬,有本事?有本事前面的三个都飞了?""你别总是门缝里瞧人嘛,把人都看扁了。"梁燕妮还是不信,说:"扈家那么大酒楼那么有钱,女儿又长得那么好,怎么舍得把女儿嫁给相差十三岁的梁兵?"齐东野说:"一切皆有可能,就等着瞧吧。"

一大早起来,梁燕妮做好了早餐,二人吃了,齐绮的还热在锅里。孩子刚放寒假,就让她睡个懒觉。这次期末考试,齐绮的成绩又有所下降,许老师说主要还是听课注意力不集中的原因。许老师说,齐绮这孩子自从早恋事件以后仿佛就有了心事,家长一定要做个有心人,要密切关注青春期孩子的情绪变化,特别是女孩子,平时尽量多陪陪。寒假里,孩子一方面参加补习班,补补功课,另一方面,要适当散散心,放松放松。梁燕妮想,老师说得很对,但要实行起来,比医生处理医患关系要难。齐绮一回家,梁燕妮的神经就绷得紧紧的,从孩子的脸色判断她今天高兴不高兴,是不是又有情况。但孩子的话越来越少。梁燕妮最怕听到她砰的一声关上自己屋门的声音,这声音拒人于千里之外,又让人惴惴不安。齐东野也觉得老师说得无比正确,却好比听了一位领导高水平的指示后感觉根本无从落实一样。

齐东野很清楚,自己就任县委书记将是在春节假期过后的正月初七,最晚也就正月十五。既然已经打定主意辞职,他就必须提前把必要的工作做好。第一,必须跟组织讲明白,要写一份恳切的辞职报告;第二,必须跟市里主要领导当面提出来;第三,要向省委组织部报告;第四,在适当的时候向李春秋打好招呼。辞职报告,他已在心里酝酿了许久,并在腊月二十四用了一个晚上写完。为写这个报告,他一晚上抽了三包烟。他打印了四份,然后保存在优盘里,把电脑中的删除了。这事必须保密,一方面是为组织考虑,尽量不引起震动,那样对工作不利,另一方面也要考虑社会影响。

在正式得到组织的批准之前,齐东野必须站好最后一班岗。关于春节前后的安全工作,他专门开会做了调度。社会稳定工作及对公安信访部门的走访,他做了专门的部署。贫困户、困难户的走访慰问活动,他也做得早,做得细致。

除夕的北溟县电视新闻节目,齐东野有个新年致辞,这是一件大事。这是他最后一次作为北溟县县长面对百万父老乡亲讲话,是十足的告别演出。他就要彻底告别政治舞台,结束自己的政治生涯,因此借这个机会,他在重点回顾去年的工作后,也必须要回顾前几年的工作。近五年来，他怀着感激、感恩的心，做了一些自己想干而又能干的事，做了一些老百姓盼望的事，都是应该做的。有些事没有来得及做，有些事留下了遗憾，他希望乡亲们海涵。他虽然已经决定，但仍然害怕自己临阵改变。他再一次要求自己，作为人生最重大的一次抉择，他必须当断则断。

至于辞职的理由，最让他伤脑筋，为此，他跟鲁飞反复商讨过多次。只能以身体健康作为唯一的理由，而且是生理、身体方面的，而不是精神疾病；如是精神疾病，就会引起很负面的影响。他也不能以辞职下海为理由。诚实地说，将来他可能会走上经商之路，但去处确实还没有想好。虽然发达地区已有一些官员下海，但东夏省只有寥寥几个，而且都是副职官员。为了让辞职的身体原因扎实可信，他已开出了医院的证明：反复发作、原因不明的顽固突发性耳聋，有时出现幻听。齐东野确实得过突发性耳聋，后来也反复过几次，这都是实情。金针老太曾警告过他，如果长期压力太大，这个病老天爷也无法根治。

腊月二十八，齐东野专门去见北滨市委书记俞敏之。在快要走进市委办公楼时，道安县县长侯方生打来电话，问他何时上任，想在上任前约几个同学贺一贺。他俩是北滨师院中文系最要好的同学。侯方生从市发改委副主任提拔到道安县当县长，比他早了三年，但由于道安县委书记是新上任，侯方生暂时没有机会。齐东野头脑里似乎有根神经突然动了一下，他觉得这时接到老侯的电话也许是天意，他应该把自己要辞职的消息第一个告诉老侯。想到这里，他快步离开办公楼，来到一棵老雪松下。老侯在那边喂喂地问："怎么不说话？"他便把自己要辞职的消息小声地说了，并让老侯务必明白这一信息的重要性，自己知道就行了。他把这一点重复了三遍。

俞敏之书记对齐东野非常赏识，在全市十三个县市长之中，齐东野是受表扬最多的一个。俞敏之书记对他的辞职没有表现出半点

东野三世

儿惊讶,泰然端坐,纹丝不动,这大概就是泰山崩于前而色不变的功夫。他仿佛很随意地问:"真不是因为有了别的想法?"

"没有,如果有也是对自己缺乏信心。"

俞敏之书记听了齐东野的想法,看了他的报告,先是一脸的疑虑,最后才是深深的失望。他说:"有病可以治,现在医学科技一日千里,这点儿病算不了什么。你还这么年轻,我像你这个年纪时还是科长。你胸无大志,那也没有办法。如果你是想下海经商发财,那我告诉你,财也不是那么好发的,下海呛水上不了岸的多的是。如果想下海求财,那是人各有志,我也就不强人所难了。"

这时,忽然有股酸楚卡在齐东野的喉头,他咽了下去,剩下的只有火辣辣的愧疚。齐东野一再表达自己对书记、对组织培养的感谢和歉意,就像一个做了错事手足无措的孩子。

俞敏之书记说:"你也没有必要表示歉意,组织不稀罕这种廉价的歉意。北溟的优秀干部多的是,而不是太少,你要明白这一点。"

齐东野退身出来,俞敏之书记都没有起身的意思,更没有任何临别赠言。

齐东野坐在市委组织部部长秦浩川对面的时候,觉得脖颈硬得像一根土木结构的柱子,舌根也是硬的,嘴里微微有些苦味。想来俞敏之书记已打过电话。他在一刹那间闪过动摇的念头。但秦浩川已经开了口。

齐东野干过县委组织部部长,与市委组织部的领导和干部们都熟。组织口出来的干部,见了都格外亲。假如你有过组织工作的经历,有时想不受组织部门的关注都不行。

秦浩川翻看着齐东野的辞职报告,虽仅有三页,但他好像也生怕有所遗漏。他亲切地说:"你的想法敏之书记已经告诉我了,你搞得我们很被动。本来嘛,大局已定,你把组织上的安排全打乱了。"

齐东野又是解释,解释中还是感谢与道歉、道歉与愧疚。齐东野说:"我只是一名正县级干部,没有那么重要。"

秦浩川说:"个人永远都没有多么重要,不管职位多高、能力多大。这关乎组织工作的全局,牵一发而动全身啊。"

"敏之书记就你的事谈了他的意见,就两句话,他让我再次转告你:一是你辜负了组织的培养和期望;二是诚意挽留,希望你还能改变自己的想法,撤回你的辞职报告。"

秦浩川再一次追问辞职的真实理由。齐东野无法坦承,因为坦承了也不能自圆其说。一个领导干部可以有一万条理由提出辞职,但把对未来的恐惧作为理由终究是站不住脚的。于是他只能谈身体健康这一条,翻来覆去地辩解,而越辩解,就好像越在证明自己隐瞒了什么。

秦浩川说:"我们是互相了解多年的同志,我请你还是要再做冷静理智的考虑。比如,一定要裸辞吗?就不能给自己留条退路,比如,可以先到一个相对轻闲的岗位去养养身体;再比如,先办个停薪留职?我已经把话说到家了。"

齐东野感到了组织的温暖。他一直是组织的孩子,从来没有想过有一天会离开组织的怀抱。以往的某个时候,他确也曾抱怨过组织是抽象的,似乎缺乏温度。但组织的领导从来都不是抽象的,他们是具体的。正是这些具体的领导,让他切身感受到组织的温暖。秦浩川设身处地推心置腹,而俞敏之书记也是面黑心善,对齐东野的冷淡只是因为失望,况且不是也在挽留他吗?停薪留职,这更是仁至义尽了啊。

齐东野几乎要动摇了。但他不敢动摇,因为一旦动摇,他这半年来自我折磨做出的抉择就会被放弃。他不允许自己放弃。他在内心里庄严地说:我的抉择不是背叛,不是!恰恰相反,正因为不确定我会在未来的哪个时间发生背叛,我才选择了主动撤离。

秦浩川无可奈何了。他平静地跟齐东野谈最后一步,想听听后者对相关人事安排的意见。齐东野说:"县委书记人选那不是我能置喙的。我离任后的县长人选,我推荐现任常务副县长曾辉同志。"接着他说了几条很扎实的理由,都是出于为北溟县经济工作的大局着想。秦浩川不表态,把他的意见认真地记下了。

按照组织程序,齐东野是无须向省委组织部报告的,那是市委组织部的事。但齐东野还是给省委组织部干部处处长刘松林去了电话。因两个人私交不错,刘松林对齐东野的辞职也是惋惜到捶胸顿足。

齐东野最后一个告诉的人是李春秋。他专门来到县委大院,来到李春秋的办公室。北溟县委和县政府一个在西院,一个在东院,相隔一条马路。一些北溟人称县委是宁国府,称县政府是荣国府。又因为一东一西,且往届县委县政府的主要领导关系不是很融洽,所以有东风西风之说,不是东风压倒西风,就是西风压倒东风。

这种情形在李春秋和齐东野这一届彻底改变,东风西风不再互压。李春秋除了组织人事大权不放,其他都放。齐东野不争权,主抓经济工作。二人彼此配合,互相补台,才使北溟县各项工作进入历史上最好的时期。

齐东野虽也经常进入县委大院,但那都是开常委会或其他重要会议。他毕竟是副书记,但他却一次也没有踏进过李春秋的办公室。当然,李春秋就更少到县政府大院,也没有踏进齐东野的办公室。

齐东野踏进李春秋的办公室,李春秋起身相迎,神情略有一些慌乱。他已经得知齐东野要辞职的信息,是俞敏之和秦浩川说的。但只有齐东野自己把辞职的想法亲口告诉他,他才真正相信这是真的。齐东野说:"辞职报告我已上交,俞书记和秦部长也分别跟我谈过了。我感谢近五年来我们搭班子的缘分,感谢'班长'对我的关照和包容。"李春秋一边给齐东野泡茶,一边说:"齐县长可别这么说,我最应该感谢的是你,你的能力和人品在北溟县那是有口皆碑。"

　　齐东野知道,双方都是客套话,但人之将离,其言也善,他是有几分真心的。对于将辞的齐东野,李春秋也是有几分真心的。齐东野不想当一把手了,而且要裸辞,这让李春秋太意外了。他本来已在做一些善后的工作,他对未来充满了压力和担忧,这主要来自齐东野,因为齐东野能力太强,年纪太轻,优势太明显了。齐东野一旦接任县委书记,很快就会超过李春秋,李春秋将会被快速遗忘,成为一个似乎不曾存在的过客。齐东野一上来,肯定要大刀阔斧地推倒李春秋苦心建立的一些东西,包括李春秋任用的一大批人。李春秋会被无情地否定,不管齐东野是有意还是无意。

　　不管怎么说,齐东野选择离开,让李春秋欣然中又有几分怅然。他对齐东野说:"把接力棒交到你手里,我最放心;没交到你手里,这是我终生的遗憾。"

　　晚上,梁燕妮感到身体不舒服,早早上了床。听到齐东野回来,梁燕妮闭着眼睛说:"今天一天不见个人影儿,你到底还是把事情办了?"

　　这个事情当然指的是辞职。他嗯了一声。"我终于迈出这一步,把辞职报告交了,心里才觉得忽然轻松了。前些日子,不,好长一段时间,我感到自己都快要窒息了。"

　　"你是轻松了,可我的心里还是接受不了。不过你也不用劝慰我,我自己会慢慢接受的。昨天梁兵还给我打电话,问姐夫是不是有什么新动向。我一点儿也没透露。你们那天喝茶,你真的没告诉他你的想法?"

　　"我真的没有。"

　　"奇怪。梁兵跟我说,不论什么时候,让我都要支持你。他还说你注定是个干大事的人,即便不当官,即便经商,也是个大老板。"

　　"他这么说?"

"是啊,你给他灌了什么迷魂汤,让他这么崇拜你? 反正不管他的话是真是假吧,我的心里好像不那么难受了。"

腊月二十九一早,齐东野、齐东城兄弟俩一起到祖坟上坟。北溟的规矩,新年上坟是只有家里的男丁才有资格的。祖坟在村里的公墓,在村西南的一片较为平缓的山坡上。齐东野记得小时候同父亲一起来上坟,公墓显得很是空旷,而今,却见数不清的土馒头一个紧挨一个,拥挤不堪。离公墓约两百米远处,是村民陈大柱的养殖场,养了近万只鸭、几千只鹅。在小小的石板祭台上,齐东野摆出鸡鸭鱼等做成熟食的供品和茶、酒,在生母、祖父、祖母、曾祖父、高祖父的坟头用土块压上黄表纸,然后燃香、奠茶、奠酒、叩头。以前每次来上坟,齐东野都觉得有一种慎终追远的肃穆感,觉得生命的世代传递井然有序,生死的链条在虚实之间是如此的结结实实、紧密相连。然而这次上坟,他心中却涌起浓厚的虚无感。母亲在记忆中大多数时候是真切的,他也有时梦到,爷爷奶奶在记忆中已然漫漶不清,曾祖、高祖他从未见过,连名字也不知道。他又想到自己的身后,到了齐绮的孙子孙女,就很难记得齐东野这一辈了。能记住的最多四代而已。

上坟的最后一道程序就是放鞭炮,好像让先人们歆享了祭品和香烟还不够,还要让他们听闻新年的声音。两个人带了一挂两百头的鞭炮和一墩爆竹。齐东城把鞭炮挂在一棵杨树下边的枝条上,马上就要点火,陈大柱却急急跑来,一边制止他们放鞭炮,一边递给齐东野两个大鹅蛋。陈大柱是齐东野的发小儿,一块儿光屁股长大的。他说:"县长同学,这是自己鹅下的,尝尝。"然后恳求他们就不要放鞭炮了,鹅们受了鞭炮声的惊吓就不下蛋了。齐东野笑笑说:"好,为了你的鹅就不放了。"回家的路上,齐东城愤愤不平地说:"这算怎么回事? 为了他的鹅就不让咱放鞭炮? 他去年还求我贷款三万多呢。"齐东野说:"就算了吧,不然他的鹅不下蛋要是赖了信用社的账怎么办?"

齐东城还是不平，说："这都什么人哪！哥，陈大柱鹅场的臭味儿你闻到了吧？臭得熏死人！这还没刮风，一刮风臭遍全村！他养鹅污染空气，污染我们家祖坟的空气，污染全村的空气，还理直气壮地要我们不放鞭炮……"

除夕那天，俞敏之和秦浩川又分别打来电话，省委组织部的刘松林处长也打来电话，做最后的挽留，希望齐东野再慎重考虑，正月初五之前如果改变主意还来得及。

齐东野记得，自当上县长以后，一年之中一家人在一起吃团圆饭，也就只有这一顿年夜饭了。有时年夜饭还往往只能吃一半，因为突然出了安全方面的险情或事故，他马上就要赶往现场。这时，父亲齐则久总表现得十分理解，一杯酒还端在手里，对不太高兴的齐东野母亲说："你们懂什么？官身不自主，咱东野不去咋行？"

父亲每天悠悠然喝的两顿小酒里，有太多来自县长儿子的自豪感。

曹春花每天的絮絮叨叨和抱怨里，也少不了县长儿子带来的自豪感。

一家人围坐在一起吃饭，齐绮是被关照的核心。曹春花不住地给她捡菜，责备她平时不好好吃饭，每年都不见胖，倒是个儿猛地蹿高了不少。曹春花也给梁燕妮捡菜，说最受苦的是燕妮，一个家全靠她，没有她，齐东野只好喝西北风去。梁燕妮赶忙说，干点儿家务算不了什么，不苦，何况齐东野偶尔也干点儿。

"雪花膏"早已不在百货大楼卖雪花膏等化妆品了，她现在在浪莎美容院做陈青娥的助手，很卖力，收入也还不错，这工作是梁燕妮介绍的。"雪花膏"和齐东城连连给齐东野两口子敬酒，感激的话不离口。齐东野说，自家人老说这些就生分了，都是应该做的。梁燕妮也附和道："就是，就是嘛。"

北溟地方的习俗，正月初一的清早是拜年时间。天还不亮，村里

东野三世

人便你来我往地互相拜年了。齐则久才六十五岁,因为辈分较高,儿子干县长,久以老爷子自居。前一天晚上他酒喝得不少,觉也就眯了三四个小时,但精神抖擞,笑呵呵地接受着村人的祝福。村里人见了齐东野都是恭敬而佩服,都说,天天在电视上见,还是这么年轻,新年讲话水平高,又带感情,又有力道,是全村的骄傲!一位算是博学的本家说:"我查过县志,从明代嘉靖以来,咱们家族就没出过一位县官!"齐东野谦逊地说:"我这算什么官,芝麻大的官!"

残联主席穆涛年前给齐则久送来了两盆梅花,一盆红梅、一盆白梅,除夕夜刚刚开放。老爷子又喜欢又得意,向每个拜年的人炫耀一番。齐东野嘱咐老爷子好好赏玩,等花谢了就给人家送回去。齐则久意犹未尽,可见对美好事物的占有欲人人皆然。齐东野说:"放心,等再过新年时他还会带花来。"

正月初一至正月初六晚上,齐东野都有公务接待。在北京部委工作的北溟籍老乡,一向对家乡支持很大,招待吃个饭是每年的例行节目。省里、市里党政口的老乡,也是这个惯例。在高校、科研机构工作的老乡也能凑一桌,县长也出面接待,这是从齐东野当县长开始的。至于北溟籍在外的老板,齐东野更是特别重视,回家过年的都要请到。齐东野说,平时到外地,总是由这些老乡老板掏腰包请客,政府掏次腰包也是应该的。招商引资,很多时候离不开这些老板的牵线搭桥。

从来没有一个时代,像改革开放这样普惠,这样焕发出人的生机与活力,这样创造出无穷无尽的传奇。北溟农民自二十世纪七十年代末就开始走出北溟。卖菜的把菜卖到了大上海,十几年后就垄断了这个城市的大部分市场。到广州、武汉、北京收破烂的,有不少成为"破烂王"。他们有钱之后,涉足房地产、酒店、足浴、茶馆等服务业,回家都开上了奔驰和宝马。

以庞大海为代表的"菜帮"想在北溟建一个蔬菜物流园区。以费小泉为代表的"废帮"(昔日"破烂王"们现在的自称),想在北溟县建一个返乡农民工创业园区。齐东野在招商中已与他们打过交道,彼此熟悉。他曾说:"只要你们敢想,政府就敢干,当然这得符合国家的产业政策,那些高污染项目就不在考虑范围之内。北溟永远是你们的后花园,我们不能把这个后花园破坏了。"这些从北溟走出去的老板,也愿意跟齐东野打交道,一是他没有架子,二是他知道他们想什么,三是他知道政府能为他们做什么。他们穿西服打领带,抽中华烟喝大酒,也学会了与各种官员打交道,但齐东野这种官让他们感觉舒服、通透、地道。而齐东野的许多施政思路,其实也从与这些老板的交往中得益不少。

正月初二,是北溟人走访老丈人家的日子。齐东野跟梁燕妮商量好,辞职的事春节期间暂不告诉家人,等正月初六那天再以恰当的方式透露也不迟。梁燕妮表示赞同。但到了梁家,她却有些神思恍惚。女人就是这样,心事总是写在脸上,惹得岳母和两个小姨子几次问梁燕妮到底怎么了。

梁家的饭菜十分丰盛。扈海棠单独亮了一手,做了淮扬名菜清蒸狮子头,让大家拍手叫绝。这是梁兵第一次把扈海棠领回家,因为这姑娘太漂亮太有钱,却让一家人感到有些紧张,其中又以梁老爹反应最强烈,他坚决认为梁兵是拐骗,与扈海棠的关系属于私奔的性质,担心那位如意酒楼的老板娘随时就会带人找上门来。梁兵拿出两个人的结婚证给大家看了,梁老爹仍是将信将疑,疑大于信,他想梁兵做张假证来糊弄他也不是不可能。这可真冤枉梁兵了。就在年前腊月二十一,扈海棠偷出了家里的户口本,二人便去领了证。

总而言之,梁家这顿饭吃得有点儿闷。好歹梁兵的母亲兴致颇高,儿子给她领回这么天仙一般的儿媳妇,她一天喜得眉飞色舞。下午不到两点,家宴便散了。客人走了后,梁兵的母亲把梁老爹从下午一直骂到晚上。

东野三世

正月初五上午,齐东野去了趟办公室,悄悄地做最后的清理。这之前,齐东野已经陆陆续续把应该带走的私人物品都带回家了。他又清理了一遍,确实没有可带的东西了。他抚摸了一遍墙上挂着的北溟县地图,摸着摸着,仿佛那些村庄、河流,那些标注的红点,都在手指下活泼地跳动起来。还有省市领导在北溟县考察时与他的合影,又从他的目光里过了一遍。这些合影好像含在嘴里的口琴,发出不同的音符,从他两唇间深情地滑过。有三张他与国家领导人握手的照片,他觉得弥足珍贵,他想到离开的那天再取走,以作为自己从政生涯辉煌的见证。

晚上齐东野和梁燕妮吵了一架。结婚十六年来,这是齐东野第一次对梁燕妮这么凶。梁燕妮春节这几天无精打采,恹恹无神,他心里就不大高兴。梁燕妮嘱咐他转天下午回去好好把他辞职的事跟岳父讲清,他嘴上答应,心里却很不舒服。晚饭梁燕妮做好了,她自己却一口也不吃,他就受不了了:这分明是使性子给他看。

齐东野说:"不就是辞个官吗,这就过不得了?就这样给我脸色看?我还真他妈的不如犯法蹲了监狱的好!一了百了!"

梁燕妮嘤嘤啜泣着说:"你心里早就没有这个家了,你从来没有为我和齐绮考虑过!"

齐东野听了这话更觉委屈,反驳说:"是啊,我不仅心里没有,而且啥也没做过。你们家七大姑八大姨的事我从来没管过一件。"

梁燕妮似乎也觉得有些理亏,就自己圆场说:"你别强词夺理,谁不知道,这些年,你岂止是为我们家,为亲戚朋友都做了那么多。可我就是有点儿受不了。"

没想到梁燕妮态度缓和下来了,齐东野的气却更大了:"我就是辞个职,怎么就好像一下子得罪了全家人?难道这是什么丢人的事?我是欠了你们每个人的债吗?我告诉你梁燕妮,我齐东野谁也不欠!"说到这里,几颗大大的泪珠从齐东野的眼里滚出。

梁燕妮说:"好了好了,你不欠我们,你谁也不欠,是我们欠你的还不行?"

齐东野说:"你们再这样逼我,再逼我,我就离家出走!"

梁燕妮冷笑一声说:"离家出走,好,离家出走,我相信你能做到。齐东野是谁呀,对不对?"

梁燕妮不跟齐东野吵了,把他晾在一边,自己热饭吃饭去了。吃完饭,她还没事一样抱着一个靠枕看电视。齐东野冷静下来了。梁燕妮说自己腿酸,把腿伸过去,让齐东野捏。齐东野发狠地捏着,比平时用力许多。梁燕妮说:"有恨就发出来,我忍着。"

齐东野说:"明天我不去跟老丈人说了,你告诉梁兵,让他有空儿给岳父岳母吹吹风就行。我父母也是一样。我辞个职,还用得着向家里每个人请示?我再重申一次,我没犯什么错,更没犯什么罪,我不欠任何人,这是有生以来我第一次听从内心做出的选择。"

梁燕妮说:"你说得对,根本就用不着这样。我们都不纠结了,好不好?"钻进被窝之前,梁燕妮凝视了齐东野良久,轻轻地拍了拍他的脸,说,"还想离家出走?真是长能耐了你。"

正月初六,吃罢午饭,齐东野与老爷子坐着喝茶。齐东野平淡地说:"过节后我就要到北京学习去了,就不在北溟县工作了。"老爷子问:"你是上中央党校?不是市里的干部才能去吗?"

齐东野万万没料到老爷子懂得这么多,看来老爷子真不好糊弄。他只好含糊地撒谎,说县级干部也能到中央党校学习。

"你不是犯了什么严重错误吧?"

齐东野说:"怎么会!我又不是忘本的人。"

"那县里这么一个大摊子你就扔下不管了?"

"市里领导会有新的安排。"

"那你从党校学完还回北溟不?"

"可能就不回来了。"

东野三世

老爷子似乎还不放心，还想再问什么。齐东野忽然站起身来，生气地说："爹，你老人家怎么就把个官看得这么重？咱家祖上多少辈子没人当过官，多少北溟百姓，人家家里也没有人当官，难道还不活了？"这是齐东野长这么大第一次对父亲发火。老爷子有些蒙，也就没再说什么。

　　整个春节假期，齐东野看起来一切如常。年前一些官员、老板、朋友提出要来拜访，他能拒绝的一概拒绝了。自从干上县长之后，他便贴出告示，谢绝一切登门拜访，包括到他老家，当时有议论说他这是作秀，但几年来他都是如此，便成为大家公认的清官。当然也有不少人认为，这只是齐东野当上县委书记之前的一种姿态。虽然市委领导严令组织部门和李春秋绝对保密，但有关齐东野辞职的信息还是传了出来，不过范围倒是很小。于是又有干部到李春秋那里走动，并做进一步的打探。几乎无人向齐东野求证消息的真伪，可能一方面难以理解齐东野为什么辞职，另一方面怕如果这是谣传便会引起齐东野的误解和反感。然而，给梁燕妮和齐东野的秘书、政府办公室主任打电话却支支吾吾、欲言又止的人倒不少。

　　齐东野晚上接到李春秋的电话通知：明天上午十点，召开全县干部大会，宣布北溟县主要领导干部调整的决定。市委组织部秦部长亲自宣布。齐东野说，恐怕李书记还要多受累了，起码要多干一年半载的。李春秋说："东野，咱们搭档这些年，就啥也不说了。市委都定了，我去政协，你的老同学侯方生接任书记，曾辉接任你的县长。我们都要离开北溟县了，多多保重。"齐东野也说："多多保重。"

　　齐东野知道，这个时刻终究要来，但明确之后，他却感到很紧张，仿佛觉得太突然了。

　　翌日晨，齐东野正点上班。县政府的副县长和办公室主任等，都表示刚知道消息，都埋怨齐县长不够意思，仿佛他这一走，他们都成了被扔到半道的弃儿似的。齐东野说这是私人决定，又有组织原则，没法儿提前告知,请大家原谅,并感谢他们多年来的支持。以后不论走到哪里,他都会铭记这份珍贵的感情。齐东野特别叮嘱办公室主任,让他通知各个政府部门的一把手,不必过来告别,要严守工作纪律。

常务副县长曾辉特意过来向齐东野表示感谢。齐东野说:"以后县政府这个摊子就交给你了,交给你我一百个放心。"曾辉一再说,不会忘记齐县长的提携。齐东野催促他离开,说:"这都是你自己干出来的,赶紧去准备表态发言吧,这是你第一次亮相。"曾辉紧紧地握住齐东野的手,久久才放开。

干部大会在县委大礼堂召开,全县副科级以上干部(含副科级)悉数参加。大会由李春秋主持,市委常委、组织部部长秦浩川宣布,经市委研究并报省委批准,道安县原县长侯方生同志担任中共北溟县委书记,北溟县原常务副县长曾辉同志担任县委副书记、代县长。李春秋同志到市政协工作,另有任用。县委原副书记、县长齐东野同志因身体原因,提出辞职。组织上经多次挽留,同意齐东野同志的辞职请求。然后秦浩川代表市委对李春秋、齐东野二位同志的工作表示高度肯定,要求全县党员干部把思想统一到市委的决定上来。

之后,新任县委书记发言,新任代县长发言。然后是李春秋表态,并他发表了声情并茂的离任感言。齐东野只做了表态,表示坚决拥护市委决定,对组织的理解表示感谢,对组织多年来的培养表示感恩,对北溟县政府各位同事的支持表示感谢,对北溟老百姓对自己的厚爱表示感谢和惭愧。

秦浩川此前已明确告诉齐东野让他减掉离别感言,主要是怕引起不必要的震动和影响。齐东野说他能理解。一个裸辞的县长,如果再发表煽情的离任感言,会让人联想太多,对组织不利,对新上任班子的工作也不利。他也不想自己的离开带来意想不到的次生灾害——毕竟对于北溟政坛来说,齐东野的辞职怎么说也是一场不小的地震。从政这么多年,一个党员干部的大局观和基本觉悟,他是有的。

东野三世

他与曾辉的工作交接极其顺利，曾辉还想组织一个送别会和送别宴，齐东野都没有答应。此时，他需要的只是尽快地离开，毫不拖泥带水地离开。

他自始至终没有直接告诉秘书小孙他要辞职的信息，其实小孙早就感觉到了。小孙反而比平时更周到、更细致。收拾办公室最后遗留的物品时，小孙把六个厚厚的大档案袋给他搬来。这是齐东野任县长以来所有的讲话稿，全部按时间顺序装订成册。这特殊的档案使他更加确信，自己在这近五年里，是讲过许多话，拍过许多板，做了许多事的。走出县政府办公大楼的时候，他是昂着头的，他的脚步是轻快的。身后很多人送他，六层办公楼每一扇靠外的窗子都打开了。他没有回头，他不敢回头。但他似乎看到了，那许多的目光都热乎乎的，有的甚至是滚烫滚烫的。他坐上车，车子开出很远后，他还听到"齐县长常回来看看""齐县长保重"等话语在空中飘荡。

当天，直至深夜，齐东野都成为北溟人议论的焦点话题。关心政治的北溟人都在问："齐东野为何在即将接任县委书记的时刻突然辞职？是他真有什么错误和问题，还是上级决策突然有了改变？"甚至有些人猜测，齐东野是煮熟的鸭子被人截走了，看自己当不上县委书记了才一气之下辞了县长。当然更多的人为齐东野惋惜，说这样的人才，这样一个想干事、能干事、会干事的人辞了职太可惜。也许他是对官场感到了厌倦，也许是看透了官场？他还多年轻啊，前途无量啊，也许他真的得了大病。大病也可以治啊，也用不着裸辞啊……甚至有几位老干部、老党员还写信向组织部门要说法：像齐东野这样难得的干部，为什么留不住？

一边是外界的舆论像水银泻地，一边是齐东野和梁燕妮的电话几乎被打爆。齐东野烦得不行，也觉得这样下去很不好，便和梁燕妮商量一起关了手机，家里的座机也拔了线。齐东野知道这股由他辞职带来的冲击波还要持续一段时间，他希望时间越短越好。他真的希望被人们快速遗忘，以便能静静地考虑下一步究竟能做什么。

梁燕妮表现得比较坦然，因为传到她耳朵里的信息，都是对老公的赞扬，是真诚的惋惜。她要做的就是，不管齐东野今后干什么，她都不遗余力地支持。

在人生的高潮即将来临之时，选择转身离开，这不是一般人做得到的。但齐东野做到了。那天夜里，自步入仕途就不再写诗的齐东野，竟然作了几句诗：

假如你不是铁干虬枝的树，
假如你不是甘于随势偃伏的草，
假如你能谛听到命运的心跳，
假如你已注定不是海燕同类的鸟。

请摒弃所有的疑虑，
请听从昆虫和麻雀的指引，
在一场大雨来临之前的一秒，
朝着家的方向，
完成一次，
歇斯底里的奔跑。

卷二

东野二世　京华新月

第一章

世上已无齐县长，从此只有齐东野。

齐东野在心里说，他人生最精彩的一个时段落幕了，新的一幕即将开启。

依他的性格和行事风格，他是从不打无准备之仗的。还没有把退路或转型的路彻底想好，彻底安排好，这在他是第一次。这与莽撞和头脑发热无关。他是怕如果对未来想得过多过细，他会产生动摇。而一旦动摇，他就走不出辞官这一步了。

齐东野跟梁燕妮说了他的近期计划，虽然还没有想好具体干什么，但经商是肯定的了。他还说自己以前从未经过商，也不能确定能发什么大财，但终究不会沦落到乞讨的地步，这点她可以放心。他的第一件事是换手机号，第二件事是学开车。以后就没有公车和司机了，为了扩大自己的活动半径，学开车是必需的。在齐东野的督促下，梁燕妮两年前就考了驾照，年前腊月十八，他们有了自己的私家车。虽然是大众宝来，车小了些，但一家三口坐也绰绰有余。

齐东野决心在一个月之内暂时断绝与外界的联系，只与妻女和梁兵保持联系。他让梁兵给联系一所外县的驾校。小舅子又没让他失望，很快就与徐无县鸿雁驾校的校长联系好了，优先安排，吃住在那儿，半个月包过。齐东野像高考前冲刺一样学车，不分白天黑夜地学。驾校所在地是个废弃的种猪场。原先附近三县的农民都会雇用拖拉机或用小推车推着自家风华正茂的母猪来配种。昔日猪们交配时的咴咴咻咻声从此地声达四野，而今日这里却成了驾校的训练场。训练场地够大，可住的地方就只是栋上下两层的简易楼房，总共不过十几个房间，是当年兽医和工作人员的宿舍。简陋可以忍受，没有暖气却不好忍受，特别是夜里要上公共卫生间，齐东野宁愿憋尿也不愿挨冻。刚过了春节，学员只有六个人，住宿的四个人，包吃包住一天五十元。理论考试齐东野考了一百分。路考对他来说也不难，一次就过了。只有倒桩折腾了他几次，不是撞杆，就是压线，弄得他火气暗生。相邻两个车位这么近，不就是挪了此位，再转入彼位吗，咋就这么难？他静心一想，有些释然：他的这次辞职，不也好比一次车库倒桩吗？折腾是必然的。他这次学车是认认真真地学，梁兵已让校长关照过，但他不需要这种关照。有的领导干部不学也不考，驾照照样到手，这种情况他是知道的。为了自己的生命安全，他不能如此为之，也不屑如此为之。他第三次考试终于过了。仅仅十天时间，齐东野拿到了驾照，比他预想的半个月提前了五天。

拿到驾照当天回到家，梁燕妮都不敢认他了，又黑又瘦，嘴唇爆皮。梁燕妮心疼得不行，让他好好睡两天再说。齐东野痛快地洗了个澡，只补了半天觉。第二天，他又开始原定的行程，出去转一转，散散心，好好把事情想一想。梁燕妮说："这是非常有必要的，我很想陪你一块儿去，但不行，齐绮离不开妈妈的照顾。"齐东野说："咱们刚结婚那阵儿，我就说过我有与你浪迹天涯的念头。赶一辆辚辚大车，载着几百个白色的蜂箱，我们去追逐花草，做一对放蜂人，按照花儿开放的次序，从油菜花、槐花、苹果花到荆花、枣花，从南往北，一直到内蒙古草原的百草花。白天,蜜蜂们采花去了,我们两口子就席地而坐,或懒洋洋地躺在草地上,喝点儿小酒,说着黏糊糊的话;晚上,在深蓝的天幕下,我们以天为被,在被子里想干什么就干什么;不想干什么的时候,就数星星。那时,你也总是神往地闭上眼睛,呢喃着,好呀,带我去吧。"

齐东野辞职后选了三个地方旅行:丽江、杭州和呼伦贝尔。

他一个人出行,就带了一个旅行包,是齐绮淘汰下来的一个双肩背包。他原先很抵触这种双肩背包,现在背起来却觉得舒服,时间久了也不累,不需要手的辅助,坐下休息时还可以倚靠。二月下旬,西湖的细雨和风让齐东野很是喜欢,他就在蒙蒙细雨中绕着西湖走,走到哪里算哪里。在曲院风荷,他就在那里坐了半天,望望波纹层层的湖面,听听微风细雨,整个人似乎变成了西湖里柳树的倒影,又像一滴古墨在熟宣上慢慢晕染,慢慢定型。"江山也要文人捧,苏堤而今尚姓苏",这是郁达夫的诗句吧?白居易也罢,苏东坡也好,齐东野好羡慕这些古时的文人官员,他们尽管一生仕途不怎么得意,但似乎玩着就把事做了,让老百姓千年之后还在念叨他们。他们流连山水,而百姓也因为这个流连他们。

他撑了一把伞,独自在断桥上站了好一会儿。许仙和白娘子在这里邂逅,一把伞的一借一还揭开了一段流传千古的传奇。白娘子和许仙的故事为何那么让人喜欢?说到底不就是对市井生活最理想的写意吗?许仙不是达官贵人、巨商富贾,他只开了一家小药店,意外地讨了一个长得非常漂亮的老婆,尽管是蛇精变的。这样一对恩爱夫妻,守着一汪湖水、一城烟雨、半城山色、十里荷花、三秋桂子,真的是人生夫复何求,不羡富贵不羡仙啊。他当县长时就特别认可南方一位市长的话:"老百姓想干的事,我不拦着他们;老百姓不想干的事,我从不逼他们。"这才是治大国若烹小鲜啊。自己干县长时那么累,可见境界还不够高。

去西湖边的岳飞墓,这在齐东野是第二次,感受竟然与往昔大大不同。上次来,他也是壮怀激烈,抬望眼,仰天长啸。而今,三十功名尘与土,旧山松竹老,心里突然升起无限怅惘。晚年的政治人物为什么大都喜欢在湖边逗留?也许是年轻时雄心万丈,大海大江的波涛起伏,与雄心有着同一的律动;到了晚年,怕只有静静一湾湖水,才能抚慰早年驰骋天下的一颗心。自己注定成不了那种大人物,但晚年能有一处湖湾小居,也是他心底的夙愿。

　　呼伦贝尔是齐东野久已仰慕的大草原。梁兵给他介绍了一个海拉尔做牛羊肉生意的朋友宋子山。丽江和杭州,都是旅游胜地,不需朋友陪伴,可呼伦贝尔太大了,有个朋友陪着方便。齐东野说:"我就想独自一个人。"梁兵说:"我知道姐夫的意思,所以没找任何知道你身份的朋友,只告诉他你是做外贸生意的,叫齐总就是了。"齐东野这才答应梁兵的安排。

　　齐东野很是感慨,在这段他必须隐姓埋名的日子里,梁兵是他与外界联系的唯一的人。

　　宋子山开着一辆半旧的三菱越野车到机场接站。他有四十多岁,山东人,生了四个女儿之后,便认命不再生了。齐东野开玩笑说:"为什么不再试一把?说不定老五就是个男孩呢。"宋子山说:"不中了,前年出了次车祸,受了伤,不中了,女孩儿也生不出了。"齐东野连连道歉。宋子山说:"不怪不怪,这就是命,认了也就没想头了。我有四朵金花也不孬,比别人起码赚着三个呢。也奇怪,自从断了生男孩儿的念想后,这生意越做越顺,去年赚了两百多……"他吸了一口烟,才把后边的"万"字吐出来。宋子山说:"来呼伦贝尔看大草原,可你来得不是时候,夏天七、八、九三个月来才好。现在是初春,呼伦贝尔还没有草原,草原还在地下藏着哩。不过,这时候也有这时候的景色。你第一次来,梁兵的朋友就是我的朋友,我一定把你陪好。"

　　到酒店住下,已是下午四点多。海拉尔在北纬四十九度,冬天来得早,去得迟,室外温度还在零下十五度以下。酒店里的暖气太足,让齐东野只觉得热,过一会儿就要稍稍开一点窗,才感觉好受些。

晚餐是在一个蒙古包里。蒙古包像个穹庐,周围还都是积雪,但蒙古包里很暖和。吃的是手抓羊肉。齐东野第一次吃,宋子山做示范,教他怎么用刀。这些羊肉只是在水里煮熟,连盐也不放,切下来,有的还带着血丝,蘸点儿蒜蓉或辣椒酱,就一口送进嘴里去。宋子山一边大幅度地嚼着,腮帮子鼓得老高,像含着两只青蛙,一边说:"就这样,就这样,肉才鲜,才好吃。"两位蒙古族姑娘,都戴着羊角状的饰品,一个端着银碗,一个手持白色的哈达,穿着宽大的蓝色蒙古长裙,唱着《祝酒歌》上来敬酒。他请教了宋子山必要的礼仪,于是用无名指蘸一点儿酒,弹向天,便是敬天;再蘸,弹向地,便是敬地;三蘸,弹向自己额头,便是敬祖宗;最后将银碗里的酒一饮而尽。姑娘献上哈达,并帮他围过脖颈,奔在胸前。宋子山虽是熟客,也一样接受敬酒、哈达。蒙古族姑娘敬酒的说辞也一套一套的,让你推辞不得。一轮又一轮敬酒,不知过了几巡,姑娘一支一支献歌,仿佛那歌儿是唱不完的。在北溟县,齐东野听过不少草原歌曲,或听的磁带,或从电视里听的,或偶尔在唱吧包厢里听的,他也会唱几首。然而在今天这样一种场合和氛围中听,他是第一次。他感到,蒙古族姑娘们唱的歌才是真正的草原歌,歌声里平铺着一望无际的大草原,歌声里飘着蓝天和白云,歌声里充盈着牛奶、青草和百花的香味,歌声里有万马奔腾,歌声里有没有尽头的辽远和苍茫……听了《天堂》和《鸿雁》,听到《父亲的草原母亲的河》中"我也是草原的孩子啊,心里有一首歌"时,他已经无法自持地泪流满面。

"第一次到草原,虽然真正的草原见不到,但你一定要骑骑马。"宋子山说。第二天宋子山便带齐东野来到鄂温克旗伊敏河边的一处牧场。

从现在"草色遥看近却无"的景色和脚下土地的湿润便可推断

今年这个牧场水草将是多么丰美。宋子山说,这个牧场处于森林与草原的交界地带,草长得特别高、特别密,各种花儿也多,还盛产有名的草原白蘑。去年夏天,这里经常有野狼出没。

牧民白音·查干和白音·乌力吉兄弟俩,是这块牧场最好的赛马人。在当地一年一度的那达慕大会和全区的马术比赛中,兄弟俩包揽了全部冠军。查干牵出一匹蒙古马,没有放马鞍,让齐东野骑,齐东野有些不敢。乌力吉笑着说,这马儿很听话,尽管放心骑。其实骑没有马鞍的马最安全,从马上摔下来也没事,伤不着。有马鞍倒不好,若是一只脚还在马镫上,摔下来就严重了。不过,马摔人不重,驴子摔人才重。

齐东野骑上去,觉得蒙古马没什么奇异之处。这种马个头不高,体形看上去也不十分雄壮。他刚一开始小心翼翼的,然后渐渐放开,最后就不顾一切地拍马奔跑起来。他在马背上上下起伏,像苍茫大海中小船上的一名水手。足足跑了半个多小时,他才尽兴。下马时,才觉胯骨有点儿隐隐作痛。兄弟俩夸赞齐东野第一次骑马就表现这么好,是十分少见的。宋子山也向他竖起大拇指。查干说,别小看蒙古马,它看上去其貌不扬,缺乏贵族气息,但耐力最强。成吉思汗就是靠这种马在欧亚大陆纵横驰骋,所向无敌。

室韦镇是地处中俄界河额尔古纳河边的一个边境小镇。镇上一位秘书说,这里就是蒙古族的室韦部落——后来成吉思汗黄金家族的聚居地。室韦部落原来生活在贝加尔湖湖畔的原始森林里,到公元五六世纪他们才走出森林,来到如今室韦镇这个地方。这里是成吉思汗部落从森林狩猎时代进入草原游牧时代的转折之地。齐东野想,成吉思汗家族在离开森林踏入草原的时候,他们会不会也是心里没底?是不是同他一样,对未来既充满超越的渴望又不无恐惧?有一点可以肯定,他们绝不会想到,后来有一天他们的子孙能够称雄欧亚,并且一度统治中原地区。

正是周末，河面冰封的额尔古纳河泛着耀眼的阳光，只觉得这边境小镇过于静谧。有三三两两的居民——他们大多是林场职工，在河边拉着手风琴，男男女女地唱着一些俄罗斯民歌，并且欢快地起舞。而停放在一边的摩托车后座上，是一箱打开的啤酒。在拉琴、歌舞的间隙，他们直接就对着酒瓶咕咚咕咚地喝上几口。宋子山说："这些都是中俄混血儿。告诉你个秘密，这些混血儿的父辈，大都来自东夏省的北溟县。那些小伙子逃荒来此，在这里扎下了根，还娶了对岸过来的俄罗斯姑娘，在这里生子繁衍。他们互相融合，虽然收入不高，但过得挺快活，吃大列巴，喝牛奶，家里都收拾得干干净净，院里劈好的白桦树杆子码得整整齐齐。"

宋子山晚上的安排特别有心，他专门找来几个混血姑娘陪酒。她们喝酒豪爽，歌舞奔放，知道齐东野是她们父亲辈老家的人，敬起酒来更是热情得不得了。不会跳舞的齐东野，不由分说就让姑娘带着跳起来，跳得越来越快，他只觉得自己在旋转中飞起来了。《莫斯科郊外的晚上》《喀秋莎》都是非常适合舞蹈的曲子。这些流淌着北溟血液的姑娘身上，同样流淌着托尔斯泰、契诃夫、肖洛霍夫等人身上的俄罗斯文学基因。家乡的人四处闯荡，从来不惮于冒险，因为只有冒险，才能开启另一种生活，打开新的机遇的大门。从来就没有机遇乖乖地站在那里等你，一个不愿醒来的人永远不会被叫醒，醒来的都是自愿醒来的人。我算不算是自愿醒来的人？齐东野又一次在心里问自己。

离开杭州之前，梁燕妮和齐东野通电话，商量搬家的事。年前他们就考虑好了，等他辞职后尽快搬家，从县委县政府宿舍院里搬走。这最早是梁燕妮提出来的：已经辞了职，还住在大院里，大家抬头不见低头见的，她会觉得别扭。齐东野想想也对，还是搬出来好。但年前时间太紧，实在没有时间，而且那个时候搬也太敏感。辞职以后第二天他想搬，但他当时想马上去学车——马上离开北溟县城，一刻

143

也不想等。本来他们定好了，等他从呼伦贝尔回去后，他们再搬家，可现在梁燕妮似乎等不及了。她说也好搬，她把东西预先分类归整好，该打包的打好包，有梁兵帮着，找几个人，两趟就搬完了。不然他回北溟后搬，还是会引人注目，他的目标总是比她大。齐东野说："搬家是个大事，我是一家之主，不在场怎么说得过去？好像我不敢面对什么似的。"梁燕妮说："这次搬家不一样。过去你要不在，我是不会答应的，但现在，我第一要考虑你，不能再让你受到心理上的伤害，你懂吗，东野？"齐东野沉默了一会儿，心里十分感动：这是多么好的妻子，多么贴心贴肺的老婆啊。

梁燕妮说："梁兵给找的这处房子，其实就是梁兵自己的房子，一百三十平方米，虽是旧房，但是精装修后一直空着，就在东湖小区，那是北溟县城最新的小区，环境很不错。我已打扫过了，齐绮看了这个新房，也很喜欢。她的那个房间，比她现在的大呢。"齐东野只好同意了。

齐东野辞职后第二十八天的时候，他在海拉尔有一整天没有安排任何活动。他就在酒店里待着，思忖着打出他辞职以后最重要的三个电话。他需要确定一个去向，先到一家公司去落脚，职务应当是副总级别，薪酬待遇应当是三十万到六十万之间。他心里已有三个优先选择，掂量再三，确信总有一个会满足他，而且多少能够照顾他的尊严。虽然他一再告诫自己，既然已经辞官，就不要再在乎这个。他要变成一个商人，这是必须要改变的。

这三家公司都不在北溟县。官员辞职后头两年不在当地企业就职，虽然也不是多么硬性的规定，但他觉得即使出于面子，也应当遵守这个规定。

头一家公司是达华尔医疗科贸公司，专营 CT（Computed Tomography 缩写，意为"电子计算机断层扫描"）、核磁共振、高压氧舱、伽马刀等高档医疗设备。过去齐东野出面让县人民医院、县中医院各订购了一部分设备,而且把它们推荐给了北溟市卫生局局长、省卫生厅分管医疗器械的处长。因为在省市两级卫生部门,他有几个省委党校要好的同学掌管实权,在短短两年之内,达华尔医疗科贸公司便打开了东夏市场,利润占到公司总利润的一半以上。达华尔医疗科贸公司的来总及分管市场营销的焦副总多次表示感谢,感谢的程度大到让人害怕:直接送银行卡,少者三十万,多者六十万,可见这些设备有多么的暴利。他每次都坚决拒绝了。来总一再表示,"如果有需要我们的地方,您说了就办。"所以,齐东野把达华尔医疗科贸公司作为自己任职去向的首选。

打电话过去,对方没有接。第二次,也是打了许久才接的。来总仿佛正在接受舒适的按摩,他不耐烦地说:"喂?哪一位?"齐东野自报家门,来总笑了,说:"齐县长啊,好久没有您的电话,是不是又高升了?"齐东野想:这么长时间了,他会不知自己辞职的消息?于是他说:"我辞职了。"来总沉默了一会儿,说:"辞了也好,看来齐县长也是看透了官场想挣大钱啊。"齐东野千难万难地终于把那句话说出了口:"想到贵公司讨口饭吃,怎么样?"来总说:"玩笑玩笑,您还会看上我们这种小公司啊?我们庙太小了,容不下您这么大的神嘛。公司全员,包括副总,我们都只有业绩奖励,底薪低得很哪。真的不是拒绝您啊,怎么会呢?您以前帮我们那么多忙,我们是忘不了的。等过几天,我派人专门去感谢您啊。谢谢您啊齐县长。"听到这里,齐东野就把电话挂了,挂之前,对方手机里传来女服务生的话:"先生,您还有一刻钟……"

一种备受屈辱的挫败感袭击了他。

第二家是东夏省城的咪咪生物科技公司,它在北溟县设立了生产厂,当初土地是齐东野帮助协调的;资金链断裂时,也是他找了几家银行帮助才渡过难关。这是一家生产透明质胶——玻尿酸的企业,现在市场占有率节节攀升,已经过了上市辅导期,准备近三年内上市。咪咪生物科技公司的毕总听了齐东野的诉求,倒是没有拒绝,他说等大股东们开会研究一下尽快给他回话。第二天一早,毕总电话打来,表示深深的歉意:公司现在的一切都是围绕着上市,专业人才特别紧缺,而非专业人才就只有爱莫能助了。他还说,齐县长人脉广,欢迎推荐海归生物技术领域的专家,绝对优先考虑……

第三家是北京天助力咨询公司,是专门吃官饭的——为地方政府、国有企业提供产业规划、品牌形象策划等服务,据说有好几家部委的背景。老总吴有道是个游走在官、学、商之间的活跃人物,兼任多所名校的教授和科研机构的研究院院长,理论水平和国学水平都很高,才五十多岁,但一头白发,声音浑厚而充满磁性,张口就是横渠四句:"为天地立心,为生民立命,为往圣继绝学,为万世开太平。"他的白发自然往左斜梳。齐东野结识吴有道之后,很为他的博学和高屋建瓴所倾倒,便把北溟县城市形象专题片的策划交给他的公司去做,当时光策划费就花了两百万。

吴有道一接到齐东野的电话就批评上了。他说:"小齐啊,你辞职的事我早就听说了,在北溟和东夏官场,都引起了比较大的反响,或者说轰动。但我要批评你,你辞职没错,但是辞得早了点儿,干到厅局级干部再辞行不行啊?我看是行的,那时才是最好的时机。为什么这么说?因为厅局级有厅局级的身价,县级有县级的身价,你现在辞职,身价太低,上不去。我为你惋惜哪小齐,深深地惋惜。你为什么事先不跟我汇报一下呢?难道我在你心中就这样没有分量吗?所以,我劝你现在别心急,最好再去读读书,镀镀金,你的毛病还是读书太少。好了不聊了,欢迎你来北京,到时我们再聊,现在有几个地方的领导在排队等着我……"

齐东野在酒店里一直躺了三天,啥也不干。宋子山有点儿担心,专门询问梁兵齐总是不是身体不好。梁兵说:"没事,你也不用担心他,他只是想静静心。"

东野三世

但打了这三个电话之后，齐东野的心再也静不下来。首先是屈辱，其次是挫败感，最后是沮丧。三种情绪结伴而来，实际上难分先后，是交织在一起的。他艰难地驱赶着这些情绪，因为这是他辞职后必须面对的。只有排除了原先臆想的希望，他才能建立起真正的希望。

　　他原本打算，在这主动失联的一个月里选定一家落脚的公司，先干个副总，拿点说得过去的薪酬，下一步，就可以从容地走下去了。可是现在，他发现现实比原先预想的要严酷得多。他几乎没有主动选择权。他一切模糊而确信的计划，看来都泡汤了。他原想是带着一个公司副总的 Offer（录用信）回北溟见梁燕妮的，现在看来是做不到了。梁燕妮将会对他多失望啊。关键是他也对自己失望，这种失望在一点点摧毁他的自信心。他帮了达华尔医疗科贸公司那么大忙，没收过一分钱回报；他像对待自己亲生的孩子一样待咪咪生物科技公司，只因为它是一家成长性很好的科技公司；至于北京天助力咨询公司和吴有道，他现在只觉得恶心，那简直就是一个笑话，他怎么会那么幼稚，被表象所欺骗？齐东野此刻心中后悔的成分并不多，更多的是痛恨，痛恨自己的浅薄和无知——对社会，对人性。

第二章

齐东野与北溟隔绝了整整一个月。

他从海拉尔飞回北溟,梁燕妮亲自开车接机。这是他们结婚以来时间最长的一次离别。他不愿在机场碰到熟人,果然也没遇到一个认识的人。

梁燕妮为了让齐东野高兴,说:"你体验体验咱家的'宝马'!"齐东野说:"你是新手,我还真不大敢坐呢。没想到车技不错,开得又平又稳。"梁燕妮说:"我天天都开车,上班,接孩子,能开车就开车,为的就是练得好好的来接你。"

一路上梁燕妮尽量告诉他许多高兴的事:"秘书小孙经常打电话,问我有没有事需要帮忙;县政府办公室主任,专门叮嘱齐绮学校的校长,要他一如既往地关照齐绮;曾辉县长专门来咱家看过我,要我有事直接找他;侯方生书记,你那个老同学,也打来电话,说要请你单独坐坐,我说你出去旅游了,他说等你回来让我第一时间告诉他;回头村的支书赵传统来过两次,带了些杂粮和山鸡蛋,埋怨你临走之前也不去跟乡亲们打个招呼;陈青娥两口子来看过我一次,还三天两头约我去她的美容院放松,开导我说,你辞职肯定是有你的大想法,别听外界人瞎说八道;新房已搬进去住了一个多星期,挺可心的,等着你回去检阅。"

梁燕妮说,"你辞职的事在县里引起的波动基本已经过去了。现在很多人已经开始怀念你,说你为老百姓干了那么多实事,北溟县发生这么大的巨变,都是你的功劳。相反,大家对李春秋评价不高。听说北溟人不断有人告他,他能不能干市政协副主席已成了未知数。"

齐东野说:"这段日子让你受苦了。"

梁燕妮说:"苦倒不苦,但是我想明白了好多事。刚开始,我不敢见人,不愿见人,老觉得抬不起头。后来我想,我有什么抬不起头?我男人又没干什么丢脸的事,又没犯什么过错。很快我就转变了,挺胸抬头,腰杆笔直,精气神儿比你当县长时还足,起码我装的是这样。"

齐东野说:"这样做就对了,这才是齐克思心目中的燕妮呢!"

梁燕妮还告诉齐东野一件大新闻:"前几天,老萧——萧建华,又出事了。"

"他还能出什么幺蛾子?"

"老萧也学你,连公职也不要了,与白苗苗私奔去了北京。"

"瞎联系,老萧跟我有什么关系!"

走进新居,齐东野惊呆了。齐绮手绘了标牌,上写:欢迎爸爸归来! 仿佛他成了一个游子,这让他多少有点儿心酸。但更多的是欣喜:这么短的时间,梁燕妮向他献上了一个新家——明亮、温馨、充满活力的新家! 虽然家具只换了很少的几样,但摆放的位置一调整,加上房屋的格局不一样,便显出不一样的风格。新灯具、新窗帘、新桌布、新沙发、新写字台、新梳妆镜,一个旧房布置得胜似婚房。

这一个月里,除了梁兵,齐东野没跟两边的家人联系。梁燕妮也没有主动跟两边的家人联系。老人们仿佛在赌气,通电话也只问齐绮好不好,故意不问齐东野的情况。齐东城和"雪花膏"明显表现出对齐东野辞职的不满,因为他们失去了靠山。他们想不通齐东野怎么会做出这么荒唐的决定,放着县委书记不去做而辞职!梁燕妮的两个妹妹也不满,尤其两个妹夫更不满。两个妹夫一个在工商局上班,一个在税务局上班,连中层干部都不是。他们本来是打好了算盘要沾光的,这回倒好,光沾不上了,可能还会有副作用,因为原先有齐东野这个县长撑腰,在单位他们气势上还是挺足的。齐东野的姐姐姐夫更受不了。姐姐一直把齐东野作为孩子的榜样,现在好像这个榜样坍塌了一样。更可笑的是姐夫,本来只是县政府大楼的一个保安,竟也辞职不干了,说齐东野不干县长了,他没脸再干。更可气的是梁燕妮的娘,竟然骂梁燕妮拴不住男人的心,不然齐东野咋会放着到手的县委书记去不干而辞职。

对于人情冷暖变化,齐东野是有充分心理准备的,当一个人社会地位发生变迁——尤其下降的时候,这几乎是必然的。但这些亲近的人的势利嘴脸最先表现出来,变脸比外边的人更快,还是出乎齐东野的预料。其实,所谓势利只是一种利用价值判断或曰市场价值判断。当初这些人最早分享了利益或利益衍生的荣光,现在你市场价值看跌了,没有用了,他们当然会弃你而去或冷眼相向。从这个角度看,势利也是人性可以理解的一个方面,但却不由得让齐东野和梁燕妮感到寒心。梁燕妮也因此更主动地站在了齐东野一边。

齐东野内心里觉得自己没有必要给亲人们一个交代,一个成年人,一个曾经让他们引以为傲的人,还需要交代吗?但从实际反应看,可能他确实缺少一个交代。

比如对齐绮,齐东野总认为她是个孩子,就从来没有想到过要把自己辞职的想法告诉她。齐绮这回问了:"爸爸你为何辞了书记不干?"他说:"我没辞书记,只是辞了县长。"齐绮说:"可妈妈说你马上就是书记了呀。"齐东野摸摸齐绮的头,说:"打个比方吧,爸爸跟你一样,大白兔奶糖在手里时,可以随时让给别人,挺大方的,可当我手里是冰激凌时,就舍不得让出来了。我是厌倦了大白兔奶糖和冰激凌了,我想换点儿别的尝尝,行吗?等你有一天长大了,会理解爸爸的选择的。"听了这种轻松的回答,齐绮反而感到挺满意。她说:"我就知道爸爸不是凡人。"

梁燕妮最得意的是为这个新家添了个鱼缸。鱼缸的背景是珊瑚树,不是真的但栩栩如生。鱼共七条,六尾鹦鹉鱼翩翩如飞,都是金红色;一条黑色的小蓝鲨,跟在鹦鹉鱼后面,其乐融融地舞动。缸底有几株细细的水草,还有几颗光滑的卵石。不大的鱼缸,顿时给新家注入了灵动的生气。齐绮说:"爸爸是蓝鲨,我和妈妈是鹦鹉鱼,爸爸保护着我们,就像保护着这个家。"齐东野说:"你和妈妈既是这些鱼,又像鱼缸里的水,鱼儿离不开水,正像爸爸离不开你和妈妈。"

躺在新房的旧床上,在这个梁燕妮一手打造的新家里,他们这一夜就像一对新婚夫妻,彼此又找到了干柴烈火的激情。这种感觉已经久违了。

去他妈的达华尔、咪咪和天助力!齐东野在心里狠狠地骂道,但他知道这也是在骂自己,骂自己识人不准,骂自己把一厢情愿当作板上钉钉,骂自己不懂得市场法则。市场法则是什么?是等价交换,是即时有效。那时候,你干县长,手里有资源的筹码,现在你啥也不是了,凭什么要他们信守承诺?何况这种承诺又在哪里?是说过还是白纸黑字写成了合同?都没有,什么都没有!

齐东野决定主动出击。他已在心中拟定了行动计划:我是从县长位置上辞职的,我怎能像一个个体工商户那样开始?不,我身段可以低下去,但绝不是这么畏畏缩缩低人一等地乞求。乞求求来的只能是嗟来之食,甚至连嗟来之食都没有。当前需要的,是以战斗的姿态开启自己下一个征程。

他果断地给花老吉董事长吉世荣打了电话。吉世荣毫不感到惊讶,他一直在等齐东野的电话。齐东野让他到东湖小区的新家,他有重要的事和他谈。

与吉世荣约的时间是在午后三点。梁燕妮照常上班,孩子照常上学。宽大的大理石茶几上,摆放着一套喝工夫茶的高档茶具。这套茶具是一位老板送的,多年一直尘封在储藏室里,当县长时他没有工夫琢磨什么茶道,即便今天,他对茶道也一窍不通。但他一早就把茶具摆出来了,也装模作样地洗杯洗茶,用小杯闻香。

吉世荣一人提着拉杆箱敲门时,齐东野正以这种悠闲和惬意的姿态在喝茶。他虽然在家,但今天身穿新西服新皮鞋,这样人既显得精神饱满,又显得淡定从容。这是吉世荣在齐东野辞职以后第一次见他。他看到齐东野的络腮胡刮得干干净净,头发梳得又光又亮,一脸容光焕发。齐东野仍像往日一样很随意地让座让茶。

吉世荣说,没想到齐县长这么潇洒。

齐东野直视着吉世荣的眼睛说:"我辞职是经过深思熟虑的,绝不是一时头脑发热。"

吉世荣倒稍稍有些忸怩不安,他说:"那是,一看你就是胸有成竹。"

"如果不是,那我这些年不白在政界混了? 是不是老吉?"

吉世荣频频点头。

齐东野瞟了一眼吉世荣带来的拉杆箱,很陈旧很平常的一个拉杆箱,坐飞机可以随身携带而不用托运的那种。

吉世荣说:"这只是我的一点点心意,不足以报答县长多年来对老吉的支持。"

"多少?"

"两百。"吉世荣低吟说,声音轻微到刚好能听清。

齐东野忽然正色而严厉地说:"老吉,你这个老奸巨猾的东西,你是不是早就盼着我有这一天?"

吉世荣神色平静地说:"年前县长不是给我暗示了吗,我当然心领神会。再说,你这刚辞职,也需要一点起步资金。"

齐东野大声说:"老吉,你想错了。这些年我不遗余力地帮你,并不是为了求回报,只是看重你这个人。这个钱我不能要,你还是拿回去。"

这次吉世荣表现出不服从的倔强。他说:"你已不是县长了,难道就不能亮堂一点儿吗?"

齐东野笑了。他说:"老吉,你的钱我会要,但不是以这种方式要。我齐东野昔日在仕途上是野心勃勃,今后我下海了还是野心勃勃,说不定野心更大。"

吉世荣被齐东野的气势深深折服。

于是齐东野谈了自己的一部分计划:他只是想在花老吉过渡两年,只有两年,多了不干;职务挂个副总兼花老吉驻京办主任,驻京办主要负责花老吉的高层公关;配一辆说得过去的小车;他一年年薪只要三十万,可以提前支取;他第一年负责完成南方茶籽油项目的选址、落地,项目落地后他要项目奖励费(税后)三百万元;任职期间,他要读一所名牌大学的高级总裁班,费用大概在三十六万,这个钱由公司出。报个高级总裁班,这是吴有道给他刺激的结果。有时候人只有受了大的刺激才能下大的决心。齐东野上网搜了搜,这种班不少,行情价三十六万是最高的。他昨晚才决定把这一项也加进去。

吉世荣是何等人,脑子里快速旋转,算盘打得啪啦响,只一会儿,便满口答应,并说三十万年薪太低,至少给五十万。至于小车,有一辆新奥迪 A6,已挂上京牌,就归齐东野专用。驻京办的活动经费,一年一百万,不够再追加。项目奖励费,可以增加到四百五十万。齐东野说:"这个我替你算过,地价和其他优惠政策全部到位,你们可以奖励五百万,但我不要那么多,就要三百万。"吉世荣又觉得让齐东野干副总是不是太委屈,因为他是董事长兼总经理,儿子吉鹏是常务副总,他可以把总经理的位置让出来,这样齐东野对外称总经理也好听些,毕竟齐东野是县长下海……

齐东野说:"老吉,别再啰唆了。我跟你说了,我只是在你那儿过渡两年。而且你是家族企业,我当了总经理算怎么回事?你不怕我夺你的权呀?到时候闹出什么不愉快,连朋友也没法儿做了。当然,空口无凭,咱们得正式签订聘用协议,以上内容都要写在里边。"

吉世荣带着拉杆箱回去了。回去后他跟儿子又把这事议了大半个晚上。结论是聘用齐东野太合算了,他们对齐东野更加佩服起来。成功的商人都是这样,先进行利益计算,再看是不是要关照一下良心。吉世荣常常把这两者都兼顾到,已经很难得了。吉世荣说,齐东野话说得明白,理讲得通透,目前和未来想得无微不至。他教育儿子:"多跟齐东野这人交往,你会学到很多从别人那里学不到的东西。"然后他们便把协议打印出来,第二天齐东野到公司食堂吃个便饭,双方把协议签了。吉世荣不由分说给了齐东野一大包现金,是预支的一年的年薪五十万。齐东野让也没让,收下了。

晚上齐东野把这笔现金交给梁燕妮,梁燕妮烫手一般不敢接。她数了好几遍,不仅数得手疼,头也晕了。她说:"我从来没见过这么多钱,这样做会不会出事啊?"齐东野说:"这是我的年薪,我是要给他们出力的,能出什么事?把心放在肚子里,有了这些钱,你心里会踏实些。"

这话说到了梁燕妮的心里。自齐东野辞职后,她心里就没有一天踏实过。看齐东野终于迈出了第一步并有了到手的钱,梁燕妮心安了不少。但她叮嘱说:"虽然你以后经商了,可以学点儿坏,但决不允许你干违法的事,知道不?"

去向既定,齐东野又到梁兵的茶舍去坐了坐。姐夫小舅子两个人,这回是第一次深谈——平等的深谈。齐东野感谢小舅子这段时间为他做的一切,包括学开车,包括介绍呼伦贝尔的朋友,包括借给现在这套房子。他说："县委县政府家属院那套房子是我的房改房，是有产权的，你若愿意要，可以卖给你。"梁兵说："我做这些不是为了你，是为了我姐，你当官这么多年，我姐娇气惯了，我是心疼她。至于房子，我现在手头儿还有两处，不当什么。"

齐东野找小舅子深谈，目的是重新定位他们的关系。往日他们只是姻亲关系，现在他要更进一步。他说："今后，咱们要成为商场上的合作伙伴，可以互通有无，互惠互利。"齐东野建议他在北溟市注册一家商务诚信咨询公司，他有这方面的优势。梁兵想了想，答应了，并说姐夫观念转变就是快，不服不行。齐东野给了他一份公司名单，有北溟当地的十大民企、全国排名前一百的名企，当然附加了达华尔医疗科贸公司、咪咪生物科技公司、北京天助力咨询公司、玉皇集团等几家，让他建立档案，持续关注，有什么新项目上马、投资收购等信息，及时发电子邮件。见梁兵也许还不太理解他的用意，他说："将来的信息传播互联网和手机肯定是重要的载体，你先做个小商业网站玩儿着，收集信息，发点儿软文。开头不靠它挣钱，但将来肯定行。先把这些企业的情况研究透，把它们的发展史、主营业务、市场、高管资料等梳理清楚，以后会有意想不到的用处。"

齐东野选择在下午回趟老家。他开着新车，驾车的体验还是不错的。去往老家的山路都已是柏油路，一路上车并不多，只是要防范偶尔从路口窜出的不守规矩的摩托车。昔日司机送他回家，他都是一进村便摇下车窗，以便跟村里人打招呼。今天他一直开到自家门口，也没有摇下车窗。

母亲正在天井里用簸箕晒豆子。经历了一个冬天，豆子有些返潮，有的招了虫子。母亲一边晒一边翻，把有虫眼儿的豆子挑出来扔掉。见齐东野回来，她很是欣喜，朝屋里喊"东野回来了"。父亲齐则久午睡方醒，就趿拉着鞋下了炕，去摸壶泡茶。老爷子似乎还在生他的气，把泡好的茶壶往他面前一蹾，把一盒烟推过来，只是歪着头，不说话,默默地抽自己的烟。母亲问梁燕妮和齐绮可都好,他说都好。齐东野说:"明天我就到北京上班了,既上班还上学,还领着不少工资,比当县长挣得多。"父亲把头一扭,似乎不以为然。母亲说:"那就好,那就好。"接着问,"燕妮娘儿俩怎么办?也跟着去北京?"齐东野说:"她们暂时不去,只我自己去。燕妮照常上班,齐绮照常上学,我十天半个月就回来一趟。"

父亲鼻子里哼了一声:"你不是去中央党校上学了?还想骗我?我天天看电视新闻,还看县报,你能骗得了我?你的事我全知道了。"

齐东野说:"知道就好,我还怕你们接受不了。实话实说吧,我辞这个官也不全是自私,我怕将来成了一个贪官,出了事,那你们才真正受不了。"

"那么多人当官,难不成都是贪官?人家不都干得好好的?管住自己的手不就行了?"

"你儿子是个什么货你儿子自己知道,就是怕有一天管不住自己的心,也管不住自己的手。"

老爷子叹了一口气,说:"辞官这么大的事,一点儿风声不跟我透,你是想把我气死?"

母亲说:"那天从电视上看到你辞职的事,你爹就病倒了,三天没吃饭。村里人都来打听是不是真的,问为什么辞官。你爹觉得没脸,有半个月没出大门。后来病好了,出去跟杀猪的马老五下棋。你爹棋是臭,经常悔棋,但以往也悔,也没见马老五怎么样,这回他偏不让你爹悔棋。马老五说:'你儿子不干县长了,你还想悔棋?'你爹就很生气,二人就吵起来,你爹把棋盘拂了,棋子撒了一地。现在出去,村里人跟他打招呼,他都爱答不理的。"

"不过说来也实在让人生气,"母亲接着说,"有些人就是这样,眼窝子浅得就像麦粒上那道缝,你在时,舔脸巴结你;不在时,就下狠脚踩你。还记得魏结巴吗?魏结巴死了以后,他那个老婆带着孩子

　　　　　　　　　　　　　　东野三世

过得挺难的,我经常柴米油盐地接济她。你猜她怎么着?她家的林地与咱家的林地紧挨着,在靠近咱家地界这边有几棵歪脖子榆树,才茶杯粗细,她非说是她家的。以往你当县长时,告诉我不要计较这些,让我凡事让着乡亲们,你看我这让着让着让出毛病来了,得寸进尺!前天,我让东城回来带人把这几棵树全砍了。我指着那人老婆骂得全村都听见:'我儿子当县长时,我帮你家,让你家,如今我儿子不当县长了,不让了!好好出了一口恶气。'"

"你姐夫来,我也把他骂走了,"母亲说,"什么东西!当初求着你到县政府大楼当保安,你这一辞,他也辞了。我说:'人家撵你了吗?'他说没撵,只是觉得没脸。我说:'你本来有多大脸?觉着孩子上了大学,又在外边工作好点儿,就不知姓什么了;就忘了孩子小、日子困难的时候,是谁帮衬你们了。我把你姐也一块儿骂了!东野二十年来为这个家,为这个操心,为那个解难,他又不欠谁的!'"

听了母亲这些话,齐东野别过脸去,用手背抹了一把眼睛。这是自己的后娘,但他一直觉得比亲娘还亲。

母亲知道齐东野晚上要回去,就早早地做了几个菜。父亲自然是要喝两盅,也劝儿子喝两盅。齐东野说自己开车,就不喝了。于是他只吃菜,扒了一碗母亲做的面叶。

临别,齐东野对二老说,儿子以前没犯错、没犯罪,正道做人,凭本事吃饭,以后也是。他嘱咐他们保重身体。

开车出了村头,他下了车。回望这个生他养他的山村,只见它缭绕在一片淡淡的云气之中,仿佛是个飘浮的小岛。只见夕阳还有一小半停留在山尖上,好像恋恋不舍地不肯落下,又如同一个撒娇的孩子腻在父亲的肩头。他似乎是第一次发现,夕阳并没有一丝暮气,反而鲜嫩如朝阳,只是没有周围的霞光罢了。

齐东野约了陈青娥晚上见一面,在一家很小的茶馆。事先他告诉了梁燕妮,说要跟陈青娥谈点儿生意上的事,问她要不要一块儿去。梁燕妮说："你们旧情人见面，我就不去了，何况你们是谈公事。"

他们在茶馆里谈了也就一个小时。齐东野说："我马上要去北京了，这次算是告别。"陈青娥说："燕妮姐都告诉我了，这样安排挺好的，北溟还是太小，不是你的久居之地。"她惊讶于他会约她单聊，感谢他这种信任，以前想约他也约不出来。齐东野重点问她今后的打算。陈青娥说，走一步看一步吧，现在生意还不错。齐东野说，要有一个长远规划，美容院可以发展连锁经营，往全国发展，也可以向化妆品、医学美容方面延伸。还有，现在美容院这个地方，将来肯定会拆迁，地价会增值不少，其他的地段可以预先考虑。陈青娥说："我已经做得很知足了，要折腾得更大，你看我行吗？"齐东野说："我看你行，不仅行，而且很行。"陈青娥低了一会儿头，又抬起头来望望齐东野："这得有人帮我才行，光靠我自己这点儿能力不行。你会继续帮我？"齐东野说："在商言商了，今后我不是帮你，而是共同合作。"陈青娥送给他一张银行卡，也不知数额多少，但齐东野拒绝了。陈青娥很生气，说："你乍入商海，就像我当年第一次开服装店，正需要钱。我服装店开业那天，你让一个朋友一下子买了八千块钱的衣服，我都记着呢，那年月钱多值钱啊。你以前当官，不要，我理解；现在不当官了，还这样，不是把我当外人了吗？"齐东野笑笑说："不是外人，是未来的合作伙伴。"到头来他还是没收。

回家后齐东野和梁燕妮说起陈青娥送银行卡的事，梁燕妮感叹真是有情有义的人，然后又说齐东野拒绝得对："宁可叫人欠咱情，不可自家欠人情。再说了，咱还没到那地步是不是？"

齐东野第二天没有离开北溟，又多待了三天。齐东野想，自己要离开燕妮和孩子到北京工作了，不去跟岳父岳母告个别，无论如何说不过去，虽然梁燕妮嘴上说不回去就罢了，回去还惹气伤心。

岳母倒也没看出有什么两样，毕竟齐东野辞职一个多月，老人那种接受不了的情绪早已过了。遗憾的是岳父没在家。听岳母说，岳父这一段时间竟然迷上练书法,还写打油诗,拜了油葫芦村一位书法家为师。岳母说:"你个石匠学什么字,写什么诗,老了老了没个正形。"岳父说:"你懂什么,齐白石还不是乡下木匠出身?我娘也是大字不识几个,除了会养蚕不也会画画?"

果然见八仙桌上摆着岳父买的几卷宣纸,还有毛笔、墨汁;连个笔筒也没有,毛笔就搁在盛墨汁的小碟上。一张铺开的宣纸上已写了四句打油诗,字看上去一笔一画,石刻一般:

> 野婿辞官一身轻,
> 老夫闻听泪蒙蒙。
> 人间能弃县官去,
> 不独只有板桥郑。

齐东野和梁燕妮一同看了,不禁哑然失笑,同时又肃然起敬而且惭愧。岳父是故意躲自己去了,以免尴尬。但对自己辞官的态度,岳父分明已经转变了。"野婿"指的当然是自己,是东野女婿的意思。只是把齐东野与郑板桥相比,是过分抬举他了。

梁燕妮说:"不许笑,我爹一个农民石匠,能写成这样就很不错了。"齐东野连连称是,提笔续写一首诗作为回答:

> 小婿明日辞北溟,
> 无须易水送秋风。
> 廿载为官不知苦,
> 一朝除帽只觉轻。
> 梁燕呢喃无限意,
> 野马踌躇未了情。
> 愿得体比金石健,

来年挈雏拜诗翁。

梁燕妮说:"虽没见着父亲,但看你们这样以诗作答,倒也别致,我也心里安稳许多。"晚上岳父回来,看了齐东野给自己的和诗,喜欢得直搓手,过几天便找人裱了,堂而皇之地挂在中堂上。

回北溟县以来,齐东野已经分明意识到,他确实到了该离开北溟的时候。两天前,他以前的手机号报了恢复,他还担心会有无数电话打来,但一个也没有。外界已没有人议论他,起先人们还好奇,想知道他的去向、他会干什么。但现在这种好奇早已不复存在。他已经随着自己的淡出被人们遗忘。连梁燕妮也感到,她走到大街上遇到熟人,人们不再投以关注的目光。

齐东野决定明天就走,晚上一家三口吃了顿团圆饭。梁燕妮专门包了他爱吃的韭菜水饺。齐东野边吃饭边嘱咐了齐绮几句,无非是各门功课均衡学习、听老师的话、与同学处好之类。他刻意要淡化离别的气氛,因为北溟离北京确实也不远,不过一千多里地,开车也就是十个小时多点儿的车程,坐火车也只有十二个小时。齐绮表现得颇为懂事,还频频给爸爸搛菜。

最忙碌而不舍的还是梁燕妮,这是他们结婚十六年来第一次真正的别离,而且可以预见不是短期的别离。齐东野说:"看在北京发展的情况,说不定不用很久就能把你们娘儿俩弄到北京,到时候我们就不再分开了。"梁燕妮说:"要去你们爷儿俩去,我这辈子是离不开北溟的。"齐东野说:"先别把话说死,将来我们跟着齐绮走吧。假如齐绮考到北京上大学,你再扯后腿也没有用。"梁燕妮说:"甭考虑那么长远,等齐绮读完高中再说,走哪山砍哪柴吧。"

从晚上八点多就开始为齐东野收拾行李,梁燕妮一直忙到十二点多还没忙完。两个大行李箱、一个小行李箱,都满满的,实在放不进东西去了,梁燕妮仍然觉得还有太多东西没带。光衬衣带了十多

东野三世

件,内衣十多件,袜子估计有二十双。齐东野说:"我又不是大闺女出嫁,又不是未成年的孩子第一次出门远行,你这是干什么?不让我再回来了咋的?"梁燕妮说:"你这次离开,不知怎么搞的,我就是比闺女出嫁时的娘还难受,比小孩子第一次出远门还不放心。这些年,你连自己的袜子都没洗过,要重新过单身生活,我怎么能放心?一想到你这是一个人去北京二次创业,一想到你也是四十岁的人了,就不由得心里难过。"说着,竟掉下几滴泪来。等他们彼此说完嘱咐的话,挂钟已报时两点,两口子方才睡去。

第三章

　　花老吉给齐东野配了专车,也配了司机。吉世荣很会做人,让齐东野自己找合适的司机,包括北京办事处五个人的人选,也由他自己聘用。齐东野找了稍微沾亲带故的小田。小田名叫田文镜,竟与清代一个巡抚同名。他才二十四五岁,在北京当过五年兵,论起来应该叫齐东野表舅。让他试了试车,车技不错,人看上去忠厚老实又挺有眼力见儿,也不多言多语。

　　去北京的路分三段,东夏省境内是高速,想跑不快都不成。邻省的路不但不是高速,路况还差,经常堵车,一共遇到三起交通事故。他们早上七点出发,路上打了个尖儿,吃了几个河间驴肉火烧。进入北京市区,已是晚上八点多。且不说楼宇处处,早已是万家灯火。一眼望不到尽头的堵住的车流,像一条条凝滞的河流。河流之上,是一片绵延熠熠的灯光,只不过是汽车尾灯的灯光罢了。从东进入北京长安街的延长线,齐东野有一种感觉特别强烈:自今天起,他像一条小鱼,不,也许就像一条刚有点儿轮廓的蝌蚪,被投入了大海一样的北京。他将不可避免地被淹没,但要游下去,要在这里生存下去。

　　　　　　　　　　　　　　　　　　　　　东野三世

花老吉北京办事处在北京东城区东四,没想到这个地方让他们一通好找。原来东四不是一个小点,而是一个区域,从北向南,共排列了十几条胡同,每条胡同都叫作东四某条。

办事处就是东四某条上的一个四合院。原来只有两个人负责接待花老吉进京办事的人:厨师兼司机滕军和女服务员何梅。齐东野和司机到时已近晚上十点,滕军和何梅问齐总想吃点儿什么,说可以做北滇打卤面,冰箱里还有半只烤鸭、一截肘子。齐东野说,就吃这个吧。于是很快就端了上来,还加了一碟泡菜。滕军问是不是喝点儿酒,北京二锅头也有,北滇古酿也有。齐东野说,不喝酒了,一路走了大半天,累了。是夜,齐东野给梁燕妮打电话报了平安,连澡也懒得洗就睡了。

翌晨六点多,齐东野就醒了,披衣在院子里溜达。他不禁赞叹吉世荣的精明,办事处选了这么一个好地方,隐在闹市之中,不张不扬。四合院只有两进深,除了五间大正房,还有五六间房子可用,若是做点装修隔断,容纳二十来人办公也绰绰有余。据说这原是一个京剧名角的寓所,再往前推,是前清一个老太监的家产。院内一棵老榆树,三棵玉兰,东南角还有三两棵香椿。刚进三月中旬,玉兰花将开未开,一树白色的花苞,像是少女之手捧着一只只白鸽,正要放飞的样子。

端了人家的饭碗,就要听人家管,还得干事,把事做好。齐东野考虑了一番,早饭后便给吉世荣通了电话。第一次称他吉总,吉世荣还愣了一下,说哪里使得,还叫老吉,不然听着生分。吉世荣也仍称齐东野县长。齐东野说,称呼虽不是啥大事,但我现在身份变了,就要改一下,这样对谁都好,不然叫久了难改口,让外人听着不像话。于是从此便互相改了称呼:齐东野称吉世荣吉总,吉总称齐东野齐总或老齐。齐东野大赞吉世荣的眼光,办事处地方选得好,含而不露,低调气派。然后又跟他谈了自己的想法,办事处仍然负责对公司高层在北京的接待,同时要重新定位职能:一是立足北京,面向全国,拓展高层人脉,围绕花老吉的产业布局服务;二是做好品牌宣传,与各大媒体建立良好关系,并在央视等陆续投放一定量的广告,着力把花老吉打造成全国品牌;三是打开北京市场,成立北京销售分公司,由他兼分公司经理,考虑到四合院不宜做大的办公场所,分公司另行租地办公。吉世荣爽快地同意了,连叹齐县长——齐总办事效率就是高,站位就是高!

齐东野突然想起私奔的萧建华,不知这对野鸳鸯现在何处。电话打过去,是一个女人接的,问找谁,答,找萧建华。萧建华接过手机,沉闷地说:"谁找我?"齐东野说:"我找你,你在哪里?"萧建华说:"我在北京啊,怎么也想不到是你齐东野。我都流落在北京街头了,难道齐县长还不放过我?"齐东野说:"磨叽个屁,赶快过来见我。"

萧建华和白苗苗屁颠屁颠过来见齐东野,抱了一个西瓜,提着一网兜北溟咸鱼。二人说起来北京二十多天,便有些一言难尽的意味。萧建华灰头土脸,怎么看都像一个进京上访的农民。齐东野用眼角余光打量一下白苗苗,果然就是一团细嫩的白肉,被裙装捆绑着,才显出一波九折的形体来。老萧说:"本来我是奔着舅家的表弟来的,他在某部干个挺有实权的司长,估计找个像样的工作不是难事。结果就给我在他们的机关招待所找了个差事,说是后勤经理,其实就是打杂,每天主要任务是打扫院里卫生、卸货装货和引导来吃饭的客人有序停车,一个月开两千工资,包吃不包住,已经是天大的面子。苗苗在餐厅做服务员,端菜上菜还兼刷碟子洗碗,一个月开不到一千块工资,你看这小手都粗糙了不少。"他说着便拉过白苗苗一双手给齐东野看。白苗苗扭扭上半身说:"瞧你说的,只要跟着你我再苦再累也愿意。"萧建华说:"听说你辞官了,我才下决心和苗苗来北京私奔,啥也不要了。你都能把县委书记辞掉,我那公职待遇又算个啥!不瞒齐县长说,我也曾去找过几个老板,都是过去我帮过的,得利哪个不都得过百万?我可是一点儿好处都没拿,天地良心!全都没

　　　　　　　　　　　　　东野三世

戏,或说他们公司不需要不懂专业的人,或直接说不养闲人,一点儿情分也不讲。只有地球村环保节能那个公司老板还行,给了我五万块钱,当然也是打发我的意思。我和苗苗一开始住在便宜的旅馆,后来住不起了,便住进地下室。可这地下室又阴又潮,真不是人住的地方……"

"老萧,你能走出这一步,我敬你是条汉子,所以——"

齐东野把自己的想法跟他们一说,萧建华这对野鸳鸯感动得简直要下跪。从此,萧建华就成了齐东野的助手——担任驻京办副主任兼北京销售分公司副总,白苗苗当然还做服务员,但吃住都在这四合院,不用再住地下室,何况工资每人还加了好几百。齐东野说,如果北京市场开拓得好,还有可观的奖金,那是要比工资多得多的。萧建华便鼓足了干劲儿,一心要跟着齐东野大干一场。

齐东野通过鲁飞的关系和北溟籍在北京媒体工作的老乡,认识了央视和北京电视台方方面面的头头脑脑,先试着投放少量的广告,其中比较新颖的一个创意,是开了一档美食栏目,其中所用食用油由花老吉独家赞助,收视率颇高。借着广告的推力,齐东野趁热打铁,带着北京销售分公司二十多号销售员,把北京一百多家大型商业超市一个月内全部跑遍。跑遍之后,成效并不乐观:要打进超市,首先要看品牌。这时花老吉的品牌影响力很有限,如是可口可乐、青岛啤酒,超市上赶着进,但花老吉还不行。于是就公关,打通与负责采购的超市副总经理的关系,还得打通与门店店长的关系。要做到产品摆放在超市最醒目最有价值的位置,还要打通若干小小的环节,买通许多不起眼的人物,不塞一个小红包,连货梯运货员都会故意刁难。至于店庆、各种节日促销,还要赞助,还有各种讨价还价。此种经历,让齐东野真正体会到做实业的辛苦和不易。最后,经过三个多月的苦战,花老吉在北京各大商超实现了稳定供货,使北京成为东夏省外第二大市场。三个月下来,齐东野的身体像被扒了一层皮,也迈出了脱胎换骨的一步。

而在这几个月里，除了每周请一些媒体人、客户、官员来办事处吃吃喝喝联络感情，齐东野自己的饭局也不少。经由各种各样的饭局，各色人等聚到一起，也算北京的一景。齐东野一天最多时参加三场饭局，京城广大，交通拥堵，从东到西，从南到北，那种穿梭奔波，如是古时候骑马的话，仅有一匹马绝对不够使用。最早开场的饭局，一般是晚上六点左右，七点酒过三巡，一位朋友姗姗而来，可能还带着一位，甚至带着两三位，于是加座，重作介绍。到了八点，有的官场或商场重要人物可能是赶了第二场过来，于是又加座加菜。当然，其间也会有一两个人提前离场，一边拱手抱拳，一边连声道歉，无非是另有一场，实在是不去不行。本来是八人之约，陆陆续续，最终可达十二到十六人。席间海吹神聊，有时竟不知组织者为谁，不知组织者的主题为何，但总有人埋单，岂非咄咄怪事。齐东野有一天翻看名片，几个月下来，竟积有近千张之多，但认识的重要人物、获取的有效信息、建立的密切联系，占比又非常之少。齐东野便对这种朋友邀约的饭局渐渐挑剔起来，以前是每叫必到，现在他都要问问总共有多少人，都是哪些，如十人以上，或者没多大价值，齐东野便有选择地推辞。无效的饭局，既消耗精力，又消耗体力，灌了一顿酒，说了许多话，竟然毫无意义。他想，这种饭局不参加也罢。

参加的饭局越多，齐东野感慨越多。不到北京，不知自己官小。以前，自己当个县长，觉得自己是地方最高行政长官，一群人前呼后拥，一言九鼎，牛皮哄哄而不自知。现在他是谁？处级干部在北京那还叫官？你是有钱人吗？更是笑话。差不多有钱的人都在北京，他们的豪宅、豪车、豪生活是什么样？虽在一个城市，也许就一墙之隔，你也无法想象。但北京的魅力也许正在于此：它是如此包容，从不嫌贫爱富，一概张开怀抱接纳。有道是北京水太深，其实水太深才能养各色鱼，大鱼小鱼虾米各得其所，才能既养蛟龙也养王八。水深才有机会,水深才有舞台,水深才波澜不惊,水深才让你在看不清自己面目中看清面目。各个地方的人都来北京,各色人等都在这里来来去去。一些人莫名其妙地发迹,昨天还是穷小子一个,可能今天他就开上了大奔。一些人莫名其妙地失踪,过了几年,竟从国外回来,摇身一变成了国际友人。有时,齐东野一个人到国子监街去走一走。但他从不进孔庙,他就只在街上慢慢地走,恍恍惚惚地听。东边就是雍和宫,雍正皇帝在成为皇帝之前居住的地方,现在是有名的寺庙。国子监街像国子监街上的古槐一样宁静。他在古槐开花的街上走过,槐花香不像洋槐那么浓郁,要细细地嗅才能闻到。一场阵雨有时说来就来,他也不要雨具,不避雨,就让这小小的阵雨和槐花洒落一身。那时,微苦内蕴的槐花香才闻得清晰、真切。国子监街上总有一些爱京剧的人唱京剧,京胡拉得非常飞扬。在国子监街和雍和宫街交叉处的两边,有一些据说是五台山来的和尚在那里算命,都打着取名、《易经》预测之类的名号。有的店面喇叭里放着《大悲咒》和《心经》,循环往复,更引起一种无限悲悯的思绪。齐东野这时便会很荒唐地在心里问自己:以前是否也曾有个叫齐东野的人来过这里? 他从哪里来? 他最后去了哪里?

　　齐东野不是赤手空拳来到北京,他有花老吉这个平台,手下有二十几号人可以支配,有自己的专车,但他有时候也在刻意去体察普通北京市民的生活。利用周末和平时不多的空闲时间,他也办了交通卡,挤了几次公交车,坐了几十次地铁。在公交车上,听那些老北京聊天,他得知有些人原先是皇城根儿下的居民,而拆迁后现在已住到四五环以外的新楼房里。有时为了怀旧,他们在周末要辗转坐三四个小时的公交车才能回一趟城里看看。闲不住的老人也多,让齐东野很不以为然的是,一些老人在早高峰时也在与上班族们一起挤公交地铁,而他们只是为了去较远的公园晨练,或是去大超市排队购买促销降价的几斤鸡蛋。齐东野感叹自己的生存领悟力不高,因为坐了多次地铁之后,他才弄明白 ABCD 代表的固定方位。他也逛了几家农贸市场和花鸟鱼虫市场,了解百姓的柴米油盐和首都独有的市井消闲趣味。潘家园古玩地摊市场他也去了,对古玩他不懂也不感兴趣,只淘了几本旧书。人艺剧场他也去了,看了老舍的《茶馆》,一场不过瘾,又看了一场。后海的酒吧一条街他去得最多,但总是以闲逛为主,很少在酒吧里坐下来。多时尚的一个街区,仍然有南门涮肉的立足之地。他想,懂得了这点,你才算真正懂得了北京。

齐东野鼓动花老吉申请物理榨油法的专利,现在已经批下来了,并且已使用到花老吉的广告语中,成为花老吉品牌的一大核心亮点。吉世荣起先对此不怎么热心,觉得这项专利用处不大,现在效果出来了,吉世荣自是喜出望外。齐东野已经去了一次南方某省,为花老吉的茶籽油厂选址,他选了三个地方,反复权衡比对,欲擒故纵地暂不决定,让三个地方的领导都很着急。为了花老吉的利益,他想尽可能把地方上的优惠政策用到极致。

齐东野到北京后,又买了一部新手机,买了一个北京的新号,也是 139 开头的。他把新的手机号码发给北京的朋友,艾克蒙也收到了。艾克蒙早就得知了齐东野辞官下海的信息,曾多次联系,无奈齐东野那时正处于自我封闭状态。现在齐东野已经把自己重新打开,艾克蒙立刻向齐东野伸出了橄榄枝,愿意聘请齐东野出任副总经理,年薪八十万元,还可以有项目奖励金。

齐东野没有接受这诱人的橄榄枝,说实话,艾克蒙这么痛快,他真没有想到,而且给他开出这样的身价,非常够意思。齐东野邀请艾克蒙到办事处四合院小聚。

花老吉北京办事处已今非昔比。齐东野的办公室兼会客室宽大明亮,墙上挂满了名人字画,有当今书协主席和美协主席的,都是他们在此酒足饭饱之后的应酬之作,要的只是一个名头。也有历史上大家的作品，不少是梁兵当年初搞收藏时交的学费——赝品。梁兵欲让姐夫带几幅真迹到京城亮一下，被他拒绝了，因为赝品就已足够。每当有客人在这些赝品前长久观摩，爱慕之情溢于言表，齐东野就表现出很遗憾的样子，说这都是自己搞收藏的好友寄放在他这里的。案头摆两盆兰花，一盆罗汉松，不多，但已尽显主人雅气十足。齐东野另请了一位厨师，是淮扬菜的名师，而且有做河豚的专证。院子里照壁前有一簇翠竹，如今又加了一条石槽，槽里养满南方才有的金钱草。在正屋门前不远处，有两口大缸，里面种了新荷，荷叶已有婴儿巴掌大小。除他的专车奥迪、原有的一辆丰田皇冠，齐东野又新购了一台别克商务车，都一尘不染，停放在四合院门前的专用停车位。

　　艾克蒙仅带了女助理一人。艾克蒙见齐东野办公条件如此优雅，大为叹赞和羡慕，说两个人应该换一换，这太不公平。齐东野说："那换不了，我是土财主，你是大资本家。你在国贸大厦高高在上，可以俯瞰北京，洞察宇宙，我只能在这里坐井观天。"

　　齐东野请艾克蒙吃长江三鲜——鲥鱼、河豚、长江刀鱼，然后就是几样时鲜小菜。齐东野准备了茅台，但艾克蒙却一定要喝北溟古酿。两个人聊得很开心，齐东野尽力表现出已有几分北京主人的心态，但自己知道这是装的，还有太多的方面需要艾克蒙教他。艾克蒙问他为何拒绝自己的好意，是不是嫌开价低，是不是不愿再帮助他促成与北溟制药公司的合作？齐东野说："都不是，开价已经很高，足以显示艾总的厚爱，而正是为了将来更方便促成与北溟制药公司的合作，我才不能到你的公司任职。"他讲了其中的道理，"我跟你的公司没有关系，也就是说你的公司看不出任何我齐东野的色彩，这事才更好搞定，我才更容易在背后帮你——当然，现在我已不是官员，你我不用再忌讳，我们今后可以正大光明地合作，不过形式上可能我还是不出面，我会让别的公司出面，到时候你会明白的。"艾克蒙这才清楚齐东野的用意，于是更加佩服齐东野考虑事情之深之细。

齐东野说:"'正是河豚欲上时',这是今天才从江苏江阴运来的鲜河豚,鱼皮最养胃。"说着他做了一下示范,把河豚满是芒刺的皮翻转卷起,送进嘴里。

艾克蒙吃得高兴,摇头晃脑地说,张爱玲讲人生有三恨:一恨海棠无香,二恨鲥鱼多刺,三恨——艾克蒙故意卖关子。齐东野故意装不记得这些名句,以成全艾克蒙的炫耀。

三恨——红楼梦未完! 艾克蒙这才说完。

齐东野说太妙了! 于是他们为中国痛失一位优秀诗人干杯。萧建华和白苗苗在齐东野的示意下也敬了几杯,当然重点是关照艾克蒙的助理田硕多喝几杯。

齐东野请艾克蒙帮忙做三件事,艾克蒙说,别说三件,三百件也帮。他故意乜斜着眼看着田硕说:"只要你不打我助理的主意就成。"

一是齐东野要学做 PPT(Power Point 缩写,意为"演示文稿软件")。当时还只有一些外企尤其是一些有外资背景的咨询公司在用这种方式做企业形象展示或相关报告演示,尽管不复杂,但很少有中资企业的人掌握这一技能。二是推荐一个人教他炒股。三是推荐一个总裁班或 EMBA 班(主修工商管理专业)去学习,学费不用考虑,但含金量要高一些。他不是为了去谋一个学历,而是为了更新知识结构,提高企业管理能力。

艾克蒙对第一件、第三件事一口答应,对第三件事尤为赞赏:"这第三件,体现了老弟的眼光,其实你不用明言,我就知道你想要什么——想扩大人脉,高层企业家和政界的人脉!我郑重推荐你去读大河商学院的 EMBA 班,我跟他们商学院的院长熟悉,我是他们黄埔一期的学员。尽管后来教学质量有所下降,现在的各种总裁班太多太滥,但大河商学院还是无可替代的 Number One(第一)!大河商学院绝对物超所值,你听大哥的,没错。他们设定的门槛挺高,都是董事长或老总,一般不要副总,但有我的面子,老弟放心!"齐东野为表谢意，一口气喝了三两白酒。

　　然而对于第二件事，艾克蒙却极力反对，他表示他对股市和炒股并不抱偏见，炒股也是价值投资的一种，但是，他认为，在目前情况下，市场还不完善，炒股者的心态更不健康和理性，而理性人，是现代经济学构建所有模型的假定前提。"不健康和理性的体现，就是赌徒心理，我担心你学会了炒股会变质——变成一个赌徒，那就毁了我的好朋友了。我自己每天都浏览股市行情，但从不炒股，也从不劝人炒股。"

　　于是齐东野答应着，也就不勉为其难了。

　　艾克蒙的办事效率够高，他找了一位在他公司实习的美国在华女留学生教齐东野制作 PPT，不到一周时间，齐东野便全部掌握。不久，艾克蒙又传来好消息，读大河商学院 EMBA 班的事终于落实，他是最后一名，总算挤进去了。

　　艾克蒙一直劝齐东野不要炒股，但他没有听，他还是找到了一位做证券公司的朋友老丁，让他教自己炒股。老丁经常写些股评，在圈内有"股神"之称，齐东野请他吃了好几次饭，饭后又是唱歌又是足疗，老丁才终于答应收他这个徒弟。其实也就是给他一个大智慧软件，让他开了个人账户，教他识读 K 线图，然后神神秘秘地不时透露一些所谓的内幕信息，可是又故意闪烁其词，只是含糊地让他关注某某板块，或让他注意某项宏观政策的变化。如是而已。齐东野小心翼翼地打进账户十万块，只买了三万块，每天把那几百只股票瞄来瞄去，像个欲火中烧一心猎艳而口袋里没几个大子的混混，也像个刚刚入道还不曾独立行动过的小偷，不敢轻易下手。他在心里对自己说：我不能靠这个发财，只是练练手，也算是借此了解整个经济走势。

　　艾克蒙几次三番约齐东野去机场附近的赛红楼会所聚聚，说比起几年前，那里的档次和规模都更高更大了。不消说，齐东野来到北京三个多月,虽然忙和累,心里还是挺孤独和寂寞的。他不太愿意去那个会所,似乎是在有意地抗拒着什么。

可这次艾克蒙亲自来办事处接他,他已无法推辞,于是就像上贼船一样上了艾克蒙的车。转了好远的路,有些路已经是地道的乡村路,最终看到那座不起眼的小红楼。车子一进院门,门口的保安立马用对讲机报告,楼前便有会所的经理芳姐带四五个人眉开眼笑地迎着,说,艾总有段日子没来了。艾克蒙说:"有段日子没来了吗?不就才七天没见,就想我了?"芳姐异常亲昵地拧了一把艾克蒙的脸,小声问:"有没有特殊的要求?还找以前的陪你?"艾克蒙指着齐东野说:"这是齐总,以前来过,一定找小苏来陪。"芳姐说:"难怪齐总这么眼熟,品位就是高啊,放心好啦。"

芳姐一身珠光宝气,但其实也就是一个老鸨,不过如今都称经理罢了。赛红楼里有许多小舞厅和卡拉 OK 包间,还有一个大游泳池,游泳池前有一个圆形的面积大约两百平方米的玻璃台,台高一米左右,围坐着密密麻麻的一群佳丽,都穿着比基尼。娇艳欲滴的胸和腿,与最初伊甸园里的情形没什么两样。这都是为初来赛红楼的客人准备的,称为选秀台。

艾克蒙是熟客,已经免了这第一道程序,他们直接进包间吃饭,饭菜虽然是精致又花哨,也未必就有多好,只有价格贵得令人咋舌。上的洋酒倒是真正的好,轩尼诗、老人头、马爹利等,齐东野分不清其中的区别,只知道喝了都容易上头。但艾克蒙钟情于这里的洋酒,神秘地对齐东野说有壮阳的功效。艾克蒙一人喝了一瓶多洋酒,齐东野喝了不到半瓶,已经头晕得难受。第二个项目是打麻将,艾克蒙另三位朋友老刘、老李和小浦,专程过来参加这一项目。齐东野总共打过两三次麻将,根本算不上会打,何况这都是真金白银的玩法。艾克蒙要齐东野学学,说什么都有第一次,这也算是他下海以来的洗礼或叫成人礼。可齐东野坚决地推辞,说实在不会玩,于是就和身边的佳丽一起陪玩、陪看。麻将牌哗啷啷进入麻将机,一会儿便在桌上隆起一条麻将的长城。吆喝之声不断,输者把一摞摞筹码送到赢家跟前。艾克蒙赢得最多,嘴里才叼上烟卷,一位姑娘便把打着的火机送到嘴边,另一位姑娘一边给他按摩胸部,一边调皮地揪着他的一撮胸毛摩挲。艾克蒙说,宝贝不要,弄得人心里怪痒的。艾克蒙看齐东野坐在那里东倒西歪,眼皮似乎有些睁不开,就说:"老弟,麻将你不行,洋酒你不行,赶快上楼吧,人家苏小妹已经等不及了。"

上楼,就是第三个项目了。齐东野和这个苏叶小姐是第二次见,第一次只是喝了无数杯交杯酒,他就提前撤离了。他晕晕乎乎地想与苏小姐先做些交流,比如问问她的籍贯,问问她上的什么学,问问她的经历——虽然可能都是假的,但苏小姐却已经主动起来了。看来在这个地方,精神层面的前戏纯属多余。苏小姐娴熟老到,很快就把他撩拨起来了。他知道自己接下来要干什么,但心脏突突地跳,一种紧张感总是挥之不去。也许是有一丝丝已婚男人的愧疚,但那一刻他又确实不曾想到梁燕妮。也许因为有一种不安全感,陈青娥的男人霍原不就是因为这个差点儿栽了吗?虽然自己已不是体制内的官员,但体制内的自律思维仍然在发挥着微弱的效力。也许因为喝了这格格不入的洋酒?总之,齐东野在赤裸裸的小姐面前表现出的是彻底的沮丧,刚刚还一副大有作为的模样,临阵却萎靡不振。苏小姐并没表现出任何失望或轻视,反而愈加温柔地缠绕着他的身体,说:"你就是太紧张了。"

齐东野后来想起,他羞愧地承认,他不是一个能放下一切的人。赛红楼就这样完成了他由官而商的洗礼。尽管这洗礼让他感到如此颓丧,但从此,他已看清欲望的真相:在欲望的背后,站立的只是一片荒草萋萋的废墟。

第四章

6月，齐东野就收到了大河商学院的录取通知。7月开始学习，学制三年，每月集中学习四天，一年总共学习四十八天。三年下来，提交论文一篇并通过答辩，可获 EMBA 证书。7月28日，开班仪式在北京五星级酒店贝尔乐举行，以后每次学习，如无特殊变化，也都在这家酒店。

齐东野大学本科毕业以后再没有接受过学历教育。虽参加省、市、县党校的学习颇不少，但均非学历教育。辞官下海之后，他最期盼的就是补上这一课，认认真真学点儿经济和金融。

每人收到一份同学名录，上面不仅有联系方式，还有身份职位的介绍。粗粗一看，他就立觉自惭形秽，并有南郭处士滥竽充数之感。四十八名学员，其中有十名是部委司局级干部，约占20%。其余都是各行各业的老板，都是董事长或总经理。只有他一人是副职，一看就是打工的。但仔细看完这份名录并揣摩一番，他又感到来钓金龟的角色其实也不少。其中真正称得上女老板的只有四位，其中三位分别做房地产、特殊风味的辣椒酱、针织内衣，还有一位是华清池洗浴中心的老板。男老板年龄从三十八至五十九岁,其中有好几位煤老板、好几位房地产老板、三位互联网企业老板、两位钢厂老板、两位生物制药公司老板。按照惯例,每个班都要取个班号,均是直接用古代某位皇帝的年号。因上届叫"康熙",一位官员同学便建议越过雍正,因为雍正在位时间不长,取"乾隆"为班号,大家一致赞同。女学员共有十二位,故称"乾隆十二钗";男学员三十六位,故称"乾隆三十六天罡"。班号加上金钗、天罡,就成了清王朝与《红楼梦》《水浒传》的拼盘,细想真是错乱得可以,但也就是个名号而已,大家于是一笑,仿佛这些来自全国各地的学员,从此便一块儿穿越到了乾隆时代。

外地老板同学乍到京城,乍上如此高端的殿堂深造,都很激动,很活跃。官员同学则很低调,很客气。齐东野介于老板、官员之间,很觉尴尬,如同中部地区的自嘲一样:既非东部,也非西部,不是个东西。本来自我感觉未尝不是个人物,虽然下海不久,也没显出什么优势,可起码也是个待飞的凤凰或雄鹰之类,没想到一入学他便有些心灰意冷,觉得自己仿佛沦落为蝙蝠,徒长了一双会飞的翅膀,却不得已以一副老鼠的嘴脸示人。

齐东野想,求仁得仁,假若没有艾克蒙的力荐,那也是进不来的。何况,教学水平确实高,每次来讲课的都是经济界和学术界的名流,以前是只能看到他们的文章或转载的惊人之语,无缘得见,连个背影也看不到。有的学者善于用一堆西方概念术语进行地毯式轰炸,让你瞬间便感到自己的无知,顿时蒙圈,只觉得老师的形象高入云端;有的学者很接地气,很会讲段子,把一条原理讲得通俗易懂,课堂上笑声不断,学员们听得如醉如痴;有的学者则高深莫测,仿佛他讲的每一句话都是千金不换的秘诀,他不仅掌握着世界经济发动机的钥匙,还握有少数高层才知晓的绝密信息,当然,他语焉不详,擅用春秋笔法,让你去猜——你当然猜不到,这是他研究几十年的心得,岂能一下子传授给你们?学员们于是对这些名家愈加崇拜。不久,"制度""市场""股份""博弈""木桶""边际效应""囚徒困境""微笑曲线"等术语,同学们便都能脱口而出。他们一个个似乎都一下子具有了纵深的历史感和恢宏的国际视野,提到一个话题,一不留神,就能从亚当·斯密或凯恩斯讲起。

对于齐东野来说,EMBA 班就是个引子,就是个酵母:引他读更多的书,去从更宏大的视野去看社会、看经济、看人生。几个月时间,他就读了以往当官时十几年都读不了的书。他重又对知识有了如饥似渴的感觉,当他在电话里告诉梁燕妮时,梁燕妮都为他这种状态感到振奋。谈到齐绮的未来,他便提议齐绮读经济学。

当然,上课之余的生活也很充实。同学之间随着交流日多渐渐熟识起来。那些土豪老板,一请客便是"一网打尽",四桌,全班同学,高档饭店,而且鱼翅、龙虾、鲍鱼,凡是贵的都上。齐东野自感身份地位还不行,请客主要从效益出发,更注重分层次,注重点对点。有时,他请几位司长、局长去办事处打打牌、吃吃饭,顺便送点儿花老吉的购物卡。有时专请几位土豪老板,就请他们吃点儿土菜和野菜,教他们学会喝普洱茶,推荐他们关注艺术品投资——这是从梁兵那里学来的皮毛,让他们深知自己的品位有待提高。有时候,齐东野或请老板们到三里屯泡泡酒吧,或到赛红楼去体验一把,让他们极其震撼,当然,鉴于那一次与苏小姐的遭遇,他自己是从不玩的,他只是安排好而已。有时他请几位老板吃长江三鲜,席间专门安排几位著名书画家参加,酒后便信手写字画画,作为礼物送给这几位同学。这些艺术名家,他们过去交往不到,觉得高不可攀,因此便开始对齐东野刮目相看,知道这小子曾干过县长,如今在京城能量也非同一般。

到了 2005 年,同学中一多半有价值的,已经成为齐东野的知心好友。最大的煤老板老柳,有十二个煤矿,身价上百亿。最大的男房地产老板任为峰,光圈的地就多得吓人。女房地产老板黄小鸥,不显

东野三世

山露水,但身价早已几十亿有余。华清池老板邓菲菲人长得俏丽,离异多年至今单身,对齐东野有那么点儿暧昧的意思,齐东野故意装傻,却知道她足有一亿的现金流可以支配。那几个来钓金龟的,是带着解构者的使命来学习的,手段渐次开始施展,有几位土豪老板已经心旌摇动,但还远没到动摇的程度。解体一个建立几十年的家庭,比房屋拆迁还要艰难得多,这里边的得失计算不纯是一道经济题。三位互联网企业老板都是海龟,都在讲一个富有前景的故事,说到底就是想忽悠同学老板的钱。

2004年国庆节前一天,花老吉在南方某省的茶籽油厂破土动工,不用说,当地给的是最优惠的条件。更让吉世荣大为满意的是,开工典礼上,北京一位副部长亲临祝贺,某省的主要领导也悉数到场。这种高规格在以往是没有的,背后都是齐东野运作的结果。2005年2月,花老吉便给齐东野兑现了税后奖励三百万元。

第一次拿到这么多的钱,靠自己本事合法挣得的钱,齐东野本应心里踏实而骄傲,可他没有,仍旧忐忑不安,仍旧有几分心惊胆战。可能是没见过这么大的数额吧,他一时不知怎么做才好。全部存在银行当然保险,但他觉得获得感依旧不太真实。他跟梁燕妮商量了两个晚上,决定拿出一百万,先在清华大学附近买一处二手房,这样也算他们在北京有了一个窝,齐绮考到北京后虽是住校也有家可依。"剩下的两百万你就存在银行里,千万不要动,作为我们将来的养老钱。"梁燕妮说。齐东野心里不以为然:难道挣了这些以后就不挣了?因此,他虽然口头上答应了梁燕妮,心里却在琢磨投到股市中去。他还拿不准,下不了大笔投入的决心,但去年的摸索尝试,已经让他小有所获,他的心正天天为此躁动不安。

EMBA班开班一周年的时候,同学们又有一次全体聚会,在京城郊区的仙客来温泉度假村搞的。酒都喝得尽兴,然后是舞会,不会跳的居多,但有了十二钗的引领,也就胡乱跳了起来,有些群魔乱舞的风采,但只要不把舞蹈看作纯艺术,就当作是人类用站立的姿势搂搂抱抱的一项运动,而且伴着高雅的音乐、迷幻的灯光,毕竟多了些韵味,少了些粗鄙,又有何不可呢?

"舞低杨柳楼心月,歌罢桃花扇底风。"曲终人散,最后同学们或结伴或孤单,都醉意陶然地散去,回到房间泡温泉去了。齐东野清醒地看到,同学中最老的那位煤老板老柳,拥着开影视公司的卫甜甜走了。老柳大概是同学中钱最多也是危机感最重的男人,他已五十九岁,两个儿子、两个女儿都三十多岁了,但还没有确定将来让谁接班,他害怕触碰这个问题。他身边不缺年轻的女人,但他发现这次班上的女同学是些不一样的女人。他是玩儿女人的老手,他知道女人都是冲着他的钱袋而来,可他又不愿看到女人注视他钱袋的目光。三个比演员还漂亮的小女生,用各种含蓄或直接的方式接近他,试探他,他也在试探她们。他对自己在反试探方面的能力十分自信。这些女孩儿单独约他,请他吃饭,头几次他故意不埋单,这样就让其中的两位退却了,只剩下了卫甜甜一个。他对待卫甜甜的方式也奇特:请人家吃饭,不去饭店,去他在北京的一处寓所,他自己做菜,而且就翻来覆去两个菜——红烧肉和西红柿炒鸡蛋。吃完饭他就穿一条老粗布的大裤衩,斜着身子靠在沙发上,边抽烟边抠着脚丫子喝茶。

卫甜甜的穿着扮相比女学生还要清纯,笑声就像一股股清泉。每次吃红烧肉她都吃得很香,也不赞美他的手艺,只是吃得很投入。对于老柳抠脚丫子,她总是要在临走的时候才仿佛看不过去,嗔怪地用恨铁不成钢的语气说:"就看不惯你这老农民的习惯,不讲究卫生!"说完她就弯下小腰,抄起铁簸箕和小笤帚,唰唰唰打扫干净,然后喝令他站起来,把小胸脯靠过去,略带粗鲁地扯过他的手,用自己带的消毒湿巾——几乎要用去半包,给他擦手,一个手指一个手指地擦过一遍两遍三遍,最后用指头点着老柳皱纹深刻的额头,似怨非怨地说:"你呀你呀!"就像一个母亲对待在外边玩儿成泥猴回来的孩子。

齐东野每天总是早上五点钟醒来便再也睡不着,原因来自隔壁。隔壁萧建华和白苗苗两个人几乎每晚都不闲着,仿佛一万年太久只争朝夕,还总是弄出那么大的动静,尤其白苗苗娇滴滴的呻吟声简直难以忍受。夜里也就罢了,每天早上五点左右萧建华和白苗苗的"晨课",让他无法忍受。

早饭后齐东野把萧建华叫到办公室。萧建华仍然一口一个县长地叫着,齐东野只有这时候不去纠正,因为这也让齐东野产生错觉,而这种错觉只有萧建华在时才比较真实。萧建华是曾经的环保局局长,正科级干部,仿佛在他面前,曾经的北溟县县长齐东野才能够成立。

齐东野让萧建华坐下,两个人喝茶,聊天。齐东野说:"老萧,你和小白怎么干劲儿那么大?像抽大烟上瘾似的,就那么好,那么迷?就没有丝毫厌倦?长此下去,你这老身板儿能受得了吗?"

萧建华表情变得复杂起来,好像惭愧、骄傲、悲凉兼而有之。萧建华嘿嘿两声,笑着说:"县长,对不起啊,你之前对我暗示过,我也告诉小白了:'县长就住在隔壁,墙体隔音效果也不是太好,咱们要注意一点儿,声音要收着一点儿,要不嘴里就衔一条毛巾。换位思考一下,我们在这边男欢女爱,县长一人在那边独守空房,还不影响县长的休息和心情?'但是说了多少次,我能改,小白不改,所以还请县长多多包涵。"

齐东野说:"算了算了,我就当是'先天下之忧而忧,后天下之乐而乐了'。不过我有个事情不明白,你们只问耕耘,不问收获,难道不想要个孩子吗?"

萧建华说:"这是我的痛处——几年前医生就给我判了,只能取乐,不能有子了。"

"那小白就不想要？"

"我也没问过她。反正，就这么有今日没明日地过吧。"

下午萧建华和白苗苗两个人一起来找齐东野，说有事请县长帮忙，神情非常庄重。

萧建华说："你跟县长直说吧，县长又不是外人。"

白苗苗低着头说："老萧，还是你说比较好。"

萧建华说："是这样，小白来办事处时间也不短了，她忽然有个想法：想报个什么班，比县长那样的班差一些的就行——去学习学习，提高提高。我想她还年轻，想进步，这是好事，也是着眼长远，总不能让她一辈子干个服务员。"

齐东野乍听之下不无惊讶，心想白苗苗这女子颇有些心计，同时又为萧建华的话语所感动。在江湖侠骨已无多的今天，一点点良心、一点点真诚，有时都会让人莫名地感动。

齐东野爽快地答应了。鉴于当时各种培训班招生已接近尾声，他打了一圈电话，才联系好一个比较靠谱、学费也低的培训班——卓越总裁培训班，学费四万元。萧建华和白苗苗对齐东野千恩万谢，萧建华便从积存的五万元中拿出四万，给白苗苗交了学费。

2006 年 6 月底的一天，齐东野急如星火地赶回北溟：小舅子梁兵出事了。梁兵被拘留在县公安局看守所，有人举报称梁兵参与了某盗墓团伙作案，证据在梁兵的古玩店里，是墓中被盗的汉代玉带钩一枚。

梁燕妮为梁兵的事着急得不行，觉得梁兵看来在劫难逃了，恐怕至少要蹲几年大狱。他自己蹲监狱也就罢了，扈海棠怎么办？梁兵的丈母娘扈冬菊本就不满意这桩婚事，好在扈海棠坚贞不渝，坚称即使梁兵坐了牢她也等他。这边正闹得鸡犬不宁，岳父梁老汉又火上浇油，说自己早有先见之明，梁兵整天鼓捣那些坟墓里出来的玩意儿，赚死人的钱，阴气太重，必有报应。齐东野已经顾不上太多避忌,他带上一名律师去见了梁兵,先问明情况再作计议;实在违法,恐怕也难通融,证据最为重要。

从梁兵陈述的情况看,那块西汉汉武帝时的玉带钩是梁兵去年从一个朋友那里买的,他不知道它的出处和来路。几年前,齐东野曾警告他买墓中出土的古玩一定要长个心眼儿,免得沾上盗墓团伙的麻烦。梁兵对齐东野的话还是听的,他从那儿之后每购进一件古玩,都要求出售者在打印的格式化协议上签字。这份协议上写明:北溟天一阁古玩店拒绝收购一切通过盗墓等非法手段得来的文物。因本人鉴定水平有限,如有违法,出售者责任自负。而且这份格式化协议是在文物局备了案的。由此可知梁兵是个做事精细之人。

梁兵买入的这件玉带钩,出售者在协议上也是签了字的。这是最为有利的一条。即便出售者是盗墓团伙成员,梁兵也可以因不知情免受法律处罚。而经过公安部门预审,也很快确定出卖者本人未参与盗墓,他是从盗墓者的亲戚手中得到的,又转手卖给了梁兵。所以经过一个星期的折腾,梁兵终于被无事放出,算是虚惊一场。梁兵说:“多亏姐夫出面,余威犹在,不然我吃苦头是难免的。”齐东野说:“法律是条底线,是你自己救了自己。以后一定要守住这条底线,不然谁也帮不上忙。”

然后大家又议到这次举报,认为有些蹊跷。梁兵买玉带钩事情已久,盗墓团伙则刚刚被抓,且都是惯犯,他跟他们其中任何一人都不相识,为何第二天便有了举报?梁兵猜测,这肯定是背后有人使暗招,针对的对象可能不是梁兵,而是齐东野。

齐东野说:“我都辞官快两年了,谁还惦记我?我难道还有仇人不成?”

梁兵说:“玉皇集团的王柏年算不算?艺术小镇项目,因为姐夫的原因当时被搁置下了,至今还停在那里。王柏年难道不记恨?你退了他的画难道他不记恨?我记起来了,就在我被公安抓走之前几天,那个寸头——王柏年的司机,好像到过我店里,看了好几件古玉,其中就有那件玉带钩。"

齐东野说:"当时我之所以没同意玉皇集团独家投资独家运营,完全是从北溟县的利益出发的,没有半点儿私利,也不是故意刁难王柏年,我只是想让他让出一点利益,一方面不要独吞,一方面确保项目未来的功能和效益。"

梁兵向齐东野透露了一个重要信息:现书记侯方生对玉皇集团似乎也不满意,因为又有不少领导推荐了一个地产巨头,实力绝非玉皇集团可比,可能侯书记还在权衡中。

你来真的,我也只好来真的了!齐东野心想,我已退出官场这么久,又没得过你任何好处,你王柏年为何对我记恨如此之深?还对我小舅子下手如此之狠?

不久,一封封举报信寄到东夏省领导、北溟市领导和北溟县领导及各大银行领导的案头,详尽地列述了玉皇集团的财务状况和房地产建筑质量问题,有图表,有照片。还有一些揭露玉皇集团和王柏年种种劣迹的帖子在各大网站出现。举报信的效果是暗暗地产生的,网上的舆情传播,就更让玉皇集团招架不了,花了不少的钱,被一些删帖公司趁火打劫,玉皇集团费了好大的劲才把网上的火灭了。但火虽然灭了,王柏年志在必得的艺术小镇项目从此彻底与他无缘,他只好黯然退场。

齐东野这次回北溟县处理完梁兵的事,又多待了两天,他觉得原先还比较模糊的一些构想,现在已基本成形。梁兵事件给他带来很大的刺激,也促使他尽快推进这些计划。他本来想,自己由官而商还不到两年,已得到这么多,相比自己干公务员,已经相当满意了,不要再有太大的野心了,没想到王柏年竟然还记得他,还敢因他之故对梁兵下黑手。看来在商海里如果甘做一个小人物,守也是守不住的,不进则退。

182

齐东野把梁兵与陈青娥找来,详谈自己的两项计划。一是浪莎美容机构总部设到北京,大部分资金和高端培训也放到北京。陈青娥根据齐东野的建议,从去年起已发展连锁经营,现连锁店和加盟店全国已达到一百多家。连锁经营统一品牌,统一管理,统一采购,统一营销模式,实现了品牌和效益的快速扩张。会员制销售模式日臻成熟,会员人数已过十万,丰沛的现金流让浪莎美容机构在美容行业绝对名列前茅。三年之内连锁店达到三百家基本可以预期。

　　二是梁兵在北京成立文化公司,下设画廊、古玩店、广告公司以及艺术装潢、信息咨询、展会等业务的分公司。梁兵说:"打小就没离开过北溟,到北京我行吗,姐夫?"陈青娥说:"我不是跟你一样?事情不试怎么会知道?谁也不能一口吃成胖子,我反正就听齐大哥的。"齐东野说:"你搞书画古玩,在北溟也算首屈一指了,北溟也有江北最大的书画古玩市场了,但我认为仅仅局限于北溟是没法做大的。不到北京不知道,有钱人都在往北京跑。哪里有钱人多,哪里才有钱赚,这是最简单的道理。此外,在北京,可以做全国的生意。'登高而招,臂非加长也,而见者远;顺风而呼,声非加疾也,而闻者彰。'你可以把能置换变现的大路货能出手的加速出手,最后带着精品进京就行。"

　　"第三项计划我本想暂不透露,现在我也说个大概。"齐东野说,"我准备成立一家投资公司,拉两三个 EMBA 班的同学加入,再把艾克蒙拉进来。如果陈总信得过,也可以加盟进来。"陈青娥连忙说:"好事千万不要落下我。"齐东野接着说:"投资公司未来主要投资生物制药、互联网等,包括生产玻尿酸的企业都在此范围之内。"陈青娥若有所思地插话道:"如果咱们自己能生产玻尿酸,那可太好了,现在好的玻尿酸都是外国的。"

　　"至于房地产投资做不做,那要看形势的变化。"齐东野说,"在投资方面,因为必须预估风险,所以选准产业和项目是关键。我们设置两种方式,一种是一次性回报,按照利润的至少 10% 回报。第二种是长期回报,把投资变成股权,根据股权比例年年分红;若是有急需资金的可以转让股权,公司上市时可以套现。基本目标是风险可控,回报可观。"

听了齐东野的分析,陈青娥和梁兵有一种身处黑暗的小屋猛然打开一扇窗的感觉,马上清爽透亮。他们不禁自愧,小富即安和坐井观天是他们最大的羁绊。

"若干年后——也许用不了几年,回首再看北溟,你就会发现它是那般渺小和微不足道。"说到这里,齐东野不觉有些抒情的意味了。

风风火火而又有条不紊,是陈青娥多年商场历练形成的风格。短短三个月,她就把公司总部转移北京这么一个大工程办妥了。她租了建国门外的一个办公场所,变更了公司工商税务登记,为儿子霍海洋搞定了一所寄宿的借读学校。这些事哪一件都不好办,有的要反复选择,有的要动用或遇到特殊的关系才行,有的则要到政府部门办理各种手续,而那些手续从来不会让你一次搞明白,所以只有有过这些经历的人才知道今天的营商环境是多么来之不易,多么需要倍加珍惜。

三个月里,陈青娥还遭遇了她人生中的一大不幸。丈夫霍原酒驾,把车开进了沟里,车翻了好几个个儿,车倒完好无损,可人死了。那天晚上他参加一次交通突击检查,任务完成后,几个弟兄非要拉他喝两杯,于是就多喝了几杯。走的时候,大家都劝他在附近找个地方住一晚,等明天一大早酒醒了再走。他们还笑话霍原:"知道你老婆又漂亮又会挣钱,没想到真的离开老婆一晚上都不行。"霍原大着舌头说:"只——只要在北溟县境内,我就不能在外边过夜,不然回去要挨骂的。"

面对丈夫冰冷的尸体,陈青娥只有哭,只有骂。她哭霍原,哭他半道扔下她们娘儿俩不管;哭自己,哭自己多年来单枪匹马打拼,哭自己压抑太久的委屈。她骂霍原,骂他不听劝,总忌不了这口酒,最终被酒害了,连带骂他那帮狐朋狗友;她也骂自己,骂自己有时候对丈夫管束得有些严。丧事办得让她心力交瘁,很多人——包括齐东野都打电话劝她,怕她难以撑过这一关。这期间,梁燕妮天天都去陪伴,用了各种方式劝慰,让她为了孩子,也得把塌了的天顶起来。一开始,公安局说什么也不同意给霍原一个因公殉职,多亏齐东野背后运作。拿到抚恤金后,陈青娥分文不留,全部捐了出去。

　　相比之下,梁兵的进京筹备工作就有些拖泥带水。先是岳母反对,说自己就这么一个儿子,成天在眼前晃悠,虽然常常惹自己生气,但一旦离开就受不了。幸亏梁老汉支持,他说他相信跟着东野没错,说不定还能混出点儿名堂来。

　　后来没想到梁兵的岳母也成了大大的阻力。扈冬菊原先死活看梁兵不顺眼,待他们结婚后,感到渐渐顺眼些了。扈冬菊坚决反对梁兵去北京,说,北京是什么地方? 小王八小虾的,在个县城扑腾扑腾刚刚好,到北京就得淹死,真淹死了连个泡泡都不起。她还悄悄对女儿说:"梁兵这小子必须防着点。你知道不,你爹当年就是出轨,我们就分道扬镳——你就成了没爹的孩子,你才随了我姓。所以我反对梁兵去北京,要不然他去你也去,你去我也去?"女儿扑闪着一双海棠含露般的眼睛说:"妈,你也去,那真是太好了,咱们把如意酒楼搬到北京去!"扈冬菊说:"我哪有那本事!"女儿说:"那你不是说我去哪儿你就去哪儿吗?"梁兵正好进屋听见了,就说:"我同意海棠的主意,我更相信扈老板的能力,咱们一起走,女婿跟着丈母娘闯北京!"

　　除了节假日,浏览股市行情和察看自己买入的四五只股票,是齐东野每天例行的课目。股票的涨涨跌跌,让他的心怦怦直跳。他记起小时候曾养了几只白兔,白兔怀孕之后,他便每天四五遍地去看,用手探摸每一只白兔温软的身体,盼着它们快快地生出小白兔,多多地生出小白兔,最好一窝上百只。他此刻就是这样一种心情,但股市低迷得很,他似乎一直没有看到白兔怀孕的征象。他有时向更多

185

的炒股高手请教,希望得到一些秘传,请他们荐股,但往往意见大相径庭,让他莫衷一是。陈青娥知道齐东野在炒股,也听说许多人炒股发了财,她有些心动,希望他带她炒,委托他炒,并答应借他一些钱去炒,赚了大家一起分,赔了算她的。齐东野严肃地说:"我自己还搞不明白的事,怎么能帮别人去干?"他劝陈青娥不要有投机的想法。他不让她炒股,但推荐她选择适当的时机去投资有关企业还没发行的股票。只要选的企业行情看涨,一旦上市,回报将是十分可观的。

齐东野 EMBA 班的同学,总体资源还是可以的,老板们的身价,平均下来哪个都不低于三个亿。三个互联网老板是无底洞,一直在烧钱,烧的钱早就五亿不止了。华清池老板邓菲菲虽说主业单一,层次不高,只经营洗浴,全国各地店也不多,只有二十多家,可家家在当地都是规模最大、生意最火的,每天都有真金白银的现金流入。尽管她为人极低调,身价也不会在两亿以下。至于齐东野自己,那就很惭愧了。

齐东野与同学们相处得十分融洽,他过人的智慧和能力也日渐被同学们认可。记得开班不久后搞的拓展训练,在高台跳水和空中过断桥项目,这些腰缠万贯的同学,这些在商海碾压过无数竞争对手的人物,多数都两股打战,不敢迈步。特别是在过空中断桥的环节,有几位老板在上边犹豫达半个多小时乃至一个小时。而齐东野都是没有丝毫的犹豫,一跳而过。背摔的时候也是,这个项目主要测验对团队队友的信任度。一个人双手放在脑后,站在高处,向后边的空旷处倒去,当然下边是队友齐刷刷伸出的双手连起来接着,但这些初次走在一起的同学心里却畏惧得不行,谁都不愿做第一个背摔者。齐东野就做了第一个,一下子消除了同学们的心理障碍,也打开了队友之间的信任之门。

还有一次,是夏秋之交,全体学员在阿拉善沙漠参加了一次代号"沙漠之光"的徒步探险。其实也没有所谓的险可探,只是比较苦和累而已,但对他们来说也绝对是一次极限挑战。徒步穿越五十里的沙漠,可以带吃的和水,多少自便。早晨五点出发,晚上十点到终点集合。据这项活动的组织方称,最快的一个团队晚上六点到达终点,用时十三个小时。大多数队伍用时都在十五个小时左右。在最初的三个小时之中,同学们还有说有笑,感到新奇而又刺激。待太阳出来之后,便一步步艰难起来。不让一个同学掉队,是这次活动的首要目标。因此大家互相鼓励,咬牙前行,谁也不想认孬。待到行程过半,有同学已经萌生退意,想以身体不适为由退出。但谁都不愿第一个退出,所以都只是在心里想,谁也不这么做。有的同学走了不到一半的路,带的鸡蛋、火腿和牛肉干就差不多消灭光了。有的同学走了不到三分之二的路,水就喝光了。有的同学干脆把外套也扔了——出发时沙漠的早晨还比较凉;有的直接把双肩背包也扔了,就为了减少负重。到最后五公里时,年龄最长的老柳支撑不住了。他说早年自己得过哮喘,再走下去,怕是要犯,那就会有生命危险。在这大漠荒野,他实在不想冒这个险了,请求谅解。随行有一个保健医生,专门用听诊器听了老柳的心肺,表示同意,老柳就爬上了组织方的越野车当了逃兵。班长是位年轻的司局级干部,他很看不上老柳这一出,他向同学们喊起话来:"同学们,老柳是个大孬货,做人不能做老柳!你不挑战自己的生命极限,你怎么知道自己有多大的潜能!说到家,老柳他本来就没有资格参加我们这个 EMBA 班,他给我们班丢人!同学们,坚持下去就是胜利!最困难的时候已经过去!"别说,一个团队,还就得需要这样的人,于是再没有人提离队。后来,这位司长不到五十岁便成了一名正部级干部,这是后话。

齐东野是山里长大的孩子,从小就有较好的耐力。他一开始走在队伍的中段,并不显山露水。后来他渐渐居于前列,到了最后十里的时候,已经走在前三。第一是任为峰,这小老头儿不愧是登山健将,多年登山积下的功夫,让他在沙漠里也是游刃有余。他几乎悠悠然而行,但一直走在第一名。第二名出乎所有同学意料,竟是卫甜甜。原来,她读电影学院之前,曾有多年长跑的经历。如今或许受到爱情的激励,劲头就更足了。齐东野无心争这第一第二,他就稳稳地处于第三位。在最后七百米的时候,大家都已弹尽粮绝,水也统统喝光。这时候,大家才为齐东野——这个平时在班里并不多言多语的同学所震惊、所折服:他身上竟然还背着三十瓶矿泉水、好几袋牛肉干、七八个煮鸡蛋!这些都匀给了筋疲力尽的同学们。齐东野发现,落在最后的几个都是男生,女生再差也在中游,还有两个在上游,像邓菲菲,都在前十名之内。

"沙漠之光"活动之后,有同学对齐东野开玩笑说:"这个班的课你可没有白上,今后天下人饿死一半你也不会饿死,因为全班老板同学都会给你一个副总干,年薪不会少于五十万。"齐东野心想:这帮孙子太小看我了,予志岂在此哉!

一个周末,齐东野请他的司长同学约了药监局一位处长到办事处小聚,也把陈青娥叫了来。虽然齐东野与咪咪生物科技公司的人曾经很熟,并且帮过他们较大的忙,但自从齐东野被拒之后,他们之间就没了任何来往。齐东野惦记着这家企业,因为他看好这家生产玻尿酸企业的市场前景。齐东野深知自己不能出面,要促成陈青娥入股咪咪生物科技公司,须从医药主管部门入手。大家相谈甚欢,有司长介绍,处长自然乐意助力。齐东野佩服陈青娥做事的能力和魄力,她第一次见面就给人以真诚、大方、慷慨、侠义的印象。她给每个人送了一套高档化妆品套装礼盒,每个盒里还有美容卡两张。陈青娥说,不成敬意,事成之后必当重谢。于是,陈青娥仅仅去咪咪生物科技公司考察了三次,咪咪生物科技公司便答应北京浪莎美容连锁经营公司入股。浪莎以现金分次入股,两个月内已占到股份的20%;后来又陆续收购了一些小股东的股份,最终占股25%,成为咪咪生

东野三世

物科技公司两个大股东之一。咪咪生物科技公司正在发展初期,亟须主管部门政策上的支持,因此他们很看重陈青娥的背景。浪莎美容连锁经营公司已在全国有五百多家分支机构,原来只是咪咪生物科技公司的潜在客户。虽然现在以用外国产玻尿酸为主,但陈青娥成为咪咪生物科技公司的大股东后,浪莎就会变成其实实在在的客户。齐东野又如法炮制,让一位东夏省的领导居中介绍,又让艾克蒙进入咪咪生物科技公司,只占 10% 的股份。咪咪生物科技公司乐得接受,因为艾克蒙的公司在医疗器材领域名气很大。但咪咪生物科技公司上市仍然进展缓慢,齐东野对陈青娥说不要着急,所有有价值的东西都有一个培育期。

2007 年 11 月底,梁兵终于带着他的文化公司落户北京,这时孕肚已经十分明显的扈海棠也寸步不离地跟着他进了京。有人笑话他,他就说,秤杆不离秤砣,秤砣不离秤杆。扈冬菊没有来,她说等女儿生了外孙立马就来,现在还有一摊子事需要处理。

盼了好久的第一场雪,似乎就要下起来了。古典小说中一写下雪,总是先"彤云密布",这是有道理的。所谓彤云,就是灰沉沉紫洇洇的云层压得越来越低,潮湿滋润的雪意仿佛就在头顶盘旋着。这天晚上,齐东野约一位副部级领导和几位京城收藏名家吃饭,当然梁兵也在名家之列。酒足饭饱之后,大家又一番畅聊,结束时已经是十一点多的子夜。齐东野到院门口送客回来,刚关了门,又听得门响,一看,是白苗苗回来了。是一辆路虎越野车送她回来的,那辆车亮着车灯,正在驶离。

这是齐东野第一次碰到她晚归。其实,白苗苗进了卓越总裁班就读之后,晚上经常回来得比较晚,办事处的工作人员都已知道,给她留着门。也有偶尔不回来过夜的情形,萧建华的脸色第二天便十分难看。大家发现,白苗苗的打扮也已不同以往,最明显的是头发,有时高高盘在头上,有时剪成短发。衣服款式也换得勤了;整个人显得快活而自信,而且多了一点点不那么讨厌的故作矜持,气质便从这矜持中若有若无地浮现。如果说以前的白苗苗是羊脂球,那么现在,就很像一个出自顶尖高手的最丰腴的女体玉雕,具有了艺术品的神韵和风致。

雪是直拖到凌晨三点多才下的,是无风的静雪,早晨起来,满院子积了厚厚的一层。雪还在不紧不慢地下着,齐东野最喜欢这种下雪的节奏。但雪来得如此悄然,又让他感觉美中不足,仿佛一位心仪已久的好友有一天做了不速之客,他没有来得及到院子中亲自迎接,终有一些遗憾。

白苗苗推门出来了,后面跟着萧建华,萧建华手里拉着一个拉杆箱。齐东野立在院中看雪,工作人员抄起扫帚要扫雪,齐东野不让,说,好不容易盼来一场好雪,别说现在还下,就是停了,两天之内也不许清扫。

看到萧建华和白苗苗往大门外走,齐东野喊停了他们,问萧建华:"这是要往哪儿去?是要回北滇吗?怎么连声招呼也不打?眼里还有没有我这个办事处主任啊?"

萧建华说:"不是我走,是苗苗要走,我送送她。"

齐东野说:"怎么,小白要走啊?那也得跟我打声招呼啊。"

白苗苗说:"我想跟县长说的,老萧不让我说。"

萧建华说:"县长,我先把苗苗送走,回头咱们再说。"

白苗苗只让萧建华送到门口。在门口,白苗苗说:"老萧,咱们没有走到头儿你不要怪我。"

萧建华说:"我不怪你。"

白苗苗说:"换洗的衣服都叠在柜子里。你那颗老疼的坏牙有空儿去看看,能补就补一补。还有,今后不要再抽那么多烟了。"

萧建华说:"我记着我记着。"

这时胡同口有一辆车摁了三声喇叭。白苗苗掸了一下刘海儿上的雪,转身就走了。

萧建华呆呆地站在门口好久,似乎也没有再向胡同口远望。雪花莹莹地落在他那又粗又黑的两道眉毛上,眉毛不一会儿便全白了。

齐东野站在办公室的门口看雪,听雪。他想:白苗苗就这么走了? 不回来了? 难怪昨天晚上隔壁没有动静。他又细细回想,似乎隔壁已经很久没有明显的动静了。可能是自从白苗苗上了那个班以后不久吧。

萧建华慢腾腾地走到齐东野面前,叫了一声县长,齐东野才发现萧建华过来了。于是两个人坐下,沏上一天里的第一壶茶。萧建华的眉毛湿漉漉的,内眼睑发红,外眼圈儿发黑,半天不说话。

齐东野说:"你就这么让白苗苗走了? "

萧建华说:"结束了,全部结束了。"

齐东野拍拍萧建华的肩头说:"你睡了人家十几年,从小姑娘开始,也该知足了,也该放手了。"

萧建华老泪纵横,泣不成声:"就是就是,我担不起这样的女人。这样对她好,对我也好。这些我都知道,可他妈的我心里就是难受啊县长! "

第二天一早,齐东野刷完牙后用剃须刀仔细清理一脸野火烧不尽的络腮胡子。白色的泡沫夹杂着须楂,经齐东野指尖在刀片上一抿,便无声地落入垃圾桶里。萧建华在门外说:"县长,我在外边等你。"

齐东野看到了萧建华脚下的帆布包。萧建华和白苗苗私奔,只带了这个包和一个拉杆箱,拉杆箱是那年萧建华出国考察时在德国买的。齐东野疑惑地说:"怎么,你这是要走吗? "

萧建华说:"要走,马上就走,北京这里我一刻也不能待了。"

齐东野说:"在这里起码还有不错的收入保障,你要到哪里去? 挺大年纪,又没有一技之长——"

萧建华说:"回北溟呀。昨晚就给儿子说了,我跟白苗苗结束了,想回家了。"

齐东野说:"那我开车送你去车站吧。"

萧建华坚决不让,说:"小田送我就行了。"说着,他把一个小蓝布包递给齐东野,里边有五万块钱。萧建华说:"苗苗死活要把这钱留给我,原先是我替她出了学费和生活费,她这是明摆着退给我了。但这个钱我绝对不能带走,也许有一天苗苗会用得着,她在北京又没有一个亲人。就请县长替她保管吧。"

下雪不冷化雪冷。雪后风紧,融化了小半的雪又冻住了。萧建华瑟缩在一件单薄的旧羽绒服里,简直就像被风吹灭的一截蜡烛头。他连早饭也不吃,固执地要去赶最早一班火车。齐东野便把萧建华送到胡同口,叮嘱他多多保重,要是在北溟待不下去了,可以随时回来。萧建华噙了满眶的眼泪挥手作别。

萧建华赶回北溟县,却是在医院的太平间里见到了妻子最后一面。他设想过回来和妻子见面的无数场景,比如妻子对他无尽地嘲骂,脸上飞满愤怒的唾沫;比如没头没脑一顿乱打,哪怕拳头和鞋子双管齐下,他也不会还手。但没想到妻子是如此地决绝。妻子孙红霞退休前是县邮电局的工会主席。萧建华已经故去的老丈人曾是县邮电局的局长,萧建华最早不过是一名邮递员,是临时工,腿快眼快嘴甜。于是局长一眼看中了萧建华,便把女儿许给了他。孙家人说什么也不让他揭开白布单,让萧建华看孙红霞最后一眼。萧建华跪了很久,现任邮电局的工会主席才勉强允许萧建华看了孙红霞最后一眼。孙红霞闭着眼睛,倒没有死不瞑目,这让他心中稍安。只是孙红霞嘴角依然有那么一丝冷笑,那是平时就有的,可还是让他打了一个寒噤。

遗体告别仪式人们也不让萧建华参加。邮电局的全体职工都来了,穿着清一色的邮电绿制服。他们都对站在吊唁厅外的萧建华怒目而视。萧建华在县污水处理厂工作的儿子儿媳和小孙子小杰,也

东野三世

对他一副冷漠的神情。

待遗体告别仪式结束,儿子萧光递给萧建华一张纸条,上面是孙红霞的遗言:

老萧:

你和白苗苗私奔到哪里,我是管不了的。但听说你被白苗苗那小妖精抛弃了,要回来了,我却不能接受。我只有一死,我再也没脸活下去了。我不恨你,我只恨那个小妖精,恨我自己。

我本想一根绳子吊死,考虑到死相太骇人,会让住在这房子里的孩子们感到害怕,将来这房子成了凶宅,要卖也卖不上个好价钱,我就选择了喝安眠药的死法。

老萧,是你毁了我这一生。下辈子我也不会放过你。

孙红霞

儿子儿媳均没有表现出让萧建华回家的意思。萧建华没办法,当天又坐上了返回北京的火车。不过他没有再回花老吉办事处,他又回到了表弟最初给他介绍的机关招待所。

EMBA 班同学在仙客来温泉度假村的那一夜,老柳和卫甜甜相拥进入了他自己的房间,但他并没有得手。卫甜甜烈女一般地拒绝了他。不久,老柳的一座矿山出了透水事故,死了几个人。一些小报记者轮番去找老柳的麻烦,其实就只为几个封口费。但这已足够老柳焦头烂额了。等到回京再参加一月例行的学习,老柳发现,卫甜甜已经琵琶别抱——跟班里那位五十五岁的房地产大佬任为峰好上了。任为峰身材中等,干瘦精壮,是知名的登山达人,曾经登顶过珠峰,好像是老板登山爱好者中唯一的一个。任为峰离异多年,爱上登山运动之后表示,今生不会再为红颜心动,一心爱好只是登山,除了登山,还是登山,要铁鞋踏遍天下岭头云,决不再把桃花嗅。老柳心下鄙夷地说：老任这不是出尔反尔打自己嘴巴吗？可他不知道，世间事原本难说，现实中的女人往往视男人为水，而男人总是以女人为山。男人搞定一个相当有难度的女人，无异于攀登一座险峰。无限风光在险峰，险峰是不是都有无限风光，那是如人饮水冷暖自知的事，但登险峰之乐，也就在这一个"险"字。女人视男人为水，这道理就深了，已经超出了上善若水的哲学范畴。其实，在女人眼里，男人作为水既是必需品，又是滋养品，只有有钱有权的男人才是水。可叹芸芸众生，被贾宝玉一句"女儿是水做的骨肉，男人是泥做的骨肉"给误了。

　　任为峰接盘卫甜甜的事，已经在全班同学中公开，并且二人已选好了大喜的日子。这让齐东野大跌眼镜，甚至因此质疑起任为峰在房地产行业的投资眼光来：这么一个卫甜甜，色相也未见得有多出众，我见犹弃，是凭借什么小把戏就轻松攻破了他的金刚之体？老柳却似乎幡然悔悟，从此彻底放弃了以前的红烧肉战术，主动出击，不再跟小女生绕弯子打迂回战了。不出一个月，他就把班里容貌最出众，原先对老柳毫无兴趣的梅思凡搞到了手。令老柳欣喜的是，梅思凡有一流的大局观，很难得地认同传统道德规范，全然没有那种小市民的市侩气和势利。她绝无意于破坏老柳家庭的稳定。她不计较名分，无视所谓小三的骂名。她觉得一个优秀女人和一个优秀男人走在一起的理由只有一个，那就是爱情。这使饱经沧桑的老柳如获至宝，很快就答应投资一部电影，前提是由梅思凡出任女二号。

　　齐东野跟吉世荣约定只在花老吉任职两年，期限临近，齐东野便做好了退出的准备。这时候，由三位煤老板同学、两位房地产公司老总同学、陈青娥和艾克蒙共同投资，齐东野任总经理的维鲸投资公司正式成立。吉世荣恳请齐东野再留任一年，齐东野没有办法，只好两边兼顾。吉世荣看好齐东野手中的资源和运作能力，所以把花老吉一年一个亿的广告费也交给齐东野的小舅子梁兵的公司代理，利润少说也有三百万。齐东野嘱咐梁兵，虽是看他的面子，但业务一

东野三世

定要帮人家做好。北滨市和东夏省在京成立商会，力邀齐东野出任副会长，齐东野推辞了，说自己只能在幕后出些力，台前就让别人干去。于是陈青娥出任了东夏省北京商会的副会长，梁兵出任了北滨市北京商会的副会长。他们两个人需要这种身份，有了这层身份，做生意会便利一些。

陈青娥和梁兵进京之后都开始提升学历，这是齐东野逼他们这么做的，起先二人很不乐意，说大的方面已经有齐东野掌舵，做生意谁还看什么学历。陈青娥读了一所名校的工商管理硕士，也就是MBA，同学都是在职老板，轻松便能拿到学历。但陈青娥知道知识的欠账终究是欠账，早一天补上早一天轻松，所以学得颇苦，收获也大。梁兵报了国家文物局和故宫博物院办的文物鉴定培训班，获得了一级文物鉴定师和艺术品鉴赏大师的资格证书，特别是他拜了有"民国四老"之称的万老的儿子为师之后，身价顿时鹊起，日日一身唐装，摇一柄羽毛扇，在京城书画古玩界如鱼得水，每天活动安排得忙不开，越来越像《红楼梦》中冷子兴一类的人物，也越来越像个一线走红演员似的，动不动就说自己没有档期。

花老吉这个家族企业如今能做成全国知名品牌，齐东野居功至伟，吉世荣父子不仅认可他，而且都与他交心。吉世荣有一段时间故意退居二线，把总经理的位置让给了儿子吉鹏，后者的两位姐夫仍然是副总。吉鹏有年轻人的一腔热血和干劲，他又是从市场营销一步步干起来的，所以一上任便大刀阔斧，施行了一系列改革，几乎把中层干部全部调整了一遍，销售业绩直线上升，上上下下对小东家渐有少帅之誉。然而，仅仅半年，吉世荣却突然把吉鹏给撤了，让他仍然只挂副总，连明确的分工也不给他，以前分管销售，现在也不让他管了。吉世荣这样做，是因为仅仅半年他就尝到了做太上皇的滋味。大权旁落，他的办公室与儿子吉鹏的紧紧相邻。在那段吉鹏主政的日子里，不再有人来找吉世荣请示和汇报工作，而吉鹏的办公室却人来人往,等待接见的在门口排队。

吉鹏到办事处找齐东野诉苦,说就是闹不明白,自己当老总干得好好的,为什么老爷子就把他撤了。俗话说疏不间亲,这是他们吉家的家事,外人是很难插嘴的。齐东野说:"你不要只看到自己的委屈,你也要多理解你父亲。花老吉是他一手养大的孩子,就仿佛他的命一般,哪儿能说让出就让出。"吉鹏说:"企业是他的儿子,我还是他的亲儿子呢,又不是给了外人。"齐东野说:"这不是感情的问题,这是一个权力的问题。古代那么多朝代那么多皇帝,有几个是父亲在位就把皇帝宝座让给儿子的?你多读点儿历史,就会明白了。哪个父亲不爱儿子?但爱儿子与爱权力是两回事。"

"那我就这么窝窝囊囊地混下去?无所事事,无所作为?要等到老爷子干不了的那一天才能有出头之日?"

"那倒不是,你其实可以有很多的选项,只要你不觊觎老爷子手中的最高权力。"

"我能干什么?我都感觉自己快被憋死了。"

"你可以自己另起炉灶,比如成立一家投资公司,选一个与花老吉产业无关的领域,投资一个新项目。"

"我要这样做老爷子不会反对?"

"不仅不会反对,老爷子反而会对你大力支持。"

听齐东野说到这里,吉鹏两眼放出灼灼的光来。

第五章

在 EMBA 班同学中，华清池的老总邓菲菲算是失落感最重的人。她邀请同学们到她北京的洗浴中心又洗又泡，还专门安排了东北二人转专场演出。同学们都感觉很不错，但内心里还是对她这个洗浴老板有些看不上，几乎没有乐意带她玩的。她很想到山西、陕西也搞几个矿，但煤老板同学都不接茬。她也想尝试做点儿房地产生意，但几位房产老板都不愿意她进入，说，现在楼市低迷，不让你进是为你好。邓菲菲不明白个中道理：同学各干一行，大家你好我好，若成了同行，就无形中成了竞争对手了。但当邓菲菲很不满地与齐东野谈起同学们不帮她上述忙时，齐东野却痛快地答应帮忙。齐东野正好通过一位领导的关系，认识了山西一位地级市的市长老柴，这种关系闲置也是闲置着，他就决定帮邓菲菲一把。

齐东野牵线搭桥，约了老柴在京城相见。他知道这位柴市长生性谨慎，到北京办事，都是一进宾馆，连秘书、司机都支得远远的，不让他们知道自己见什么人、办什么事。因此齐东野就把这次见面直接安排在了华清池。二人都穿着洗浴中心的一次性黄缎子短褂和短裤,手腕上缠着手牌,可谓赤诚相见。柴市长很满意这种见面方式,称自己也乐意以这种方式跟那些商场中人谈事,这样才有安全感。洗浴中心的自助餐以海鲜为主,各种酒也有,白天洗浴中心人又不多,他们且吃且喝且聊,就把关于买矿的事谈了,条件是送他北京二环以内两套房子、一辆路虎越野车(要挂京牌)。齐东野再三解释说,这矿的确不是他自己买,是他一个要好的小妹要买。柴市长用洞穿一切的目光说:"我明白我明白,你和小妹还分彼此?两个人不好到穿一条裤子还能为小妹揽这事?"于是齐东野就把穿一身粉红短褂短裤的邓菲菲约过来与柴市长见面。柴市长色眯眯地说:"老弟果然好眼力。"齐东野便把一应条件当面跟邓菲菲说了,邓菲菲当然都满口答应,对柴市长一口一个柴哥叫得特亲。然后邓菲菲安排柴市长进了贵宾包间,叮嘱两位美女技师给领导做好护理。后来邓菲菲便去了几趟山西,不几个月就把两个品位极好的矿拿到了手,让班里几个煤老板同学既惊且气,却又不得不服。

因为有了这层关系,邓菲菲与齐东野便走得越来越近,齐东野却开始刻意疏远她,因为他不想与离异多年、已四十八岁的"邓绯绯"之间产生绯闻。他知道他一旦稍有松动,便会滑入这绯闻的旋涡。后来邓菲菲又找他办儿子北京户口的事,说被几个人忽悠了三年,冤枉钱花了不老少,可人已经见不到踪影。齐东野又通过一个老乡关系把这个事给妥妥地办了:先到一家大国企挂名一年,将户口落了,人再转走,合理合法,了无痕迹,花的那点儿费用简直不算什么。邓菲菲为了买矿和给儿子办户口的事,执意要答谢他,说给他三百万,这是市场价的底线,给他五六百万也在情理之中。齐东野说,都是同学的缘分,那样讲就远了。但邓菲菲要和他身体上更近一点儿,齐东野坚决不干。这让邓菲菲很难为情,觉得无从报答。知道他在私下炒股,据说收益不错,已经赚了五六十万,她就打定主意送他三百万,说:"知道你在炒股,这是需要本钱的。本不大,技

东野三世

术再好也赚不了大的。这算我借你的本钱,赚了全算你的,赔了也不要紧,等什么时候有了什么时候还我都行。"齐东野推却不过,就把钱收了,还打了个借条。齐东野心里热浪滚滚地打起算盘:原先的两百万,已赚的五十万,两年在花老吉打工挣的一百万,加上这三百万,有六百五十万了。自己越来越摸着股市的门道了,连股神老丁都说他已教不了我这个学生了。这样再炒个一两年,达到个两三千万,自己就可以什么都不干了,干点儿自己喜欢的事去。虽然他还保持着清醒和谨慎,但一点点地,胆子就放开了,在 2006 年年底之前的不到三个月之内,他将六百五十万全部投入了股市。

自从炒股之后,齐东野仿佛变成了两个人:一个齐东野在现实生活中仍然踏实、理性,对经济的走势、产业的发展、城市运作的动态都有客观、长远的判断;另一个齐东野却在股市中载沉载浮,忧喜不定,时而亢奋到极点,时而沮丧到极点。他每天都与梁燕妮通一次电话,谈谈这边的情况,无非是与 EMBA 班的同学相聚,或在办事处与官员、老板们谈事。他已同初来北京时不一样了,渐渐适应了北京的生活和各种应酬,并将此看作常态。问梁燕妮的身体状况、问齐绮在学校的情况,他自己都渐渐觉得已经变成了例行公事,有了一种敷敷衍衍的味道。作为女人,作为一个多年未曾离开过丈夫,并且在工作生活中特别依赖丈夫的女人,梁燕妮心里的痛苦和敏感是男人——一个有野心的男人所难以体会的。梁燕妮挂念齐东野的日常生活,有时甚至为他已好久吃不上她做的饭菜而伤心落泪;有时担心他每天都喝那么多酒,夜间口渴了身边连个递杯热水的人都没有;有时又担心他会变心或他已经变心,特别是在他接电话不耐烦的时候,或听到电话的背景有歌声或女人笑声的时候,她就会认定他已变心,已经把她抛在九霄云外,不知和什么女人鬼混到一起了。梁母就曾经警告过她,说她放齐东野离开是一个致命的错误,不应该让他离开北滇——离开她的手心,离开了就控制不住了。两个妹妹也持相同的观点,说姐夫那么优秀的人,到哪里身边都不缺少女人。不是有一句话嘛:男人有钱就变坏。单位的同事们也开始劝她:"夫妻分居不能太久,齐县长一个人在北京这么多年,你怎么能这么放心?我们听说齐县长现在在北京混得可是风生水起,比当县长时风光多了,天天结交的都是非富即贵,从亿万富翁到高层领导,从知识女性到名门淑媛。你还是丢不下咱这铁饭碗?那就太没眼光了。咱这一个月的工资不到三千块钱,那还叫钱?若是我,麻溜儿地,丈夫走到哪儿跟到哪儿,就像狗皮膏药似的黏住他,让他一辈子甩也甩不掉。"梁燕妮表面看来也算个心大的,其实也没有多大。这些心事积存起来,慢慢地沉淀,她有时也不由得怀疑,自己当初让齐东野离开北溟,可能真的是错了。过去从来睡眠良好的她,后来经常地陷入失眠状态。晚饭她是做的,但她自己常常一口也不吃;有时莫名其妙地走神,一发呆常常有半个多小时;有时看点儿很烂的电视剧,竟也哭得一塌糊涂,她想不明白自己为何泪点这么低。陈青娥的企业总部搬到北京之后,她一度想得很多,觉得他们同处一城,来往得多了,说不定会旧情复燃、陈仓暗度,毕竟陈青娥已没了丈夫,成了自由之身。虽然她一再说服自己这是瞎想,据她这些年的了解,陈青娥不至于是这样的为人,但为人不是一成不变的呀。好在梁兵也去了北京,可以替自己起到间接监控齐东野和陈青娥的作用。

但不论怎么说,梁燕妮已经暗暗决定,等齐绮读完高中,不管在哪里上大学,自己都要辞职离开北溟,绝不能再让齐东野一个人在北京漂着了!她要去陪他,苦也罢,乐也罢,两口子都厮守在一块儿,这种两地分居的日子她已经过够了。

其实齐东野心里也有同样的计划,内容还更扎实一些:他要让女儿和梁燕妮都来北京,不仅成为北京的居民,而且成为富富足足的北京人。他的布局是可靠的,既来自经验,更来自这几年在北京的打拼和资源的积累。当然,他还怀揣着一个大秘密,这个秘密不久会变成一个天大的惊喜。他想把这个惊喜,作为送给燕妮和齐绮的礼物。

第六章

　　这年寒假,梁燕妮和齐绮是在北京度过的。春节前,齐东野和梁燕妮陪齐绮在天安门看了升国旗仪式。他们早晨五点就起了床,六点就站在凛冽的寒风中等待,有那么多学生、家长和游客与他们一样。他平常想,天安门有什么看头儿啊,天天有这么多人拥来。现在,他跟孩子一起看到迎风猎猎飘扬的国旗,看到天安门前庄严的华表,看到巍峨的人民英雄纪念碑,看到天天川流不息来到毛主席纪念堂的全国各地各民族的人们,他就理解了:中国十几亿人,只有一个北京,只有一个天安门,天安门是一个伟大的象征。民族和时代的心音,在这里听得最真切。梁燕妮看上去比齐绮还要兴奋。梁燕妮说:“东野你知道吗,我十二岁那年参加全乡的文艺会演,表演的情景剧就叫《天安门前留个影》,我演的是摄影员,可我那时压根儿没见过相机,也是我人生第一次穿上连衣裙。”那些日子,他陪女儿马不停蹄地游了故宫,去了天坛,爬了长城。齐绮说:“语文课本里有一篇史铁生的散文《我与地坛》,我想到地坛去看看。”于是,齐东野和梁燕妮陪齐绮去了地坛。地坛南门离雍和宫和国子监这么近,但他也是第一次来。地坛不像别处景点有很多的古迹和建筑,这里几乎什么也没有,只是一个大大的园林,里边有许多森森的古柏和一座寥落的古祭坛。齐绮说:"爸爸,妈妈,你们听见了吗?"齐东野说:"听见什么?什么也没有啊,只有风声。"齐绮说,就是风声,史铁生一个人在这里时听到的风声。齐绮绕着园子走了好多圈儿,见到一个坐轮椅的人都要近前看一看,她想这么一个比较晴好的冬日,说不定就能在地坛与史铁生相遇。齐东野说:"你遇到了也未必能认出他,你又从没见过他。"齐绮说:"不,遇到了我肯定能认出他,不会错的。"转了那么多圈儿,他们也没有遇到坐在轮椅上的史铁生,可齐绮也不以为憾,仿佛她来过史铁生的地坛,就已经完成了一桩心愿。

从高二下学期开始,为了齐绮将来的学业,全家人已经开始纠结。东夏是一个人口大省、教育大省,每年的高考都是一次过于残酷的竞争。以齐绮平时的成绩,莫说北大、清华了,像人大、北师大、传媒大学这种重点院校,基本上也是希望渺茫。齐东野和梁燕妮的意见是一致的:只要能到北京上学,先上个二本也行,等读研时再专攻北大、清华。但齐绮坚决不同意。她说,自己除了数学不行,文科都可以,她想到英国或德国去读哲学。齐绮说:"你们反对也没有用。以前什么都是你们帮我做主,这回我一定自己做主。"齐东野和梁燕妮没有办法,女儿留给他们的余地,只是在去英国和去德国留学之间做一个权衡。留学英国,齐绮有较好的英语基础,只要通过雅思考试就可以了,而留学德国则需要先到德国读一年预科,专门学习德语。齐绮和爸妈一番讨论,最终决定留学英国。

齐东野在北京买的房子就在北大附近。房子又破又旧,还要爬五楼,但幸亏不是六楼,六楼是顶楼,夏天那么热是受不了的。这又破又旧的老楼,因为靠近北大,出租是非常抢手的,不提前半年是很难租到的,且租金不菲。齐东野的对门,就是出租的,一个二居室,中间打了隔断,竟隔出四个房间来。租房的都是考研的学生,有的学生

东野三世

一个星期不下楼,饿了就吃方便面,口腔溃疡就吃维生素。梁燕妮说:"这些考研的孩子真能吃苦,可我内心里不想齐绮吃这些苦。"齐东野说:"这也算不上有多苦,当年我晚上熬夜写文章写材料,也没觉得有多苦。自古以来,通往精英的路,都是这么过来的。为了人生的理想而奋斗,以前可能只是青年时期拼搏就够了,可以吃一辈子老本。今后不行了,学习几乎是终身的,齐绮他们未来将面临更大的竞争压力。"

因为已经免除了参加高考的压力,齐绮便不用再回高中就读,到时只要拿到高中毕业证就行了,所以她在这段时间参加了英语强化培训班。梁燕妮年前年后共请了半个月的假,正月十五那天就要回北溟。齐东野辞官以后,这几年下来,他们家的经济基础比以前已经雄厚很多。现在考虑齐绮要到国外留学,本科和研究生读下来要花不少钱,梁燕妮又感到了不小的压力,而且这压力都要靠齐东野来扛,使她的心理压力又增加了不少。对一个习惯了稳定工作、稳定收入和稳定人生安排的人来说,未来的不确定性是很大的压力,而且这压力背后是隐藏着的担忧。中午夫妻二人提前吃了元宵,梁燕妮还当着丈夫的面换上了新买的套裙,丈夫给了她长久的拥抱。一想到夫妻分居还得继续,与孩子的分离即将开始,她就心酸地掉下泪来。齐东野说:"老婆别这样,我们现在离财务自由已经近在咫尺,一切都会越来越好。我们在一起的日子就快要到了!"

从2007年3月开始,股市的表现让齐东野日益充满信心。他手中那些股票,他在心里给它们的爱称就是"小白兔"——那些小白兔越来越可爱,可爱得让他神魂颠倒。它们的毛色雪白如银,它们的身体透明而又神奇,他能看到它们的身体正在发生的变化——每一只小白兔体内,都在孕育十几只、几十只小白兔,直到有一天,它们会一起分娩,那将是一个怎样盛大的情景,他想起来在梦中都会发笑。

5月有那么一周,齐东野仿佛被击了一闷棍,头有些发蒙,一直晕乎乎的。但从6月开始,一直到10月初,股市在冲到五千多点之后,他确信神话必将在他身上降临。他感到这似乎是上天对一代人的眷顾,当然,也似乎是对他当初毅然辞官额外的奖赏。他的小白兔已经不是一只只银兔了,它们是一只只闪闪发光的金兔。想想看,他投入的六百五十万,现在已经涨成了七千万!这样一个数字,将属于他一个人,而这在以前他连想也没有想过,做梦也没有梦到过。

齐东野那些日子杜绝了所有的应酬。陈青娥几次约他吃饭,要和他商量一些公司运营的事,他都说最近脱不开身。同学中有几个老板约他聚一聚,他也说等过了这一阵再说。梁兵来电话,也摸不着头脑,总觉得姐夫最近行动有些怪异。

齐东野怀揣那么多活蹦乱跳的小白兔,怎么会不行动怪异?只是一般人感觉不到罢了。他像一头无敌的西班牙公牛,看着那飘动的红布,处于一种无比癫狂的亢奋状态。他又像一个打摆子的病人,一会儿冷得浑身发抖,一会儿又热得浑身发烧。他觉得又热又渴,喝多少水都不解渴。矿泉水瓶子已在他的办公室里堆积如山,他也从没想到要让人收拾一下。他不愿意让任何人打扰他。他不见客,他不让任何人进来,一日三餐都是服务员送到门口。

10月10日,他那些金红的兔子已经报数达到了八千九百万。从七千万怎么到的八千九百万,他已经不感觉到惊奇,倒有几分的麻木了。他像坐过山车一样,在心里已经惊叫过无数次。有时刺激得他要窒息,有时刺激得他浑身发抖,有时刺激得他想拥抱世界上每一个人、每一只动物、每一种植物;哪怕它是乞丐,哪怕它是一头浑身烂泥的猪,哪怕它是一棵枯萎的树,他都愿意亲吻,都愿意啃上一口。

齐东野只在等一个数字,这个数字已经触手可及:一个亿,就是一个1后面跟八个0而已。他知道世界上每个人都在盼这个无比亲切的数字,但它对太多的人来说无比遥远。他也曾经觉得这个数目无比遥远,甚至觉得与自己无缘。可现在,这已经是板上钉钉,它已经在向他叩门,叩门声已经如此清晰。所以他已经不像前几个月那

东野三世

样激动那样兴奋了。他紧张了太久的神经,已经近乎松弛下来了。

在这最后的几天,他衣服都懒得脱,话也不想说,烟依旧抽得很多,嘴里满是黏糊糊的苦味儿。他脑子里似乎充满了一切,似乎又一片空白。他眼前一片闪烁晶莹的阳光,又似乎是一片邈无尽头的黑暗。窗子是紧紧关闭的,他听不到外界的任何声音,即使窗外有雷鸣般的声音,他这时候也听不到。即便是每一天收盘之后,即便是节假日股市休市,他也开着电脑,眼盯着屏幕;有时他没有看,看了也一无所见,但他始终打开着电脑屏幕。

有时他会傻笑,有时他会自言自语,但他也不知道自己在笑什么、自己口唇间发出的声音是什么。他只知道自己在等,等那个数字。那个数字会幻化成人的脚步声,有时沉重,有时无比的轻灵,但他知道那脚步声越来越近。

时间已经近了。

10月16日,股市冲到六千一百多点。

离那个数字已经很近很近了。齐东野仿佛已听到了它的呼吸声。

然而,也就是10月16日之后,股市开始狂泻。一日,又一日,头三日齐东野还以为这是又一轮上涨前的调整。他不信已经开启的狂涨趋势会逆转。

可是,他想转身已经来不及了。最恐怖的逃跑开始了,最惨烈的踩踏开始了。他觉得皮座椅在高速旋转,他觉得自己的肉体正在随风而逝。

梁燕妮当晚便坐飞机到了北京。当时医院下了病危通知。她是抱着见齐东野最后一面的心情去的。齐东野昏睡了七天才醒来。医生说,这是身体虚脱,已经濒临心源性猝死的边缘,幸亏送医院及时,晚个十分钟基本就没救了。

梁燕妮一方面坚信齐东野会挺过来,一方面痛骂梁兵不知道照顾姐夫。梁兵说:"姐姐骂得对,可姐夫那段时间说什么也不见我。那天我一早起来就心跳得厉害,马上到办事处去找姐夫,就见姐夫倒在了办公室门口。我二话没说就打了120。幸亏北京120车上急救措施很到位,不然,我还怎么有脸见姐姐呢?”

三周之后,齐东野已能动能吃,便不愿在医院躺着了。他出院后很快便恢复了正常的工作和生活。人们都满怀疑问:齐东野究竟得的是什么怪病?只有梁燕妮知道实情。齐东野孩子一样哭着对她说:“我本来想送你一个大大的礼物,现在没有了,连投进去的近七百万都没了,一切归零。”梁燕妮说:“归零好,归零好。还记得奶奶说的话吗?‘留得青山在,不怕没柴烧。’‘塞翁失马,焉知非福。’‘命里有时终须有,命里无时莫强求。’”其他人,像梁兵、陈青娥,都一概不知齐东野这一炒股失败的惨痛经历。

东野三世

第七章

经过这次致命的打击，齐东野再次知道自身的弱点了，这也是人性弱点的集中体现：他遏制不住自己的贪欲。当股票赚到三千万时，他想在五千万时收手；当赚到五千万时，他想在七千万时收手；当赚到八千万时，他想在一个亿时收手。到底能不能在一个亿时收手？他也不能确定。结果就是被打回原形，一败涂地。他发誓从此再不踏进股市一步。

令齐东野感到后怕却又庆幸的是，在 2007 年 6 月到 8 月的三个月，他就为齐绮留学英国办好了几乎所有的手续。当然，主要是齐绮的雅思考试成绩特别好，可是又是种种公证，又是存款证明，又是申请学校，又是签证等，手续多得能把人烦死。好歹这些在 8 月全部办好，好歹在 9 月初他便和梁燕妮一起在首都机场送走了齐绮。如果是 10 月，如果是在他遭受股市灭顶之灾之后，他真的不知道自己还能不能到机场为齐绮送别。

现在齐东野已经劫后余生般地活了过来，他又同时庆幸自己提前成立了维鲸投资公司。有这家投资公司在，他就没有一败涂地，他就有翻身的机会。2007年下半年,在股市跌回两千点之后,楼市也丝毫不见起色。同学老板任为峰在一线城市的几大楼盘,几年前"卖楼花"被抢购一空,现在几处黄金地段的现房却无人问津。购房者都在观望,买涨不买落的定律牢不可破。项目经理们已经多次请求任为峰降价,但任为峰就是不松口。他知道淝水之战的道理,不能退,一退就不可收拾,只有硬撑,坚持下来就行。但圈的地太多,占压的资金还是让他头大,所以一些二线城市的地,他也忍痛割卖了一部分。北京、上海、深圳的地,他仍死死地捂着。齐东野说:"捂得烫手也不放点?"任为峰说:"不放,就是不放,冬天的后边是春天,跨过了严冬,就是鲜花满园!"

齐东野约了维鲸投资公司的全部股东到顺祥饭庄吃狗肉,正宗的贵州花江狗肉。地方位于长安街与佟麟阁路之间,京城著名的三味书屋东邻,是一个保存完好的老四合院。夏天,一般散座就在院子里,豆棚瓜架之下,颇有乡野之趣。冬天,就只好在包房里了,但吃不了一会儿,火锅和狗肉的交互作用就会发生效力。包间门框上的对联,虽非名家手笔,内容却颇有些意味:柳影入池鱼上树,槐荫铺地马登枝。任为峰是当然的老大,坐在主宾之位。同学中还有东湖地产女老板和一位煤老板是股东,其余就是艾克蒙、陈青娥、齐东野。任为峰在维鲸投资公司占股25%,其他两位同学各占15%,艾克蒙、陈青娥与齐东野各占15%。他们起初提议齐东野不用真金白银投入,其他股东自愿赠予他干股15%。他们一是看重与齐东野的交情,二是看重齐东野的能力,这两者足以撑起这份信任,当然也就能撑起这份回报。但齐东野不同意,他不愿将来因此产生不必要的纠纷,不惜放低身段,向邓菲菲、陈青娥、老柳和另外三位同学告借,许以银行同期利率,凑足了需要的股金。任为峰是董事长,齐东野出任总经理。

吃狗肉是为了敲定一件事:由齐东野牵头,由维鲸投资公司出资,成立一家新的房地产公司——新月房地产公司。股份仍然与维

208

鲸投资公司的股权比例一样,但齐东野要 5% 的业绩奖励,并写入新成立的公司章程之中。考虑到任为峰会不感兴趣,齐东野已跟其他股东都分头打了招呼。这里面隐藏着一出大戏:齐东野看好了任为峰在北京四五环之间的一块地,他既不想用现金购买,也不要任为峰把地作为投资,齐东野要任为峰原价转让,等楼盘脱手后,给他本金加上高于银行两个点的利息回报。

任为峰果然不太感冒。他说:"房地产业现在这么个形势,你还凑什么热闹? 投点儿别的难道不好?"齐东野说:"你是房地产大佬,这是你的主业和长线。我只是和几位股东切你一小块肉做个短平快的项目,不影响你的大局,何况你手里地这么多,都捂着也是负担。"任为峰说:"你小子竟瞅上了我的心尖肉,还能瞒得过我?"齐东野说:"那不敢,只是切点牛上脑而已。"说着,一边给任为峰的小火锅里添了几块熟狗肉。其他股东都表示赞同齐东野的意见,说:"任总不能老吃独食,也得让我们喝点儿汤才行。再说了,我们都有投入,你是零风险。"任为峰禁不住大家又拉又架,自然这事就定下了。

齐东野知道任为峰最近心情有点儿不爽。他给卫甜甜投了三千万拍电影,卫甜甜演了女一号后就跟导演好上了,因为这个导演承诺要让她到国外拿大奖,走红毯。任为峰多么骄傲的一个人,爬了那么多高山险峰,这有点儿不踬于山而踬于垤的意思,让他面子上很挂不住。齐东野劝慰说:"老江湖们有句话,演艺圈的女人最好别碰,就是这个道理。所以说到底你不是被骗,而是甘愿去做慈善,就不要再计较得失了。你既然想找一位爱情伴侣,就找一个安于家室的女人,最好是喜欢房子的女人。搞房地产的人一定得学会把房子跟女人捆绑在一起,要让女人成为不动产。"

听了齐东野一番话,又加上其他股东夸他是慈善家,虽是玩笑,任为峰也就慢慢由释怀而变得开怀。各位股东又一齐给齐东野敬酒,祝他这一项目早日搞个开门红。现在各行业都不好干,他们相信齐东野有出奇制胜的能力。

　　齐东野来北京这几年,研究了北京作为特大城市的规划情况和人口净流入情况,研究了商品房的供需情况,得出的结论是刚需强劲,经济走势也向好。舆论认为北京丈母娘是推高北京房价的罪魁,其实北京丈母娘只是刚需的一个外在助因,内因则是拥入的精英们把在北京安家当成了人生首要目标。齐东野自从被迫离开股市,理性前瞻便又在他身上恢复起来。他对自己说,昔日人在仕途,我做不了投机者;现在人在商场,还是做不了投机者。我只能做一个踏踏实实的投资者,根据自己的价值判断和对于先机的把握,去定位投资方向。当对股市的悲伤和绝望过去之后,齐东野剩下的只有反思。他一向看不起那些梦想一夜暴富的人,结果发现自己也是那些蠢人中的一个;他在现实中一向嘲笑那些盲目的没有头脑的追风者,其实他也是其中的一个;他曾厌恶各种形式的赌博,其实在一定条件下他也只是一个输掉底裤的赌徒而已;他自诩可以在抵御对金钱的贪欲方面比别人要好一些,要有节制一些,可到头来发现那只是因为金钱的数字还没达到一个临界值而已,就像滚滚洪峰没有突破警戒水位之前,人们都敢承诺不会决口一样。到了这个水位线以上,任何人类道德和理性都会被冲垮,概莫能外。

　　这顿狗肉火锅正式开启了齐东野的房地产项目。这一项目具备了稳妥盈利的各项条件:城市、地段、供需的结合点,特别是这块地已经是干净的熟地,业内转让,不用再办复杂至极的手续,盖无数的公章,不牵涉动迁,不牵涉纠纷。他需要的是一流的设计,然后把房子造好,确保一流的质量。公司新办,在品牌上不占优势,但他可以用专业的人做专业的事,把品牌和营销做到极致:金小盐已被他拉入,负责融资;艾克蒙推荐了一位有海归背景的设计师尤奇,可以在中式房屋概念中巧妙融入欧洲元素;他们还从国内前三的房地产公司中挖了两名营销高手。在具体的营销策略中,他已确定将预售和现房结合起来。2007年的冬天虽然仍是房地产的严冬,但他已分明感受到春天的气息。

齐东野的行事风格尽管低调得有些接近于诡秘,但创办新月房地产公司的信息还是很快就传播开了。EMBA班的其他同学,祝贺之余都责怪他不拉他们入伙,是看不起同学,他只好应许房子建好后一定给他们预留几套。老柳等煤老板,对在北京置办房产的热情高得惊人。老柳对齐东野说:"我不管别人,你给我听好了,给我预留出一个单元,我不用啥子优惠,但到时必须给赠送几个车位。"华清池邓菲菲已经欠了齐东野很大人情,她说除了留几套住房之外,一定给她留出一块临街的地方,要够大够用,她要跟他的设计师谈一谈,尽早把华清池洗浴给设计进去。她还私下对齐东野说:"齐哥(虽然她比齐东野大七八岁,但一直称齐东野为齐哥),你需要资金就跟我言语一声,多了拿不出,只要不过亿,立说立办,一脚油门的事。""一脚油门的事"是邓菲菲这位东北大姐的口头禅。她喜欢车,车技精湛,最爱越野,一上野外长途,疯狂无限。因此,她把能搞定的事皆谓之"一脚油门的事"。

陈青娥和梁兵在参加商会活动时,也有意无意地透露了新月房地产公司的信息,弄得东夏省和北溟好多熟人给齐东野打电话,纷纷问询买房的事。齐东野不好承诺价格优惠,所以多是虚与委蛇,说现在只是筹备,以好多事还未确定为由敷衍了之。

吉世荣听到齐东野开办地产公司的信息后,也责怪齐东野不提前预告,他完全可以入股投资。现在既已来不及,他就请齐东野务必留出部分商用房,他想买来后在未来做几个花老吉综合超市。齐东野想,真不能小看小地方的老板,他们的商业头脑和敏感简直就是天生的。

类似预留预购信息,齐东野都让市场部作为市场调研的一部分,同时也构成销售部的一部分重要客户信息,等待时机成熟时就迅速跟进,先用订金的形式把它们固定。

初涉房地产市场,齐东野首先向同行学习,包括自己的同学,登门拜访、考察,组织专家、媒体研讨会,既研讨房地产行业趋势,又宣传新月房地产品牌。齐东野亲力亲为,不仅参与设计、策划,光为做好售楼处的展厅布置,他就以客户的身份暗访了十几家同行。因此,当新月楼盘的售楼处开始接待客户之后,便引发了不小的轰动效应。这是房地产销售的一个重要环节,热卖之前必须做好预热。新月楼盘的规划设计效果图现代、大气,在巨大精致的沙盘前,解说小姐轻点遥控按钮,新月楼盘一期、二期、三期便红星闪烁。毗邻公园,便喻之为"城市森林";离一块不大的水面有五百米之遥,便喻之为"城市湖泊";绿植荫浓,花开四季;周边高校,精英麇集;地铁在建,出行便利;幼儿园、小学,配套齐全;超市购物,抬脚即是;医疗保健,不出两公里半径……确实让闻者动心,不买犹似失去莫大良机。在售楼处贵宾室,陈青娥还擅自提供了款式不一的化妆品礼包,礼品袋上既印有新月房地产公司的商标,又有浪莎美容连锁机构的标识。齐东野不太高兴,电话批评陈青娥自作主张,使得楼盘销售有低俗化倾向。没想到陈青娥竟不接受,她解释说,这样做是"庸俗华贵"但绝不低俗,重要的是这没有花新月房地产公司一分钱。当然,她又悄声说,浪莎也没花一分钱,都是化妆品生产厂家的赞助。一番解释下来,齐东野被陈青娥的精明惊到无语,她谈起话来头头是道,让他感到陈青娥确实今非昔比,她那个 MBA 没有白读。她早已不再是往日那个对他只能仰视、唯唯听命的陈青娥了。

在这期间,齐东野也约请了建设部门的一些老领导帮助献计献策,特别是对调控政策预先做到心中有数。也有各路大神被介绍过来,欲给齐东野以风水指导,齐东野好吃好喝地招待,择善而从之。因为介绍者都是有头有脸的人物,再怎么也要给个面子。有大师让他改改楼盘的名字,说新月不圆,没有完美之意,可改为星某湾之类。以前有老板听他一句,只此三字,便给了三百万。齐东野说,他这是请香港某富商御用大师取的公司名号和楼盘名称,既已答应,再改就是不讲诚信了。其实这个莫须有的香港大师就是齐东野自己,他取新月为名,是新生、新时代之意。大师喟然叹息。有两位大师自称擅长麻衣神相,二人异口同声,称齐东野目似朗星,鼻如悬胆,两颧丰隆,地阁饱满,是财官双美之相,且多得女人善缘。若在古代,为官可至尚书(正部),最低也是侍郎(副部),不走仕途,为之可惜。一生三妻之命,无可奈何。财运须在四十以后,富甲一方,唾手可得,富可敌国也未必不可期。齐东野姑妄听之,只是微微一笑。听到"富可敌国"一语时,齐东野悚然道:"二位大师,此言恭维太过,绝不敢当。富可敌国,莫说在下想也不敢想,自古至今,富可敌国者能有好的收场者少而又少。"在座一位长须长者对此甚为赞同:"齐总难得有这样见地!古人云,人皆愿富贵,富贵是危机。钱多少才叫多?都是身外之物,够用就行了!"一位年轻者笑说:"老先生说得高妙!够用?一个'够'字,足可误人,也足可度人矣!"

　　新月楼盘 2008 年春天动工,而且是一期、二期同时动工,这在当时是极为罕见的。多家财经媒体嗅出其中意味,千方百计采访齐东野,他都躲了。实在躲不了,便用邮件回复媒体两句话:一是公司有实力,二是公司看好北京未来发展前景。现代企业应对媒体是需要技巧的,齐东野没做过媒体,但他懂得相关技巧,这也可以说是一种对媒体的饥饿营销,慢慢放料,既让媒体保持对企业的关注度,同时又让媒体感受到企业负责任的谨慎。

　　市场策划部和销售部在新月楼盘的销售策略上产生了较大分歧。齐东野给他们协调过两次,问题仍然没有解决。齐东野后来想,这分歧不在下边,而在决策层,是自己还没想明白。由于现在市场不好,房价已经两三年没有明显的上涨。即使有了点儿涨的迹象,但去掉波动,也就微乎其微。因此最早定下的策略,是预售和现房各占

50%。由于新月是从任为峰手里拿的地,五年前的地价低得很,所以以现在的价格卖期房,利润也是相当可观的,因为近几年虽然房价没涨,但地价一直在涨,且涨幅越来越大。

　　他也咨询了几个业内资深人士,他们给出的建议是:预售和现房各占50%最为稳妥。如果资金成本高,预售比例还应加大;如果不差钱,现房比例提高到60%也就可以了。因为市场现在谁也看不清,所以还是稳妥的好,钱以入袋为安,最起码也不会亏。因为有了之前股市的惨痛经历,齐东野现在的风险意识已经很强,但他再三考虑:新月一二期没有银行贷款,所以不用担心还贷压力。如果预售按现在的市场价,他总觉得预估偏低。房子毕竟是必需品、保值品,不会有股票那样的风险。

　　齐东野连续两次召开董事会、股东会研究上述销售策略问题,股东们意见难以统一。最后齐东野陈述了自己的意见,表达对市场反弹的乐观——房市低迷已久,抬头迹象渐萌,鉴于不存在亏损风险,建议在两者之间做出选择:一是继续坚持预售和现房各占50%销售策略不变;二是将预售和现房销售比例调整为20%和80%,只在一期搞预售。最后举手表决,六位股东,只有任为峰一人表示反对,其他均表示赞成第二个方案。任为峰还与齐东野打赌说:"我若输了,将来我公司所有一线城市的地块任你挑选,还是咱们这次的合作条件。"齐东野说:"任总要说话算话,这可是各位股东都在,发言都是录了音的。"任为峰在离开会议室的时候,紧紧抓住齐东野的手不放:"我是不是真老了? 我刚出道的时候也是跟你一样啊。"

　　新月一期的预售是悄然进行的,考虑到20%的比例太低,均价拟定比现在市场价涨十个百分点,到现房收房时如果市价低于现价十个点,公司一律将上涨部分退还。到2008年8月,预售任务已提前完成,光齐东野同学或同学介绍的客户、东夏省在京老乡或老乡介绍的客户,就占了预售业务客户比例的近三分之一。

2008年10月之后，随着雷曼兄弟的倒掉，一场由次贷危机引发的金融危机在美国爆发，并迅速向全世界蔓延。这时不仅齐东野和股东们一时揪心起来，连预售业务的客户有的也表示担忧，虽然有退出想法的只是极少数。齐东野密切关注国内宏观政策的变化，他越来越坚信自己的判断。他让销售部明确告知消费者，说有愿意退的都允许退，不用讲什么理由。

果然，随着国家四万亿政策的出台，房地产市场逐渐升温。2009年上半年，股东会建议现房开售，齐东野力排众议，让大家再等等。到2009年年底，房价已达近几年最高点，而且新月三期也全部竣工。股东们再次建议尽快出售现房，齐东野又是力排众议，让大家再等等。

终于，到了2010年3月21日春分时节，齐东野发令枪响。新月楼盘一二三期三箭齐发，成为北京第一个日光盘。

股东们赚了个盆满钵满。齐东野也踏踏实实地赚到了人生第一桶金。

只这一桶金，便已让他实现了财务自由。

但齐东野却并没有表现得欣喜若狂，有三天时间，他一个人待在家里，每天看四五部电影，心里很静很静。他吃方便面，吃速冻水饺，吃到嘴里是那么香甜。这时，他觉得最应该感谢的是股市给他的惨败体验。没有股市惨败，他就不可能有今天的胜利，他就不配有今天的胜利。人生的关键环节，有些次序是不能颠倒的。次序如果颠倒过来，如果他在股市如愿以偿，那么他就不会再去涉足房地产，也不会再有这次房市的大赚。他坚定地认为，如果这种次序颠倒了，如果股市大赚了，往后他的人生将会遭遇更大的败局，也许就是万劫不复了。

三天之后，齐东野走出了家门，从成府街一直走到五道口。五道口有一个火车扳道口，在火车经过时，车流和人流就拥堵在那里。齐东野站在这人流之中，听着火车呼啸而过，人流里没有一个人认识自己,但他的内心无限充盈,生平第一次那么满足。他过去升任县委组织部长的时候,在他看到县长的任命的时候,他曾经欣喜若狂,激动万分。但现在,他只有平静和满足。双脚踏在大地上,他觉得大地的承载是无与伦比的厚重;抬头望望天空,落起了星星小雨,他都没有感觉到,这说明自己的头发还很浓茂,如果有了即便很小的稀疏,雨滴也会让你感觉到的。天空青蒙无杂色,穹窿一般覆庇着人间苍生。他大脑里分外澄明,他的四肢不动,但却有像在大海里浪花涌动一样的感觉。他随着人流跨过铁道,一路南行。他步伐不快,但稳健有力。他一直走,不知走了多久,他走上了长安街,沿长安街东行,一直走到了天安门广场。在天安门广场的东北角,他给梁燕妮打了电话,他说他很想她。梁燕妮说:"你怎么了?"齐东野说:"我很好,从来没有过的好。"他告诉梁燕妮:"我们终于踏踏实实地实现财务自由了。"梁燕妮说:"只要你好好的,就比什么都好。至于财务自由,在我眼里没有多么重要。"齐东野说:"我也很想齐绮,但因为英国的时差,我很少给她打电话,我今天晚上就跟她通话。"梁燕妮说:"你现在在哪里?"齐东野说:"我在天安门广场,从家一直走过来的。""那有多远啊,"梁燕妮说,"早点儿回家吧,自己在外边吃点儿,好好照顾自己。"

齐东野坐在一个小饭馆里扒了碗茄子扁豆面,抹抹嘴,望望窗外,忽地便有梦幻之感,他感到自己、身边的人和这个眼前的世界,都仿佛有些不真实。他2004年进京,才六年。梁兵和陈青娥才四五年。可这短短的几年,他们都发生了多么大的变化啊——从里到外!陈青娥不用说了,已经成了美容行业的大姐大,梁兵除了广告公司进入了全国五十强,他在潘家园的古玩店、在琉璃厂的画廊,也成了京城名流和各地大佬经常光顾的地方,他现在住在盘古大观对过儿的小区,一套四室两厅两卫的房子。前天还是北溟的一个小顽主,今天就成了京城的一个腕儿。而齐东野自己呢?不也同样如此吗?刚来北京时,他在什刹海的银锭桥上长久伫立,在熙来攘往的人群中,没有一个人认识他,不知道他从哪里来、他在干什么。往日的齐县长不复存在,一个叫齐副总的人现身京城。"天津桥上无人识,独倚栏干看落晖。"心里默念起黄巢的诗句,曾有一种苍凉的无助感寒遍全身。

　　齐东野回到住处已经是晚上九点多,他又跟梁燕妮通了半个小时的电话。这几年,梁燕妮人虽没老,但讲起话来已经像个老太太,絮叨重复,有时车轱辘话不断,问过的话常常可以重复到三遍以上,还问他听明白没有、记住没有。齐东野白天在天安门广场告诉她已踏踏实实实现了财务自由,没想到这又让梁燕妮担起心来。梁燕妮说:"咱们虽然不当官了,这些年日子也不比别人过得差,咱们不跟别人比好不好?我知道齐绮留学可能让你压力大了一些,但我们计算过能够承受,不是吗?你现在虽然做生意当老板,但你一定要记得,咱决不能干违法的事。你看新闻了没有?又有什么大老板因为犯法进去了。以前咱们知道做官是高风险,没想到做老板也是高风险。你一定要引起注意好不好?"

　　不知怎么搞的,梁燕妮嘱咐他的话没有一句不对,且都是语重心长,但他每次通完话后,心里总是多少有些不快,甚至有些隔膜。他希望听到的妻子的话不应仅仅是这些。但要是让他说出他到底希望妻子说什么,他自己也不知道。总而言之,这时候他的心里便分外寂寥,愈发地空空荡荡。他在沙发上倦怠得百无聊赖。晚上十二点多跟齐绮通了电话之后,齐东野的心情才好了起来。

第八章

　　新月房地产公司北京三期项目大获成功之后,齐东野想再从任为峰手里拿一块地,条件是比原来的购买价高,比现在的市场价低,他没想到任为峰坚决不干。这让齐东野彻底明白了一个道理:在生意场上,利益永远是第一位的。另一个道理是:得意不可重复,老是重复一种模式或手法,就会形成路径依赖。现实生活中,有的人信奉钱能摆平一切,权力能摆平一切,那都是路径依赖的产物。过度的路径依赖,说明离失败已经不远了。所以,齐东野就跟几位股东联合,同意任为峰退出新月,其实是有意让任为峰出局。他又引入几个新股东,在北京的土地公开挂牌拍卖中购进了两块比较冷门的地段。同时,他在东夏省省会汇泉市和几个三线城市购进了十几块土地。齐东野研究房地产周期发现,未来省会二线城市和经济发达的三线城市,房地产市场的发展空间比一线城市更大,虽然盈利空间小一些,但他果断出手布局。他预计到 2017 年前后,公司房地产业务就将面临转型。

　　在齐东野的谋划下,吉鹏在北京成立了普通投资公司,齐东野在其中占25%的股份。公司投资方向是基因工程、无人机、教育培训和光伏发电。除了光伏发电项目沉淀了五千万资金外,其他三个产业可以说都大获丰收,回报率平均在十倍以上。当初吉世荣给儿子拿出了三亿资金,让他练练手,没想到回报率如此之高,简直喜出望外。经齐东野策划,吉鹏又收购了一家保健饮料厂,没用几年,便已做成全国知名品牌且已上市,市值眼看已超过花老吉。从此,吉世荣和吉鹏各自经营自己的企业,父子关系越来越好。

在选择未来转型产业方面,齐东野大为踌躇。他最后发现,他只能从刚需中寻求产业定位。什么才是刚需?不错,房地产是刚需,但这个产业已经越来越趋于饱和,且受宏观调控政策影响太大,未来能活下来的只能是少数几个巨无霸。刚需究竟是什么?对人类来讲,不能讨价还价的才是真正的刚需。什么不能讨价还价?一是教育,二是健康,三是养老。2011年夏天,齐东野收购了智达教育集团,改为心之力教育。当时,业内为之瞠目,都认为这是匪夷所思之举。

2010年冬天,齐东野的姐姐和姐夫也来到北京,给儿子看孩子。齐东野的外甥方慕荣名牌大学毕业后留京,进了某部委一家二级单位当公务员,外甥媳妇吕曼曼是甘肃一家银行行长的独生女儿,在一家央企工作,小夫妻按揭贷款买了一套七十平方米的两居室。他们自由恋爱一年后结婚,生了个儿子叫正奇。齐东野的姐姐和姐夫在儿子结婚前就住过他们的新家,但姐姐只住了不到一星期就回去了。姐姐说:"那个吕曼曼真不像我们家的儿媳妇。"齐东野说:"怎么不像?"姐姐说:"吕曼曼一下班回来,在吃晚饭前,总是要让慕荣背着在客厅里转三圈儿。慕荣还一口一个宝贝地叫着,也不管我和你姐夫在眼前,弄得我浑身起鸡皮疙瘩,简直看不下去。"齐东野说:"这说明小两口儿很恩爱啊,现在年轻人就这样,你们得学着适应。"姐姐说:"我们可适应不了。"

但再适应不了,姐姐还是在北京给他们带了一年孩子。她是想把孙子带到能上幼儿园,就算完成任务。但没承想刚带了一年,外甥媳妇便把姐姐撵走了。当然不能说是撵,外甥说得很委婉,说看着妈妈受累心疼。可真实的原因姐姐心知肚明,一是嫌她给孩子喂饭不卫生。有一次,姐姐把一碗刚做好的鸡蛋羹,先放在自己嘴里尝了尝,又吹了吹,然后喂进正奇嘴里,让回家的外甥媳妇看到了,便当场把勺子扔掉了,指责说:"妈,您怎么这么不讲卫生呢,您不知道幽门螺杆菌会传染吗?"姐姐想说:"慕荣小时候我就是这样喂的,还不是照样长得好好的?我要是嘴里满是细菌,慕荣还能长到今天?"但看到外甥媳妇生气的脸色,她就忍了。二是嫌她不会讲普通话,老说北溟土话,把蛇叫长虫,把凳子叫杌子,把窝窝头叫贴饼子,把土豆叫地蛋。外甥媳妇说,如果这样下去,儿子连民办幼儿园也上不了,更别说是公办幼儿园了,一开口就让老师同学们笑话!外甥媳妇对姐夫的讨厌,首当其冲是抽烟,开始不让在客厅和房间里抽,只能在阳台上抽,但烟头仍然在阳台上随地乱扔,后来就只能到楼下去抽。姐夫还有一毛病,因为患有慢性鼻炎,老是抽搭鼻子,发出怪异的响声,但最不能容忍的是有擤不完的鼻涕,虽然已习惯了用纸巾擤鼻涕,可擤鼻涕有时不分场合,大家正在吃饭,尤其是正奇正在喝奶或吃饭时,姐夫便不可遏止地擤起来。这样也许就罢了,正奇正在善于模仿的阶段,就把姐夫抽烟的动作和擤鼻涕的动作与声音学得惟妙惟肖。所以在带孩子的一年里,姐姐和姐夫也是上班制——白天上岗看孩子,晚上他们二老走人。能走到哪里去呢?租房显然太贵,外甥承担不起。这时齐东野刚好在自己的楼盘留了一个复式自住,便让姐姐姐夫到自己位于北大附近的旧家去住了。

不再给外甥带孩子的姐姐和姐夫按理说应该回北溟,但他们一时又割舍不下孙子,虽然不用他们带了,但毕竟隔个十天半月还可以去看看孙子。孙子现在是由外甥媳妇老家的一个表妹给带,给的工资不高,承诺是将来在北京给找个工作。不带孩子的姐姐姐夫不

　　　　　　　　　　　　　　　　　东野三世

甘心在北京处于失业状态,想找点儿事做做。他们一开始便打齐东野的主意,要求到齐东野的房地产公司上班。姐姐说,她当保洁员就行;姐夫说,他当个管保安的小头头就行,毕竟他在老家县政府办公楼当过保安。齐东野一概不答应,说公司是自己的不假,但北京的公司不比北溟,都很规范,他们这个年龄已经不适于再在公司里打工。姐姐和姐夫于是很生气,抱怨齐东野在辞官之后变了,不再是从前那个心地善良的弟弟了。姐姐姐夫于是在小区和邻近小区捡起了破烂。他们不知道北京小区的规矩,捡破烂也不是谁都能随便捡的:长期以来,每个小区都有固定的收破烂的,这是得到小区物业认可的,多年固定捡破烂者有自己的地盘。姐姐姐夫动了他们的地盘,于是便发生了争执,打了起来,姐夫被打成轻伤。姐姐姐夫就求齐东野找人摆平。齐东野托人找到当地派出所,费了不少人情,又是请客又是送烟送酒,到头来也只是被赔偿了两千元的医疗费了事。齐东野一向对请托求人办这种事充满反感,他当官时,因推托不掉,为亲戚朋友做这种破事不少。自下海来京后,与当官时相比,求人当孙子的事又多了不少,工商、税务、劳动、建设、安全生产、人防、地震等,哪个部门都不敢得罪、不能得罪;任何一个办事员、小科长都得认真对待,起码要由一个副总经理出面接待;有时办理施工进场手续、调整容积率等,他都必须亲自出面,去拜访,去请客,去送礼。请客的时候,除了陪酒赔笑脸,还必须低声下气。他有时候感觉,已经把前些年当官从政时形成的所谓尊严差不多全部赔了进去。每每这时,他才更能体会草根阶层创业打拼的种种不易。齐东野对姐姐姐夫苦说苦劝,给他们塞了一万块钱红包,才把他们劝回北溟。临走时姐姐一边哭,一边发泄对齐东野的不满,说弟弟在北京是大老板,在外头听着很风光,但其实连自己的姐姐姐夫也保护不了,枉费自己一片心,小时候那么疼他,为了他自己早早辍学嫁人,现在落得这么个结局。两个人愤愤离京回乡。

外甥方慕荣工作干得不错,后来被选拔到某部委机关做了一位副部长的秘书。外甥平时跟舅舅联系并不多,也就在过年过节时聚聚。2011年新年正月初二下午,外甥突然抱着正奇来找他,神色慌张,红肿着眼睛。他把孩子放在一个房间里,丢给他几样玩具,让他自己去玩儿,便把齐东野拉到二楼书房里,关上门外甥扑通跪下,泪流满面,脸苍白得跟纸一样。他拉着齐东野的手,求舅舅救救他。齐东野听完外甥的诉说,一下子瘫倒在椅子上。

　　事情发生在大年夜。安顿完正奇睡下后,方慕荣小夫妻二人也准备休息。保姆回甘肃老家过节去了,他们难得享受这二人世界。外甥先去洗澡。手机放在沙发上,不断有拜年的短信发来,这是手机短信最拥堵的时段。吕曼曼也是很不经意地看了看方慕荣的手机,便看到一连两条短信都是一个叫邹桐桐的女人发来的。第一条是:都四年半了,你过得还好吗? 第二条是:我会一辈子记得你,你是不是已把我全忘了? 吕曼曼记得方慕荣承认过在跟她恋爱之前谈过女朋友,不过早已分手。但从这两条短信来看,方慕荣与前女友仍然藕断丝连。方慕荣洗完澡穿着浴袍出来,吕曼曼便向方慕荣举起手机,一脸冷笑。方慕荣问她怎么回事。吕曼曼说:"你干的好事,原来还跟前女友不清不白,还经常时不时地见面偷情是不是? "方慕荣与吕曼曼大年夜都喝了点儿酒。方慕荣与吕曼曼婚前就有约定,两个人都互相尊重各自的隐私,要互相信任,谁也不能私自看对方的手机。方慕荣当时便大怒,上来夺自己的手机,吕曼曼不仅不给,还打了方慕荣一个耳光。方慕荣清醒了一些,便给吕曼曼解释,自从与她结婚以后,自己从未与邹桐桐主动联系过。"那就是说你总是被动联系了? 你老实交代,背着我你们又见过几次,做过几次? "方慕荣发誓说:"从来没见过,你不信,把手机给我,我给你往上翻上三年,看到底有没有短信? "吕曼曼说:"想骗我,拿到手机你好把以前的罪证销毁? 门儿也没有! "吕曼曼一边把手机在手里攥得更紧,一边气得放声大

　　　　　　　　　　　　　　　　　　　　　　东野三世

哭,"当初我要嫁你,我妈就不同意,说我们门不当户不对,你们家是农茬子——出身农村没有经济基础,我嫌你了没有?没有!连买这房子的首付,也全是我们家拿的。"方慕荣说:"我们家也出了十万。"吕曼曼鄙夷地说:"首付一百二十万,你们家出了十万,还不跟没拿一样?"方慕荣说:"行,媳妇你说得对,是我们方家欠了你,等我将来好好报答你还不行?"吕曼曼又举起手机说:"好个报答,你就是这样报答吗——以与前女友勾搭偷情作为报答!"方慕荣感到喉头发干发涩,艰难地说:"媳妇你不要冤枉我。"吕曼曼说:"你不想如实交代是不是?那好啊,等上班后我去找你们领导,让他们给我做主!"话说到这里,方慕荣再也控制不住自己。吕曼曼紧紧地攥着方慕荣的手机就是不放。方慕荣顺手扯下浴袍的腰带,一下便缠在吕曼曼的脖子上。吕曼曼说:"行,有种你就勒死我。"方慕荣手颤抖着,说:"你把手机给我,咱们冷静冷静。"吕曼曼说:"少废话,你有种勒死我!要是不勒死我,我明天就给你们领导打电话,告你道德败坏,在外面乱搞女人!"方慕荣把手中的腰带一点点地勒紧,一边说:"吕曼曼,你放手不放?把手机给我!"吕曼曼把手机在手里攥得更紧。方慕荣真的下了死力,不一会儿,吕曼曼便翻了白眼儿,头也垂了下去,身体也慢慢僵硬了。等方慕荣松开手中的腰带,吕曼曼已没了呼吸,身体变得冰凉。他当时想过赶忙送医院抢救,应该可以救得过来,但恐惧和愤怒充塞了他的心头,他大脑一片空白。直到天快亮时,他才匆匆把吕曼曼的尸体扛到一个大衣柜里藏起来。儿子正奇第二天醒来便找妈妈,他已经六神无主,不知该怎么办,所以来求舅舅救他一命。

齐东野眼泪也不觉流了下来,他看着外甥绝望的眼神,只感到无限的悲哀,一种从头凉到脚的悲哀。但理智告诉他,任何劝慰都是没用的,唯一的选择只有投案自首。

齐东野把正奇交给扈海棠代为看管,当天下午便带着外甥去公安局投案自首。姐姐姐夫、吕曼曼的父母第二天都赶来北京,双方闹得沸反盈天。因爱结成的美满家庭,霎时间烟消云散,剩下的只有不共戴天的仇恨。姐姐姐夫不想失去唯一的儿子,让齐东野一定找最好的律师,即便家里砸锅卖铁也要保住方慕荣的命。吕曼曼的父母放言不要任何赔偿,只要方慕荣一命抵一命。这种恶性命案,自然少不了媒体的参与,各种报道也都偏向受害者一方。齐东野虽然花了昂贵的律师费请了京城最有名的刑事辩护律师,千方百计想在“过失杀人”的“过失”上做文章,也想过要在精神障碍方面做点儿文章,但最终也没能救回方慕荣一命。孩子最后被判归吕曼曼的父母,理由当然是方慕荣为凶手,方家不配再抚养死者的孩子;同时也有经济方面的考虑,毕竟方家是农村人,年纪已大的方家老人没有可靠的收入来源。姐姐又抱怨齐东野不主动出手把正奇抢回来,这舅舅简直一点儿用都没起。齐东野想,相比吕曼曼的父母而言,自己作为舅舅血缘关系已远,真的是爱莫能助。

这一悲剧对姐姐姐夫打击太大了。外甥是他们这一生唯一的心血,也是他们唯一的精神支柱。没出半年,姐夫脑溢血去世,姐姐则疯疯傻傻,跟祥林嫂一样了。齐东野痛心地想:为什么会发生这样的人间惨剧?外甥从小学到大学,都是一心上进的好孩子,怎么会做出这样的疯狂之举?是不是所有的上进都一定要指向世俗的成功?成为一个成功人士从何时起成了全社会堂而皇之共同的追求?有谁在孩子成长过程中给予他们应有的挫折教育?有谁告诉过他们如何正确看待生命和爱情?有谁告诉过他们人与人之间起码的相处之道?不错,吕曼曼是有些偏执,不该那么疑神疑鬼、不依不饶,更不该以找单位领导威胁和要挟,但她毕竟是你的爱人、孩子的母亲,她是一个活生生的生命,你怎么能这么狠心地去扼杀?作为外甥,那一刻到底是什么让他动了杀机?是恐惧?恐惧吕曼曼到单位大闹之后他会失去现有的职位和未来的前程?但比起生命来,这恐惧的又算得了什么?许多人没有那些职位和前程不一样可以好好地生活?不错,人在失去理智之后，什么事都可以做得出来，正所谓善恶不过一念之间。只要两个人有那么一点点为对方考虑，这样的悲剧就完全可以避免。

从方慕荣的供词里，从他述说的自卑与自尊、对虚荣和出人头地的渴望中，齐东野更加相信，每个人身上都刻有阶层和时代两个胎记，不论深浅，或隐或显，概莫能外。从以小脚为美、男女授受不亲、顶撞父母或上司就是大逆不道，到穿露脐装、玩网络游戏、沉迷二次元、消费主义，这都是时代的印记。网络大V（获得个人认证，拥有众多粉丝的用户）也罢，各类公知也罢，明星和粉丝团也罢，网民大众也罢，有时无限上纲上线，不容分说地定性、贴标签，有时站在道德制高点打击杀伐，其实这些的背后，都是他们各自的胎记。或许所有的高贵与卑贱、优越与猥琐、无知与无畏、豪华与窳败，都没有什么本质区别，不过是这些胎记有的浓重，有的黯淡，有的稍微变形而已。

这天下午三点多钟，齐东野给艾克蒙打电话，约他谈谈投资北溟制药公司的事，说是时机差不多了。但电话那头艾克蒙却仿佛不太感兴趣，说以前他们在几个省投资的水务公司，现在陆续遇到一些问题，有的地方政府想中止合作协议，有的干脆要他们退出股份，这些弄得他焦头烂额，问齐东野可有好的解决办法。齐东野说："这个事情比较复杂，单纯从合同协议的法律效力方面解决不了，必须与当地政府部门的深度沟通才行。"艾克蒙说："有两个地市过去你都熟悉，是不是劳驾亲自去跑一趟？"齐东野说："此一时彼一时，我已退出官场这些年，与他们早没有交往。你们先去沟通沟通，到时看情况再说。"齐东野心里话：你们公司做水务这块，当初就靠搞定了几个领导，便把这种城市公益性垄断业务拿到了手，已经挣得够多了，也到了该逐步退出的时候了，我犯得上再去蹚你们那浑水？

第九章

　　齐绮在英国留学的情况让齐东野甚为满意。她2010年拿到了曼彻斯特大学哲学学士学位,2011年拿到了哲学硕士学位;2013年8月,经过苦读,又拿到政治学博士学位。她那么多留学的同学,能如期拿下硕士学位已经不错,像她坚持读完博士的,简直凤毛麟角。由于学业紧张,也由于没有在国外工作的打算,齐绮在上学期间一直没有正式谈过恋爱。曾有一个美国男孩儿和一个犹太裔工程师追求过她,但她都以将来要回中国工作为由拒绝了,所以二十五岁还没有男友,这让梁燕妮总觉得是个缺憾。

　　梁燕妮几年前已经说好等齐绮读完大学回来就辞职去北京,但迟迟没有行动,一方面是因为齐绮硕士、博士接着读了下去,另一方面是她总也下不定辞职的决心。齐绮订了2013年8月18日的机票回国,而梁燕妮也终于在8月17日办完了离职手续。同事们都为她惋惜,说再有两年多她就可退居二线了,那时工作近三十年的工龄也不算白费,现在一辞职,什么养老金等社会保障都没有了。梁燕妮对这些想过多少遍,可一听到这些话心里还是不是滋味,因为内心

东野三世

深处她与这些同事想的是一样的。她从毕业就一直在北溟工作,没有动过地方,没有接触过太复杂的人事,没有其他行业的工作经历。她内心深处是舍不得自己这份工作的,虽然单调,虽然没有什么创造性,但这种按部就班,本身就给她一种安全感。对于多数公职人员来讲,一辈子都是把这种安全感当作乐趣。她和齐东野去过英国两次,一次是齐绮本科毕业,一次是硕士研究生毕业。现在齐绮博士毕业,他们本来还要去的,但齐绮不让,说:"省点儿钱到别处旅游吧,英国就这么巴掌大地方,你们来两次足够了。"

梁燕妮本来打算提前赶到北京,与齐东野一块儿去首都机场接齐绮的,但两个妹妹和妹夫一定要单独为她送行,北溟几个最好的朋友也是订好了饭店不容她推辞。这样她就决定晚一天到北京。

齐东野辞官后仅有两年没有回北溟过春节,其他时间都是回去的。他一直保持低调,活动都是在小范围之内。梁燕妮的两个妹妹及妹夫在齐东野辞官后变脸比较快,这让梁燕妮颇为生气。后来看到齐东野在北京生意越做越大,春节回家相聚时给孩子的压岁红包每次不少于一千元,妹妹妹夫们脸上的热情便又恢复到原来的模样,而且温度明显高了很多。两口子在谈到这一变化的时候,齐东野非常尖刻地说:"以前我当县长,他们那副模样是对权力的致敬,现在这副模样是对金钱的献媚,二者本质上并无不同,不要太当真就是了。"但梁燕妮她们毕竟是一母同胞的亲姊妹,她要离开家乡了,还是依依难舍。所以,8月18日中午这顿饭吃下来,梁燕妮心里反而更多的是压抑和伤感。晚上老朋友相聚的气氛就好得多,一方面有怀旧,回忆她们当年在卫校学习或在马鞍山卫生院工作时的情景,大家都羡慕梁燕妮眼光超人,能把齐东野搞到手;一方面又说:"齐东野这些年在北京当老板,你这心可够大的,一直拖到现在才去,要是我们,早就前后脚跟着去了,你就不怕齐东野跑了?"梁燕妮听了这些话,浑身舒服,她想这就叫得意和满足,或者就是幸福吧。想想也是：自己就一个乡卫生院的护士，先是做到县长夫人，而今又是大老板的太太，女儿又那样优秀，她还有什么不满足呢？也有同学心细，说梁燕妮脸色有些蜡黄，要她注意身体。梁燕妮说，也不知怎么回事，这段日子睡眠一直不好，常常出汗、心慌。有同学说："不会是更年期提前了吧？"另一位同学就说："什么更年期能提前这么多年？瞎掰！这是人家夫妻要在北京团聚兴奋的缘故，久别胜新婚，重聚首也相当于梅开二度啊。"于是大家一致说："梁燕妮此生有福，成了北京阔太太，今后我们到北京去，可不能看不起我们北溟乡下人。"梁燕妮不能喝酒的，但还是喝了一大杯红酒。大家感慨日月不禁混，转眼便是中年，而梁燕妮中年进京，一来算得上一步登天，二来恐怕也得重新适应天子脚下的生活。梁燕妮："可不是吗，不怕你们笑话，我还真的有几分心虚，一到北京就转向，分不清南北东西。在咱们县城里生活多方便多自在啊，哪里都是熟人。"大家只顾说话，仿佛这回不说下回就来不及了似的。一大桌菜没怎么动，梁燕妮也只吃了几口。

8月18日与朋友相聚的晚饭结束后，梁燕妮便回家收拾行李。她总觉得这也要带，那也要带，两个大皮箱直塞得装不下。齐东野让她轻装上阵，只带点儿随身用的东西就好，该有的北京都有，没有的可以随时添置。可梁燕妮收拾好行李后，发现忘了带张全家福照片，于是又翻箱倒柜找影集，同时慨叹自己记忆力这是咋了，最近老是忘事。睡下时已经凌晨两点多。齐东野要给她订机票，她不让，执意要坐最早的火车，而北溟到北京最早的火车是六点半发车。这样梁燕妮五点半就要起床，只睡了三个小时。一番梳洗打扮之后，打开家门要走时，又发现鱼缸里的鱼没喂鱼食，便匆匆忙忙地撒了一把鱼食。关门前，又万般留恋地看了一眼这个家，仿佛是在做最后的告别。送梁燕妮的司机是花老吉的老宋，老宋已准时在楼下等候。没想到齐东野干县长时的司机小孟也来了，并且执意要去送她。于是她便上了小孟的车，让老宋回去。老宋说："我人既然来了，吉总也再三嘱咐让我送到车站,我就跟在后边一块儿去吧。"这样就是两辆车为梁燕妮送行。

齐绮睡了整整一个白天,为倒时差。齐东野白天有两场商务洽谈,晚上有一个特别重要的应酬。他安排司机小田去接站,并告诉了梁燕妮的电话号码,叮嘱他一定到出站口接,一定提前打电话或发短信。同时也把小田的手机号告诉了梁燕妮。

只睡了三个小时,梁燕妮晕晕乎乎地上了火车。她带的两个行李箱太重,两手举不上行李架,只好请了一位小伙子帮忙。上车后她第一件事就是给齐东野发短信,告诉他车次、到达时间。齐东野说:"很抱歉啊燕妮,只能派司机去接站,我晚上有个重要应酬,去不了。"梁燕妮回复说:"你忙你的吧,我又不是第一次到北京,迷不了路。"她带了一杯豆浆和两个煮鸡蛋,觉得没胃口,只喝了一杯豆浆。这次她走得急促,竟连一个水果都没带。实在困得不行,她就闭上眼睛睡觉。全身都泛着困意,一闭上眼睛却又睡不着,只是蒙蒙眬眬、迷迷糊糊的。她又担心坐过了站。齐东野告诉过她,安心睡觉就是,过不了站,因为北京就是终点站,但她就是担心。邻座是位抱小孩儿的妇女,孩子老哭,她便不停地上下晃动孩子,晃动得梁燕妮无法安睡。到了十二点,车上有盒饭卖,梁燕妮睁开眼看了一下,感到既不卫生又特别贵,就没有买。她打了一杯热水,也不敢打满,怕邻座的孩子老动,一不小心洒了会烫到孩子。就这样,她就着半杯热水吃了两个冷鸡蛋。仍然觉得特别困,于是又迷迷糊糊睡着了。幸亏过了一站,抱小孩儿的妇女就下了车。但上来的却是一个满身酒气的中年胖男人,还好,他马上就睡了,可鼾声顿起,呼噜打得像吹喇叭一样响,还上气不接下气,间隔很长,让梁燕妮担心他会一口气上不来憋死,这比小孩子哭闹晃动的干扰有过之而无不及。梁燕妮的脊背胸前都汗湿了一片,潮乎乎的特别难受。车厢里空调还可以,肩部还觉得有风冷飕飕地往里钻。她还是像最近几天一样,总是一阵一阵感到心慌。她有一年多没查体了,知道一般的查体都是糊弄人,索性就没有查。她生了齐绮以后,有段时间患过贫血,后来药吃了不少,猪肝也吃了不少,很快便各项指标正常了。近些年她一直坚持晚上不吃主食,中午饭量也不大,她感觉身体不会有大毛病。作为母亲,她恨不得马上就见到齐绮,想看到她变成什么样子了,是胖了还是瘦了。当然她也恨不得马上见到齐东野,虽然天天通电话,但总觉得他越来越陌生,这就是两地分居必然带来的负效应。她也很想早点儿见到梁兵,他老婆为他生了一对龙凤胎。是的,虽然北京对她而言又大又陌生,但自己的老公和孩子都在那里,家就在那里,而且自己的亲弟弟和龙凤胎侄子侄女都在那里,她有什么好担心的呢?齐东野说了,她若自己想干工作,就到公司里任个职,工作她自己随便挑;如果不想干,就当全职太太。这些年为了这个家,她是劳苦功高,也应该歇一歇了。想到这里,她就笑自己:没有几个小时就到北京了,还想这些干什么?她一会儿便又迷迷糊糊地睡过去了。

梁兵本来是要亲自去车站接姐姐的,齐东野不让,说:"你就在家好好烧菜,把最好的厨艺亮出来就行。你派车七点去接齐绮,估计她时差就快倒过来了。"齐东野说,"今晚的活动我早点开始,力争八点就赶过去,你们先吃,不要等我。"

陈青娥听说梁燕妮已经辞职,就要来北京与齐东野和孩子一家团聚,她既很为他们高兴,心里也有几分说不出的滋味。她给梁燕妮也打了电话,欢迎她到北京,埋怨她来得太晚,说自己在北京这么多年,只是生意上应酬,能说个知心话的姐妹一个也没有。她还说已经订好明天晚上在民族风情园为她接风。

列车准时到站。乘客们纷纷携带行李下车,人流拥挤,显得非常乱。这个点儿也是北京站的一个晚高峰。车站工作人员在疏导下车的乘客,列车员在乘客下完后开始清理车厢卫生。相邻站台列车的乘客已在上车,列车员口中的哨子时不时地吹响,有些行李多的旅

230

东野三世

客由"小红帽"帮忙,已经提前来到车前。女列车员打扫卫生时,才发现最后一排的一位旅客还没有下车,行李还放在行李架上。女列车员先是大声喊:"这位旅客,到站了到站了,别再睡了,赶紧下车。"喊了几声没见动静,见她仍然睡着,女列车员便上来推她,推了几下也没有醒,这才感觉到大事不好,便叫其他列车员过来看。有位老列车员用手在她鼻孔处探了探,没有感到呼吸;又摸了摸她的手腕,也感觉不到脉搏,于是便去找车站的医生。车站正在换班时间,列车员跟车站紧急联系,好半天才找来值班医生。值班医生也是同样检查了下呼吸和脉搏,便说可能是心梗,立即打电话叫救护车。列车员叫完救护车,便找出梁燕妮身上的手机,发现近一个小时之内有无数个电话,其中"老公"最多,还有"司机",还有"齐绮"和"梁兵"。列车员先给"老公"打了电话,让他立刻赶往某某医院。齐东野一个下午心烦意乱,感到心里七上八下,本来三个小时的会压缩了一半。吃饭时他感到心口难受,匆匆把饭局定在七点半结束。梁燕妮多少年来还是用的那部旧的翻盖手机,齐东野让她换新的,她不换;给她买了一部新手机,她也至今没用。旧手机最大的毛病,一是待机时间短,老是没电;二是信号不好。一个下午,齐东野给梁燕妮打了几十个电话,但一个也没接通,不是不在服务区,就是无人接听。他为此还在心里骂梁燕妮不听他的话换手机。在联系不上梁燕妮的时候,齐东野也给司机打了电话。司机说:"我在火车到达前半个小时就给阿姨打电话,一直打,但一直没人接,我还以为是手机的原因呢。"

　　梁家的大餐厅里,梁兵做了七八样姐姐爱吃的菜,扈海棠又做了她最拿手的清炖狮子头。齐东野专门买了一个特大号的蛋糕,因为8月19日既是梁燕妮的生日,也是齐绮的生日,母女同一天生日。齐绮不仅给妈妈买了她最喜欢的化妆品,还买了一个名牌包。当然这是齐东野的授意,是为了给梁燕妮一个惊喜。这个周末,国家大剧院正上演法国歌剧《费加罗的婚礼》,齐东野特地订了三张票。丰盛的菜肴八点之前就已经端上餐桌,只剩下一道千岛湖鱼头准备等梁燕妮来了再上。一对龙凤胎梁迅和梁可以,在扈海棠的指导下第一次学着往桌上摆酒具、摆料碟,学得有模有样;不喝酒的都斟上了饮料。小家伙儿们虽吃了一些甜品垫饥,但对桌上的菜肴也是跃跃欲试。扈海棠便说:"两个宝贝乖,等姑妈来了再吃,快了快了……"

谁也没有想到不幸已经降临。齐东野赶到医院,急诊室的主任告诉他,已经太迟了,如果提前两个小时送来,或许还有救。这是低血糖休克引起的脑死亡。在火车上至少有三个小时病人已陷入休克状态。同时,他很严厉地责备齐东野:"作为丈夫,你难道就不知道老婆有低血糖的毛病吗?兜里只要带块糖,都能够救命啊,就不会发生这样的不幸啊!"

齐东野气急攻心,一口鲜血便喷了出来,当场也晕倒过去。于是急诊室便展开抢救,到第二天下午,齐东野才脱离危险。

比绝望更绝望的是万念俱灰。齐东野住了半个月院出来之后,头发几乎全白了。原先齐东野是没有一根白发的。那次在股市遭受灭顶之灾,齐东野也只是绝望,并没有万念俱灰。而今梁燕妮竟这样离开了自己,他觉得百死莫赎。他开始否定自己整个的人生。他当年为什么要辞官?辞官到底有什么意义?他下海经商,赚多少钱又他妈的有什么意义!辞官也许是错的,到北京来经商也是错的。也许当年步入仕途也是错的。他就在马鞍山乡中学当一辈子教师不好吗?与梁燕妮厮守一辈子终老乡下不好吗?他为什么要这么折腾呢?这么折腾有什么意义呢?伍子胥过昭关一夜愁白了头。不,不是只有愁才能让人白头,痛苦、悔恨、悲哀都能让人白头。

有那么两三个月的时间,齐东野一直无法从这种心死中走出来。幸亏有齐绮整天陪伴着他。齐绮回国之前已经被夏华大学接收,先从讲师做起,第一学期没有课,不用坐班。其实,梁燕妮的死对齐绮的打击并不比对齐东野小,因为从幼儿园到高中,都是梁燕妮在陪伴孩子。齐绮开始也是痛苦得死去活来,但也许是太早学习哲学的缘故吧,她已平静下来了。她这么年轻就面对了至亲的死亡,已经看透了人生的真相。齐绮有时就和父亲那么默默地坐着,看朝阳升起,看夕阳西下。有时她拉着齐东野的手,轻轻地说:"爸爸,看透人生真相的人才是坚强的,你起码还有我啊。"有时,她会教齐东野算塔罗牌,摆出一排七十八张牌。"就把人生当成一个游戏,会怎样呢?"齐绮说,仿佛是自言自语,又仿佛是与齐东野对话。齐东野知道女儿的一片苦心了。是的,人生苦短,如果把人生当作一段游戏,也许就不那么沉重了。齐绮说:"我愿意相信有来世,我也愿意相信在我们这个世界之外还有无数个世界。在佛教的三千大千世界中,一万年也不过一刹那,每个人都渺小如微尘。除了精神的超越之外,肉体的人涅槃的道路只能是一道窄门。让我们一道努力去通过这道窄门好不好?妈妈已经走了,回不来了。她在这个尘世最放心不下的就是我们爷儿俩,如果我们过得不好,她在那边也会难过的。妈妈总是这样,天天为我们担心,天天为我们操心,她活得太累了。而今她先走一步,对她自己也是一种解脱。只要我们过得好好的,妈妈在那边一定会为我们高兴的。"

陈青娥绝对是一个聪明的女人。她知道在齐东野遭受这样重大人生打击之下,需要自己疗伤,别人是帮不上忙的,因为浮泛的安慰是无力也是无用的,她自己在丈夫霍原走后也是这么过来的。因此,她只是偶尔去看望一下齐东野,只是问问身体和生活起居,顺便把公司的情况大致地说那么几句。在齐东野不问世事的这段特殊日子里,陈青娥在支撑着新月房地产公司的正常运转。除了公司的事之外,陈青娥倒是跟齐绮的联系多了起来,比如她煲了一个什么汤,会让司机给齐绮送过去,让她品尝一下。当然齐绮不会只是自己品尝,而是与齐东野分享。比如,某个小剧场有什么新戏,她也会让人送两张票过去给齐绮。比如她的美容院新来了上好的艾灸条,她会请齐绮到店里来体验一下,学会怎么操作,然后给齐东野做做艾灸理疗。齐绮久在海外留学,一方面人锻炼得很独立,另一方面回国后也比较孤独,缺少朋友。因此,公司组织的一些经济文化类的论坛,陈青娥觉得层次还可以的,也会拉上齐绮参加,并向客人介绍齐绮:海归哲学博士,夏华大学美女教授。这样齐绮的情绪慢慢好了起来,而齐绮的情绪好起来,并把这些相关的论坛信息告诉齐东野之后,也就带动齐东野的情绪好了起来。

在梁燕妮不幸离世三个月之后,齐东野正式回到公司上班了,一切才又回到正常轨道。齐东野当然感觉到了陈青娥为他和齐绮所做的这一切,他心里有那么一些感激和感动。这也许就是知己吧。

第十章

梁燕妮的骨灰埋葬在北京西山一块公共墓地里。此墓地的价格几年前就涨到了十八万元一平方米。齐东野和齐绮商定,把梁燕妮的墓地选在这里,便于他们祭扫和看望。北溟的确是老家,梁燕妮本心肯定更愿意葬在北溟,但现在故乡路遥,丈夫和女儿都在北京,就只好先顾及生者的便利了。齐东野知道梁燕妮生前喜欢热闹,害怕冷清,又生性胆小,所以精心挑选了这块墓地。他特地让人做了两块墓碑,一块是梁燕妮的,一块是齐东野为自己预留的。他知道梁燕妮走得不甘,走得凄苦,他不忍心她一个人在这里独自寂寞。但他又暂时苟且地活着,因此在自己预留的那块碑上,只写着"齐克思"三个字。他想,他这样做,梁燕妮心里会懂的。有他日夜相伴,梁燕妮即便做了噩梦,也会有一个安全的肩头让她靠一靠。

第一场秋霜过后,北京进入一年中最好的季节,西山用层层叠叠的红叶渲染出北京深沉静美的一面。鲁飞和齐东野一起来看梁燕妮。鲁飞说什么也要来,齐东野阻拦不住,因为他们也算是同病相怜。鲁飞的妻子孙丽五年前在一场车祸中去世,是在那一年的国庆节。两年后鲁飞又娶了北溟电视台的一位记者，比他小十几岁，以前采访时总是敬重地称鲁飞为前辈。但再婚以后，每年的 10 月 1 日他都不允许有任何打扰。这一天，鲁飞总是独自一个人在前妻的墓前，从日出坐到日暮，陪前妻说一整天的话。齐东野在梁燕妮的墓前摆放了百合和菊花。在来时的山路上，齐东野临时停车，偷折了几枝红叶，把红叶跟花儿放在一起。鲁飞献上一个很大的花篮和果篮，两个人一一把水果在祭台前摆放整齐。两个人坐在墓前，齐东野向鲁飞讲起梁燕妮生前的许多往事，一会儿哭，一会儿笑，让鲁飞也不觉脸上泪痕纵横。待日头偏西，他们才驾车离开。

以前，齐东野从来没有考虑过临终关怀这种事。如果不是陈青娥领自己来，齐东野在北京待一辈子，也许都不会知道有这么一个从事临终关怀的地方。这个地方在朝阳区与通州区之间，占地不大，应该不到二十亩。这是中国第一家临终关怀医院——芝堂医院。医院创始人年芝堂先生已经七十多岁，带他们去各个楼层和病房看了看。医院以普通病房为主，每间病房一般可住八到十二人，小的可住四人，没有单人间。病人们当然是七十五岁以上的老人居多，有男有女，混住在一起。老人们有的唱歌，有的绘画——也只是信笔涂鸦那种；还有的在看书，在唠嗑，在发呆，或者是已经痴呆了。他们去的时候正是周六，有好多中外志愿者前来，送老人一点儿水果、一点儿小纪念品，陪老人说说话、聊聊天。

齐东野是最讨厌进医院的，虽然年轻时有几分白大褂制服迷恋，但住院病房的那种气味儿他受不了。可这家医院不同，他没有闻到医院标志性的来苏水味儿，更没有闻到医院病房里那种很不干净的味道。没有不适的味道，是他对这家医院的第一感觉。第二感觉是这不像一家临终关怀医院，也就是说不像一家充满死亡气息的医院。没有，一丝也没有。相反，这家医院更像一家幼儿园，里面住的是一帮死之将至的老顽童。他们都已身患绝症，被医院判了死刑，在这里唯一的意义就是等死,等待让死神接走。但这些老人却没有对死亡的任何恐惧,他们过得跟往常一样。他们的孩子都忙,没有时间来照看他们,于是每个月花六七千元钱把他们送到这里。他们在这里过得很快乐,都是一副无忧无虑的样子。

芝堂先生告诉齐东野,本来临终关怀的概念就是二百八十天,在这二百八十天里,老人们走完人生最后一程,接受保守治疗——自愿放弃化疗、放疗等让老人痛苦的治疗方案——差不多也就是"安乐死"的另一种说法。但芝堂医院却不是消极地让老人们"安乐死",而是让老人们在这一段时间内完成人生最后的成长,平静地快乐地面对死亡。为什么设定二百八十天这个概念?因为人从受孕起,怀胎十月,一朝分娩,所以把生命的弥留期定为十个月。这临终关怀的十个月,其实又是一个生命离开子宫的过程,只不过这个子宫不是母亲的子宫,而是社会的子宫罢了。因此临终关怀医院需要社会各个方面的关怀,让来到这里的每一个生命都体面地有尊严地离开这个世界。但现在,整个社会对临终关怀医院并不待见——这就是所谓的"邻避效应",居民小区附近都不愿意设立临终关怀医院,人们心理上对其感到硌硬,觉得它就是一家死亡医院。说来心酸,这家医院一共搬过八次家,最后才在这里安定下来。原来设定临终关怀的时间是二百八十天,可后来在医院活了三年五年的比比皆是,最多的活到十年以上。

齐东野问到一个问题:男女老人混住在一起,是不是不太方便?芝堂先生说:"很多人也提出过这个问题,尤其是许多老人的子女,一般不太同意这种做法。但以我从事临终关怀事业二十多年的观察,我发现,男女混住对老人很有好处,不管多大年龄,异性吸引的法则都在。老头儿都愿意找老太太聊天,老太太也都愿意找老头儿聊天。即使八九十岁了,女人也仍然更倾向于把自己当成少女,男人也把自己当成少年,这是人的天性。让老人们保持着这美好的天性走向人生的终点，又有什么不好呢？齐东野不经意地发现，当芝堂先生说这些话时，陈青娥用异样的眼光意味深长地瞄了自己一眼。"

　　临终关怀医院没有太平间，这也是让齐东野大感意外的。芝堂先生说："我讨厌'太平'这两个字，太冰冷，仿佛人活在世上追求的起点是如此之低，临终之际也只有这么一点儿赠予似的。我们有一个莲香苑，"芝堂先生说，"刚过世的老人，我们从那里把他们送走。对于信佛的老人，到时会有各地的居士前来念经，作为临终的助念。从这里走的老人，可以说，每一个都很安详，没有痛苦，没有遗憾。"

　　在回去的路上，陈青娥驾车。许久，齐东野目视前方说了一句："把养老地产与临终关怀结合起来，会怎样呢？"

东野三世

东野三世　归而不隐

第一章

北滨艺术小镇，2004年便有了一个初步的规划，玉皇集团曾经一度志在必得。后来玉皇集团虽动用了许多关系资源，但因其口碑不佳，又兼无运作文旅类特色小镇的经验，所以最后只好怏怏退出。此外，也有原先分散经营的几百家画廊不愿迁入的原因，总之艺术小镇项目便停滞了下来。

"你进入艺术小镇的时机已经成熟。"一天晚上，当齐东野对梁兵劈头这样说到，梁兵直摇头道："姐夫，你是搞房地产的，而我只是搞古玩和书画，这么大的项目我可运作不了。"齐东野说："因为是北滨县的事，我的公司不便直接出面，但你的公司可以和我下属的分公司新星文旅公司合作。"齐东野面授机宜："先在电视台《华夏寻宝》栏目给北滨县做一个专场，免费宣传北滨县的历史文化资源和主导产业；当县里领导与你谈艺术小镇的事时，先不要答应，而是说有意愿在北滨建一个花卉小镇。北滨县有江北最大的花卉市场，但一直以来因地处郊区乡镇，规模虽大但过于分散，制约了交易效率，也影响了市场升级。"

梁兵虽嘴上答应，心里却充满疑问，但也只好照齐东野所说一步一步地去做。

铁打的衙门流水的官。时间流逝得快，有时官场的调整更快。自齐东野辞官后，先是侯方生干了县委书记，很快便兼任北溟市委常委。未出两年，侯方生升任天池市常务副市长。曾辉升任县委书记，蔡咏梅任县长。又七年后，曾辉升任北溟市副市长，蔡咏梅升任县委书记，成为东夏省第二个女县委书记。

2013年12月底，《华夏寻宝·北溟》专场在中央电视台播出后引起相当大的轰动。央视记者现场采访事宜，梁兵安排得十分妥帖，蔡咏梅很是满意，于是专门宴请梁兵，并提出他是否能够帮助把艺术小镇项目启动起来。梁兵说："我并不看好艺术小镇，因为那么多画廊迁入比较麻烦，我倒是愿意投资建一个花卉小镇。"蔡咏梅也认可这一想法，但因为以前未考虑过这一项目，所以还得研究以后给予答复。

蔡咏梅在齐东野手下干过多年副县长，她不是常委而能升任常务副县长，主要是由于齐东野的推荐，因此两个人私人关系甚好。齐东野辞官以后，他们仍然保持联系，她遇到大事总是乐于找齐东野商量，因为她钦佩齐东野的人品和能力。她把梁兵的想法告诉了齐东野，想听听老领导的意见。齐东野说："我还不知道，这小子怎么会有这种想法？搞文化艺术不是他的长项吗？等我问问他。"

齐东野假装问了梁兵，然后第二天给蔡咏梅回话。齐东野说："这小子算盘打得贼精，原来他一是怕已有的画廊不愿迁入，二是怕自己不能独立投资、独立运营。这个背景我知道，以前玉皇集团想独立运营我之所以没有答应，是因为它不懂文旅。但梁兵不一样，从《华夏寻宝·北溟》专场来看，搞得很成功，是否可以让他独立运营，你来定。另外，我提个建议，花卉市场其实和书画市场可以结合，结合到艺术小镇，那样会让小镇内容更丰富，也利于快速形成影响力，同时还不用再单独规划花卉市场,只需对原来的艺术小镇规划做个扩容即可。"

蔡咏梅听了齐东野的建议,简直如获至宝,连声感谢老领导的支持。还撒娇说:"老领导如今成了大老板,连老家小县城也不回,回了也不告诉我们,都把我们忘了,但我们可都天天念叨您。"

到这时,齐东野才和梁兵详细计议,拿出了关于北溟县花与画艺术小镇的总体规划和实施方案。在这一方案中,还附有《画廊迁入艺术小镇达标要求》,不是让五百多家画廊全部迁入,而是严格遴选出一百五十家上规模的、年销售额两千万元以上的迁入。这使得原来持观望态度甚至拒绝迁入的画廊经营商态度发生了一百八十度大转弯,争相报名。蔡咏梅一看到这个《画廊迁入艺术小镇达标要求》,赞叹不已,马上看出是齐东野的手笔。当然,为了小镇项目快速成功启动,北溟城投退出了小镇项目的运营。2014年初春,艺术小镇举行了开工典礼,相关部委领导、一位副省长和相关厅局领导、北溟市主要领导都出席了典礼仪式。梁兵第一次单独出席这么高规格的仪式,有点紧张。齐东野说:"梁总要习惯于走上前台,今后我就渐渐退居幕后了。"

齐东野把在北京的一处别墅打造成了一个茶室,起了个雅致的名字——云间茶室,可以喝茶,可以下棋,可以吃饭,可以做正规的健康咨询,但没有麻将和扑克,也不留客人住宿。所谓健康咨询,这堪称齐东野的一张绝佳名片——他把京城各大医院方方面面的名医资源都会集起来,西医、中医、道医、佛医、心理医生都有,不定期地开个讲座,更多的是为政界领导和商界的朋友提供健康方面的咨询。当然这要提前至少一周预约,而且时间大多安排在周末。这方面的需求远远超出齐东野当初的设想,当初他只是想为朋友到各大医院就医行个方便,主要是面向外省人的。因为在外省,即便你是省部级干部,要想联系到想找的专家医生看病或者住院也是一件难事,优质专家资源总是稀缺。他没想到即便北京当地人也是如此,能享受到优质专家资源的毕竟是少数。领导接受专家咨询的出诊费,一般都是齐东野付了。而对各路老板来说,这点儿小钱根本不算什么。

在齐东野茶室的后一排,是陈青娥的美容保健会所,但连个名称也没有,其实也用不着名称,口耳相传,客人已经多得接纳不下,因为这跟齐东野的茶室也是异曲同工,都只为少数人服务。不过,陈青娥服务的对象清一色都是阔太太或名门淑媛罢了。而且她搞的还是会员制,一张会员金卡比高尔夫俱乐部的会员卡只高不低。这个不用担心会员的承受能力,因为能消费起这种卡的只有两类人:一类是不差钱的,一类是不用自己掏钱的。

艾克蒙近半年来诸事不顺,有三家水务公司,他的股权已被迫退出;另外几家,仅保留了部分股份,最多的也只有25%,最少的到了3%,他也只好认了。要命的是近一年来,他的身体每况愈下,每况愈下的标志之一,便是房事不行了。第一任太太给他生了个儿子;第二任太太未育,领养了一个女儿;第三任日本太太,他本来是想大有作为的,起码要生两个,三五个也在所不惜,但几年下来,始终不见动静,他怀疑还是太太的问题,甚至怀疑到她是否偷服避孕药来拒绝生养。现在明白了,多半是他的原因。这个打击太大了,艾克蒙人生的支柱都面临坍塌。所以他求齐东野一定找个最好的医生给他看看,代价再高也在所不惜,只要能让他的支柱不倒。

在为好朋友尽心尽力方面,齐东野做得可谓无可挑剔。他请了两位男科方面最好的中医,一个男的,一个女的,让他们分头为艾克蒙号脉、开方。艾克蒙抱着很大的信心,寄希望于重返战场,再展雄风。但两位医生给出的诊断是一样的:性功能恢复不恢复已经不重要了,现在是保不保得住命的问题。由号脉便能确定病灶的部位,并精确到肿瘤的尺寸,是两位老中医的绝活。从号脉看,他们发现艾克蒙身体有多处肿瘤,已经从肺部转移到大肠,肝部也有了,建议艾克蒙到医院去做一个全面的检查。

东野三世

在只剩下齐东野和艾克蒙两个人的时候，艾克蒙突然怒发冲冠。愤怒让他两眼暴突，两颊通红。他本能地否定两位医生的诊断："你请来的医生会不会是江湖骗子？说我得了癌症，嘿，这不是天大的笑话吗？我怎么就平时没有一点儿感觉？"

　　齐东野安慰说："先去医院做个检查，不就清楚了？"

　　一个星期之后，艾克蒙的医院检查结果全部出来了，与两位中医的诊断完全一致。而且肿瘤几乎扩散至全身，没有医院愿意给他做这一台没有希望的手术，共同建议他采取保守治疗。保守治疗的意思就是等死，而医院连死期也拟定出来了：最多只有三个月。

　　那段时间，只要没有太重要的商务活动，齐东野都会到医院去看艾克蒙，艾克蒙原先近两百斤的体重，现在只有不到九十斤，人已骨瘦如柴。日本太太苍井百惠侍候得很到位，但与艾克蒙并肩坐在病床上，却让齐东野看到两幅画面：一边是鲜花盛开，一边是大厦将倾。

　　艾克蒙每次都号啕大哭，边哭边说他还有多少心愿未了，还有多少事等着他去做。他还忆起到北溟县那次考察，忆起夜游桨声灯影里的北溟；想起北溟全羊和潘金莲烧饼，至今还流口水。

　　艾克蒙最终并没有熬到三个月，而是在第四十五天便断了气。临终前，日本太太让医生撤去了 ECMO（人工肺），拔掉了所有的管子，让艾克蒙趁头脑暂时清醒留下一份遗嘱。

　　艾克蒙的葬礼勉强算是基督教的葬礼，简化得不能再简单了，只是在下葬时由一位教堂的牧师致了几句悼词："夫大块载人以形，劳人以生，佚人以老，息人以死。愿上帝宽恕你，如同你宽恕他人。人来自尘土，而归于尘土。愿你的灵魂在天堂安息，阿门。"牧师很年轻，是位在读硕士研究生。他画毕十字，就匆匆离去。齐东野注意到，送葬的人总共五六十人，其中有十几位年轻女子，曾去过北溟的前助理田硕也在。她们一律商务西装，胸前佩戴着白花。她们或许与艾克蒙有过一段长短不一的露水情缘，不管当初了断得是否满意，但斯人已去,这个当日威猛的男人将不复再生,所以脸上都是凝重的悲戚。艾克蒙的第一任太太和女儿及女儿的两个孩子也来了,第二任太太和现任的老公也来了。她们有的是为了一段旧情,有的只是为了将来的财产分割。

在葬礼结束归来的路上,梁兵和陈青娥议论说,艾克蒙这个名字听上去与"人工肺"的英文简称同音,当初怎么取这么个名字?冥冥之中,皆有前定。

东野三世

第二章

　　六十八岁的吉世荣是坐着一辆警车偷偷地来到北京的。这么大一个民营老板,沦落到用这样一种方式来北京看病,说起来让人唏嘘。吉世荣瞒着两个女儿和女婿给齐东野打电话,让他找一辆安全的车送他来京。齐东野想最安全的车当然是警车,便通过公安局一位副局长找了一辆警车, 在夜半时分神不知鬼不觉地将吉世荣接上,连夜奔北京而来。吉世荣得糖尿病多年,天天万箭穿心般地往肚皮上打胰岛素,本来维持得不错,可近半年来,糖尿病并发症日益明显,视力下降得厉害,视物模糊,时现重影,且已非一日,两只脚及脚踝肿得像冻了的胡萝卜,脚趾早已烂得不成样子,虽经长期消炎治疗,伤口终是不能愈合,县医院和省医院专家给出的意见是早晚都得截肢。吉世荣也是从一无所有打拼出来的一条好汉,他不愿接受这样的结局,想到北京大医院找最好的医生看看。但两个女儿竟坚决反对,一天二十四小时派了四五个人照顾他,唯恐他自己跑到外地去看病。他知道两个女儿身后站着的是两个女婿。两个女儿没多大本事,虽在公司负责些后勤事务,但跟家庭妇女没有什么两样。可两个女婿就不同,虽说不上有多大能力,但都觉得能力非凡。儿子吉鹏在公司的时候,他们三人都是副总,两个女婿便联手对付吉鹏,老揪吉鹏的毛病,并在他和儿子之间挑拨是非。后来吉鹏出去独立门户,竟然成了气候,这两个女婿便互相打得不可开交,无非是为争夺公司内部那点儿权利。两个女婿都想控制吉世荣这个老头儿。现在看他身体一天不如一天,二人的想法便空前一致了:盼老头儿早死,他们中的一个好成为花老吉的老板。因此,他们对于老头儿到北京大医院治病都持反对意见,理由是省医院专家诊断已明,只能等到病情无法控制时截肢。至于坚持保守疗法,意思便是拖一天是一天。因此,派在身边照顾他的人,实际职能主要是监视,不让他随意离开。

这些都是不能为外人道的家事,吉世荣尽管对齐东野充满信任,但不是到了无可奈何的地步,这种事他也不会跟齐东野讲的。齐东野给吉世荣联系了最好的医院检查、诊断,找了最好的大夫一起会诊,结论还是乐观的。并发症虽已经出现,但还远没到要截肢的程度。提出的治疗方案是中西医结合,有望在半年内好转。

吉世荣开始了在北京的治疗,病情一天比一天好转。儿子吉鹏每天用两个小时处理完公司的事务,便来陪老爷子。只要有阳光的日子,他都是用轮椅推着老爷子在附近的公园里转。后来老爷子不愿坐轮椅,他就先让老爷子自己走,走累了再坐上轮椅。这一时期,父子二人不再有公司内部的上下级关系,仿佛又回到了吉鹏儿时与父亲在一起的情境。但吉世荣有几次说起,让吉鹏回花老吉任董事长,他彻底退休,儿子却一直没有接他的话茬。吉鹏说:"我现在打理自己的公司还忙不过来,你还有我两个姐夫,就打消这个想法吧。"

吉世荣把想让吉鹏回花老吉而吉鹏拒绝的事跟齐东野说了,表现得很失望。齐东野说:"吉鹏这孩子能力你也看出来了,绝对是青出于蓝而胜于蓝,关键是人品好,有孝心。父子情深,这些年他虽然离开了花老吉,但提起花老吉,就一再说父亲创业的不易。现在的孩

东野三世

子,能体谅父母的难处和苦心,就属很难得了。我的意见是,你现在也不用着急逼着吉鹏回去,你先把身体养好了再说。"生老病死是自然规律,一些事提前做好准备也是必要的。至于怎么准备,吉世荣没问,齐东野便也没有说下去。

齐东野离开北溟县以后,回头村支部书记赵传统来北京见他的次数反而更多了。赵传统不仅自己来,还把牛角村支书邓光亮也一块儿带来。赵传统五十多岁了,邓光亮才三十岁出头。两个村联合成立了一家远景园林绿化公司,既干绿化工程,又提供绿化苗木。村民原来在外地分散打工的,除了木工、电焊工等之外,五十五岁以下的青壮年男女有一千多人,全部加入,成立了三十支工程队,在全国各地干工程、卖苗木。齐东野很感慨,农民的创造力一点儿也不差。他当年只是给他们一个点拨,没想到他们就组织起来把事办大了。而今,回头、牛角二村的绿化公司,从承揽齐东野新月房地产公司的绿化工程起步,现在在北京、广州、深圳接的工程越来越多。原来回头村和牛角村只有金银花、金银木一千多亩,现在好,连翘、柿树、银杏、紫叶李、西府海棠、金叶槐、月季树等苗木也都做起来了,而且把基地就建在大城市郊区,在北京顺义、通州、大兴和河北燕郊、香河、固安、涿州,租了几千亩地建起苗圃,一租就是二十年。两百多名村民专职干销售,名片上印的都是公司销售经理。

赵传统和邓光亮有一次在齐东野的办公室喝茶。赵传统说:"齐县长,我们这些村干部带着村民们出来了,村里就更剩下些老弱病残了,这跟您当初的扶贫设想不一样,您是不是特别失望啊?"齐东野说:"一开始是有的,但一细想,我又觉得你们这一步是非走不可,走出来是对的。城市化的趋势势不可挡,深山区的农民光靠农业很难从根上致富,即便一时致富了,也不可持续。"

赵传统说:"二十世纪六七十年代,我们村战天斗地,打机井、建扬水站、修梯田,我这根手指头就是那时开山采石炸掉的。"他伸出自己的左手给齐东野看,左手食指齐根儿没有了。"当时也是对的,靠这些,农民才吃饱了肚子。可是要挣钱,还是得进城打工。"赵传统说。邓光亮也接话道:"我就是靠在县城干绿化工程挣了钱在县城买了房,孩子也在县城上了学。乡里劝我们这些能人回村干支书,我也想为村里人干点儿事,可是不好办,投进去一二百万,两三年也不见效。后来赵哥就约上我们一起,成立了这家公司,联合起来,带着村民出来闯市场。"

齐东野问:"这几年下来,村里人挣了钱,能在县城买得起房的有多少?"赵传统和邓光亮便扳着指头算了一回,合计的数字是70%左右。齐东野笑了,他说:"将来——不用太久,我会有一个计划告诉你们。"

赵传统和邓光亮还要追问,齐东野故意卖关子,只是平淡地说:"到时自然告诉你们。"赵传统问:"是好事?"齐东野道:"当然是好事。"

大河商学院 EMBA 班年年开办,但自 2012 年以后,招生的吸引力就一年不如一年,学费降了一多半,可招生人数一个班常常不足二十人,而且这二十人之中,估计有三分之一还是不缴学费或只是象征性缴一点儿学费的。回想起来,乾隆班算得上大河商学院 EMBA 班最鼎盛的一期,到 2014 年,同学们之中,已经出了三名副部级干部、一名正部级干部。但原先的老板同学,两极分化却比较严重。任为峰那样的地产巨头,经历了楼市的跌宕起伏,过了一个又一个难关,虽没有跌倒,品牌依然屹立,但在新的战略投资者进入之后没出一年,任为峰就退出了,理由当然是年龄原因——已超过正部级干部的退休年龄,何况他并不是什么部级干部。有一天深夜,任为峰给齐东野打来电话,语调中颇有几分苦涩。他说:"我已经从先驱成为先烈了。我也知道廉颇老矣,总有退出的一天,但最后被人逼着出局,总还是心意难平。"齐东野说:"听说还给你留了一点点股份,这已经很不错了。"齐东野问他,"尚能饭否？"任为峰说:"身体倒还可以,能吃能睡,天天打网球,天天游泳一个小时。"齐东野问他:"小夫人如何？"任为峰说:"给我生了一个女儿,倍儿漂亮、倍儿聪明,我喜欢得不行。可我在家里的地位显著下降,以前是自己发号施令,现在是被老婆和女儿发号施令。上超市和集贸市场买菜,都要让我陪着,我成了专职拉小车的。一开始出去我还戴上墨镜,后来发现,他妈的根本没有一个人认识我。""小夫人没有再折腾影视吗？"齐东野问。"那倒没有,她已不做明星梦了,但还是有点儿小折腾。比如,常写些网络文章,现在已是一名小网红,粉丝不少,有时还搞视频直播,做了几款高档化妆品的代理,一年还不少赚呢,真是搞不明白。"

同学老板中有七八个犯了事进去了,其中最惨的是老柳。老柳拿了那么多矿,靠的是黑社会和当地的一名反贪局长,后者东窗事发,他被连带扒出,不但矿没了,还和儿子都蹲了监狱,判了二十五年有期徒刑。邓菲菲拿了两个矿,当地那位柴市长进去后,也把她牵了出来,好在她只是行贿,没有别的违法行为,最后两个矿还以较好的价格卖给了国有企业,实际上赚得不少。可"八项规定"和"反四风"之后,她的华清池洗浴中心生意一天不如一天,已经全线收缩,全国只剩下了三家店在维持,其余的或卖掉,或改做快捷酒店了。聊以自慰的是,快捷酒店的生意日渐红火,也算是成功转型。三个做互联网的同学,有两个人已经销声匿迹,只有马自力的公司做成了视频网站老大,上市以后股价疯涨,现在已是互联网界的新贵之一。

齐绮眼看就二十八岁了,还没有男朋友,这让陈青娥十分着急。齐东野说:"孩子自己都不着急,你着急什么？"陈青娥说:"你懂什么？女孩子的好时候就那么几年,一晃就过去了,多少优秀的女孩子就是这样不知不觉间变成了剩女。燕妮姐如果在,还不知为齐绮的事急成什么样子呢。"言语之间,眼圈儿就有些红了。其实齐东野心下也急,但这种事又是急不来的。他托人给她介绍过,有高知,有金融高管,也有商界精英,还有医生、律师,可齐绮对这种相亲非常抵触,一个也不见。

　　齐绮回国后的几年里,陈青娥已经在为齐绮的事不露痕迹地操心。她推荐齐绮参加了不少活动,像欧美同学会、跨界高层论坛,还有一些媒体组织的活动,等等。其实齐绮心中已经有人,她只是还没有最后确定而已。这个男生叫谢鲲,他们是在欧美同学会的一次大型活动中认识的。谢鲲比齐绮大五岁,南京人。一个南方人却长了一副北方人的相貌,身高一米八二。他是美国哈佛大学经济学博士,本科、硕士都是在清华大学读的,回国后在一家银行干到首席经济学家。二人志趣相投,除学术研究之外,都爱好音乐、健身。齐绮喜欢的是跆拳道,谢鲲则喜欢巴西柔术。两个人保持两周见一面的频率已近两年。今年3月初,齐绮还应谢鲲之邀一块儿去南京梅花山看梅花。南京赏梅的去处不少,首推明孝陵和紫金山附近的梅花山,那里梅树多,品种繁,傍山依势而长,既壮观又富有野趣。其次是玄武湖,一树树梅花如粉似霞,照水而开,那水面便似宣纸,梅花便成了一轴亦工亦写的画。齐绮和谢鲲走出这幅画卷的尽头,便见有两位老人在公园门口等他们。谢鲲邀齐绮来南京不仅是为了看梅花,更主要的是让自己的父母见一见看梅花之人。谢鲲的父母已在家准备好了午饭。谢父是省高院退休法官,谢母是省中医院退休医生。两个人一见齐绮一米七的身高和端庄清丽的容颜,便给她打了一百分,见她无可挑剔的身材和优雅的气质,又给她打了一百分,再见她席间温文有礼,谈吐和气,又给她打了一百分。总之,谢鲲父母对齐绮那是百分之百地满意,初次见面,便送给齐绮一个传家之宝——一只满绿的翡翠手镯。齐绮再三推辞,因为她感觉进程似乎太快了些。她责怪谢鲲突然袭击,事先没告诉她要见伯父伯母,因此也没给他们带礼物。谢母说:"谢鲲这孩子也是不让我们见你,是我们两个再三求他才同意的。这是南京的习俗,我们怎么也要表示一下的。"她不由分说让她戴上试试。齐绮却之不恭,就戴上试了一下,只觉皓腕凝翠,两颊绯红,相映生辉,似生春风。谢母小声对儿子说:"这镯子戴在齐绮的手腕上,不紧不松,太合适了,说明她天生就是咱谢家的儿媳妇!你可得把她给抓紧了,今年年内务必结婚!你告诉她,听说她母亲前些年就去世了,让她放心,我会像对待亲闺女一样疼她。"

齐绮之所以心里产生纠结,是因为在与谢鲲即将确定关系之时,她的初中同学董小伟出现了。董小伟北京航空航天大学硕士研究生毕业,现在在一家航天企业工作,学的专业是天体物理。他是在参加清华大学的一次学术研讨会后,在校园里偶遇了齐绮。一开始两个人都不太敢相认,待相认之后,才感觉彼此的面貌变化都很大,一个成了知性丽人,一个成了帅气工程师。但董小伟在齐绮面前还是有点儿拘谨。后来两个人去吃了个饭,叙了叙旧,都有不少的感慨。得知彼此都未婚,还没有确定的男女朋友,董小伟此后便展开了对齐绮的追求。董小伟的出现,对齐绮来说总有点儿梦幻感。那段初中时期的所谓早恋,似乎只是一个模糊的背景,虽有一丝怅然的美好,但已成为鸿蒙未开时的一点儿残留的记忆,何况后来差点儿还造成实质性的伤害。如今的董小伟当然比过去自信了许多,事业往前发展,将来在专业上也肯定是一个高手。可见过三次面之后,他们之间似乎有没话找话的那种感觉。齐绮感到,除了北溟那段共同记忆,他们之间的共鸣点实在太少。而北溟,实在也只不过是一个回不去的过去而已。

齐绮与陈青娥已经是无话不谈的好朋友,她把自己内心的纠结告诉了陈青娥,陈青娥说:"当断则断,人家谢鲲父母都做到这一步了,你不能再这样纠结,必须尽快做出决定。你应该告诉你爸,让他尽快见谢鲲一面。他若不同意,再考虑别的选择。"

齐东野对与齐绮男朋友的第一次见面非常重视,专门在云间茶室最好的包间安排了一桌菜。齐东野请了梁兵,齐绮说:"也叫上陈阿姨吧。"齐东野半晌无语,说:"你舅舅是咱自家人,陈阿姨算怎么回事啊?"齐绮说:"陈阿姨是我的红娘啊,没有陈阿姨我怎么可能认识谢鲲呢?"齐东野说:"要叫你去叫,我是不会去的。"于是齐绮就专门约请陈青娥。陈青娥说:"我去不合适吧?这是谢鲲第一次拜见女朋友的家长,我去算怎么回事呀?再说,叫我这事你爸知道吗?"齐绮说:"当然知道,是他让我叫您的,您作为红娘,是特邀嘉宾。"

这天一大早,茶室的服务员把茶室里里外外清理得特别洁净。春节才换上的红灯笼仍然鲜艳,齐东野还是让他们重新揩拭了一遍。齐东野还问齐绮小谢喜欢喝什么酒,特意找出了几瓶十年以上的茅台。齐东野无端地认为,喜欢喝酱香型白酒的男人都比较纯粹,或多或少有一定的领导能力。他得知小谢吃饭比较随意,所以也没有安排吃什么南京菜、上海菜,而是吃肥牛火锅,当然牛肉是来自美国的上好牛肉。他觉得火锅最容易营造家人聚会的气氛。

那天晚上喝了多少酒,齐东野不记得了,不过并没有醉。谢鲲也喝了不少,齐绮好像还替他喝了两杯,但他也没醉。梁兵喝得不是最多,但他却有很明显的醉态,大概是看着齐绮成人而自己的姐姐已然不在,心里难受的缘故。陈青娥没喝酒,话也不多,只是高兴地听他们说话。齐绮倒是有几分玲珑心的,她不时给陈青娥搛菜,还与谢鲲一起敬了好几次酒,感谢陈青娥这个红娘。齐东野跟谢鲲聊得很投机,天南海北,国内国外,政治、经济、法律、文化、宗教、宇宙,话题多得就像扯开了无数的螺旋的线头。要不是齐绮看时间已近十一点叫停,准是聊个通宵也打不住。临别的时候,齐东野记得谢鲲那小子放肆地拍了几下自己的肩头,当然,齐东野也拍了拍谢鲲的肩头,差一点儿就勾肩搭背了。他仿佛也记得陈青娥小声说了他一句:"矜持一点儿好不好?这么失态,哪儿像个长辈!"他心里说:我这是高兴啊。燕妮如果在天有灵,她看到齐绮找了一个如意的女婿,她不知会有多高兴啊。

没出一周,谢鲲的父母就专程来京和齐东野见面,两家人相聚,彼此都很满意,就算是订婚了。谢鲲的父母催得紧,于是接着就领证,在一个月以后便在南京举行了西式婚礼。暮春三月,江南草长莺飞,乱花迷人,在花园酒店的草坪上,当齐东野牵着齐绮的手跨过花环门,把齐绮的手交到谢鲲手中时,齐东野哽咽得气不成声,全场来宾都抽泣声一片。齐东野在心里说:燕妮你放心吧,咱们的齐绮今天嫁人了,嫁的是一个优秀的帅小伙儿。

陈青娥的儿子霍海洋从初二便进了北京一所有名的国际学校,高中直接去了加拿大上学,然后在那里上大学,大学毕业后在那里找了工作,娶了一个爱尔兰姑娘艾米莉,随后霍海洋也加入了爱尔兰国籍。儿子在都柏林一家银行工作,儿媳在一家保险公司就职。儿媳是个独生女,父母有一个很大的庄园,是那种古城堡式的庄园,有两百多年历史。庄园附近是他们家广阔的牧场,养的牛羊有上万头之多。周末,小夫妻便去帮父母打理一下牧场。

儿子带洋儿媳来过中国一次,齐东野以董事长的身份与陈青娥一起宴请他们。霍海洋已经完全西方化了,虽仍然会讲、会听汉语,但吃起西餐来,已经比欧洲人还地道。当儿子要继续读研的时候,陈青娥就反对,怕儿子将来回不来了;当儿子硕士研究生毕业时,她让他回来,但儿子坚持在那边工作;当儿子决定要娶艾米莉的时候,她已经无能为力。她唯一一次当着齐东野的面哭,就是那一次。她想让儿子回国继承她这些年打拼下来的产业,但儿子说他不感兴趣,也做不了,他已经习惯西方简单的生活、简单的交际,他已经适应不了国内的工作和生活。齐东野理解陈青娥的那种幻灭感,她苦苦打拼半辈子,虽然一开始不一定只是为了孩子,可事实上就是为了孩子。好在陈青娥很快就从这种幻灭感中走了出来,她想,奋斗本身不就有价值吗?自己当年的起点多么低,曾经那么卑微地追求一个乡镇企业正式工的身份,而后来通过一步步的奋斗,她不但改变了自身命运,也改变了许多人的命运,她公司职工在册的有两万多人,这就是她的社会价值啊!当然,后半生她也要好好为自己活。

齐东野有一次跟陈青娥聊天,谈起她儿子霍海洋。她说,儿子还是很爱她的,亲口对她说,等她老了之后,就来爱尔兰养老,有蓝天、白云,有最好的空气和牧场,有最好的牛羊肉和牛奶,这种田园牧歌式的生活才是人过的生活,想想就很陶醉。

齐东野说:"你是不是很陶醉?对这种生活很向往?"陈青娥生气地说:"我陶醉个屁,向往个屁!在那里连个熟人和朋友也没有,就天天吃牛肉、土豆、洋葱、西红柿,算他妈的什么生活!我要是想过这种生活,当年离开马鞍山乡干什么?"她反问齐东野,"你是不是就盼我过那样的生活?告诉你,门儿也没有!"

这是齐东野与陈青娥相识这么多年来,第一次见她这么生气并说出这样的粗话。为此,齐东野在心里琢磨了很久。

扈海棠生活在滚滚红尘之中,已是两个孩子的妈妈,但品性上却是一个近乎不食人间烟火、无欲无求的女人。对世间的功名利禄,她一概不懂,对金钱也从没有概念,因为她生下来就没有缺过钱,也不晓得怎么花钱。对权力她更不懂,不知道科长、处长、司长是什么玩意儿,虽然知道孩子的姑父曾经是县长,但她并不知道县长的内涵是什么。她眼里和心里就只有老公和孩子,两耳不闻窗外事,就一心做全职太太、全职妈妈。

然而金针老太却把扈海棠静如止水的生活打破了。2014年夏天,两个孩子同时发烧,在儿童医院住不上院,只能在走廊里天天打吊瓶,白天烧明明退了,可下半夜又烧起来,且发烧度数越来越高,最高时到了四十摄氏度,两个孩子都烧抽搐了,尤其是男孩儿梁可以,抽搐起来就像狂风中的一片树叶。梁兵感到这样不行,就带上一家人加上两个保姆,连夜开车回北溟去找金针老太。第二天过晌才到,两个小家伙儿已是奄奄一息的模样。金针老太不慌不忙,又是

　　　　　　　　　　　　　东野三世

摸脉,又是看舌苔,又是翻看孩子的眼睑,又是扪摸孩子的肚皮,还立起手掌敲了敲,然后说"没事"。她和侄女去治疗室,先在孩子的后背搽上一些酱色的药膏,然后进行推拿。一个多小时后,孩子们便不再昏睡,睁开了眼睛,要水,要吃的,烧也退了。这样推拿了三天,孩子们便全好了。

梁兵拿出一个装有现金的纸袋放在桌上,表达自己的谢意。金针老太半睁着眼睛说:"钱我不收,但人要留下。"梁兵想:这是什么意思?要我留下干什么?金针老太说:"不是你,留下你媳妇。""留下她能干什么?她什么也不会……"梁兵嗫嚅道。金针老太睁开眼睛,仿佛从一个深沉的梦境里醒来似的说:"我要收你媳妇做我的关门弟子。我找了好多年了,就是她……"金针老太不由分说,一把把扈海棠拉到自己身边,说,"她现在就留下。"

扈海棠求得金针老太同意,到院里的老杏树下,与梁兵说几句告别的话。梁兵说:"海棠你行吗?你从来没学过医,啥也不懂。"扈海棠说:"老奶奶说我行我就行。"梁兵说:"三年时间太长了,别说我离不开你,孩子也离不开你呀。"扈海棠说:"喊,是你离不开我,别扯上孩子说事。老奶奶说了,我跟她学三年,这三年里绝对不能沾男人,所以你不要来看我。"梁兵说:"我哪儿能做得到?"扈海棠说:"我和老奶奶有缘,你放心就是。那两个保姆很好,要实在不行,再加一个。"离开牛角村的时候,梁兵哭得很难看,但扈海棠竟没有哭。梁兵想:海棠怎么会这样待我?莫非金针老太施了什么魔法?

后来梁兵和扈海棠真的整整三年没有见面,一开始梁兵还天天晚上打一个电话,后来金针老太连电话也不让接,于是两个人之间连电话联系也没有了。梁兵本来也是比较花心的人,没有女人的日子过不了的。但他在心里与扈海棠赌气,意思是你离了男人能活,我离了女人也能活,有什么熬不过?不想一赌气赌了三年,还真就过来了。

金针老太果然选对了人，扈海棠学成了金针术，因为她有文化，还把金针老太的绝学绝技都用文字整理了出来。她把这些文字一一念给金针老太听，听了若干遍，金针老太提出不少意见，便再修改。金针老太给扈海棠的嘱托共五条："一是在北京只能小范围内行医，一天看病不能超过三人；二是前十年只看儿科；三是五十岁后才看全科；四是六十岁以后才能收徒，五年只能收一个，必须谨遵传女不传男之训；五是我侄女麻紫云是你终生师姐，她一生未婚，你要给她养老送终。"扈海棠一一答应，并在一张老式文书上签字画押，然后行三跪九叩之礼，含泪拥别老太。

金针老太说："我活了九十多岁了，有海棠做我的关门弟子，跟老祖奶奶就有个交代了。这两年要记得常来看我。"

近两年，扈海棠每月都要回一次牛角村，每一次都住上一个星期陪金针老太。后来在扈海棠出师整整两年之后，在一个月明之夜，金针老太无疾仙逝。

在北溟有一个说法，齐东野当初辞官进京，带了四驾马车：一是花老吉父子，二是陈青娥，三是梁兵，四是回头村的赵传统和牛角村的邓光亮。齐东野对此是否定的，虽说为辞官他纠结了半年之久，可对辞官后究竟干什么，当时实在并没有明确的顶层设计，从事后看，前三驾马车还勉强可以成立，最后那驾马车则纯粹是他们二人自为，最多是在经营理念上受了他一些影响罢了。

2014年春，梁兵梦想中的私人博物馆——幽古春秋博物馆终于在北溟艺术小镇动工建设，2016年正式对外开放。

2017年，齐东野的维鲸投资公司实现了与北溟制药公司的战略合作，所谓合作，就是维鲸投资公司注资二十亿，对北溟制药公司绝对控股，占股51%，管理层股份下降为34%，北溟县政府占15%。政府没有再投入任何现金资本，但齐东野力主给政府15%的股份。为此管理层和其他小股东曾经反对，齐东野从药厂品牌多年的积累、未来发展离不开当地政府支持等方面再三解释，最后才达成一致。签完协议的那一刻,齐东野既高兴又难过:艾克蒙已经作古,而之前他们本来是商定共同投资的。

新月房地产公司的金色夕阳医养中心项目,是东夏省第一个医养结合项目,也在 2017 年动工。医养中心选在北溟县与苍岭县交界处的黄花溪,离北溟县城二十五公里,三面环山,溪水长流。黄花溪中心地带原是一个废弃的砖窑厂, 现在只剩下一个取土形成的大坑。大坑东边还有一个荒废多年的寺庙,叫智通寺。齐东野对这个项目特别用心,亲自规划,对具体的工程也精雕细琢。大土坑,经过改造,筑底修砌,又引进溪水,种了一些莲藕,变身为一个月牙形的小湖,名之曰莲月湖。齐东野派人对智通寺加以修葺,观音殿保存完好,又为观音重新塑了金身。大雄宝殿供的是佛祖、西方三圣,殿顶、殿门重新进行了装修。山门毁圮已尽,也照原样修复,并由东夏省佛教界有名的大和尚智圆长老重题了寺名。这个寺庙很小,没有僧人,也不对外,算是医养中心的一个部分,可供来此养老的居士们使用。

医养中心的主体部分是养老院和医疗保健院,共有两千四百个床位。养老院的客房分楼房和带小院平房两种。楼房二十四栋,楼仅五层,都装有电梯。带小院平房有二十四处,都不是四合院,没有围墙,四围都是竹篱或树篱,一个院子设一个木栅式小门。医疗保健院的医院功能主要是提供平常的诊断和治疗,而保健才是特色,举凡中医针灸、按摩、拔罐、刮痧、艾灸、足疗等,应有尽有。扈海棠任副院长,负责医院的中医医疗和保健部分。医疗保健院又分两个院区,A院区专门为在此养老的老人服务,B院区则设立国医堂和国际合作部,延请国医大师、各地名老中医两百余人定期或不定期坐诊,既为国内病人服务,也为来华看病的外国病患服务。

关于中医药国际化,齐东野有自己的想法,那就是要有足够的自信,而不要急功近利地走出去。这就好比自己有一样宝贝,不必急于让外国人认可。他认为，中医药永远不会消失，因为它植根于中华传统文化血脉，是基因一样的东西。中医只能毁于医，不会毁于药，当务之急是解决中医人才传承的问题。我们要向韩国学习，要把中医做成像韩国美容整容一样的产业，我们不用着急去西方上门推介，他们爱来不来。总有一天，会吸引大批外国人到中国来看中医，在望闻问切开处方以后，他们要住下来吃一定疗程的药，或者进行系统的针灸按摩。疗程结束以后，他们带着大包小包的中药回国再做巩固治疗；或隔一定的时间之后，再来中国开始另一个疗程。到那时，中医药才算得上真正复兴。医养中心从全国招聘了三十名中医大夫，并在全省范围内招聘了一百名中医护士和两百名护工。

扈海棠不可思议的进步，让齐东野常常感慨一个人的潜能之大。扈海棠原来读的是北溟华侨幼师，是所大专学校，职业定位就是幼儿教师，她自己也愿意从事这个职业，但母亲扈冬菊夺其志，说哄孩子没出息，又不让她到社会上的公司去应聘，便只好在如意酒楼帮着干点儿杂事，闲了四五年之久。与梁兵结婚后，又做了全职太太，也基本处在荒废状态。谁想到金针老太慧眼独具，不知从何处看到她有学医的才华。拜师三年学成，扈海棠不仅有了中医确有的专长资格，又全凭自学，两年便考取了中医医师执业资格。她整理的金针老太三百个医案，已经由出版社出版。梁兵以前不知妻美，其实更不知妻之多才，同床共枕十余载，他天天与一块浑金璞玉睡在一起，一直把她当成一个长不大的女孩儿看待。可其悟性之高，令无数科班出身的中医博士都难以望其项背。

在养老客房和医疗保健院中间有一个活动中心，其中有棋牌室、茶吧、练歌厅、室外广场、室内舞厅、绘画室、图书室、小型电影放映厅、健身房、静修室等，还有一个不大的儿童乐园，可供看望老人的儿童在此玩耍。医养中心还预留了十亩平整好的土地，专供种菜种花，全凭老人们自己的喜好。医养中心统一提供种苗和工具。

黄花溪方圆近十公里,原来都是荒山。在黄花溪的源头地带,齐东野专门开发了一个百草谷。黄芪、柴胡、丹参、芍药、牡丹、地黄、夏枯草、太子参、黄连、白术、连翘、金银花、女贞树等,上百种草药各有专园,种植后就让它们野生野长,不施用任何化肥。赵传统把回头村的上百株老桑树移植过来,邓光亮把牛角村的上百棵老杏树移植过来,吉世荣把梨花港村的上百棵老梨树也移植过来,所形成的桑园、杏园和梨园最具特色。桑园的桑葚,有紫色和白色两种,一棵能产一百多斤。过去,经霜的桑叶都烂在地里或当柴火烧了,而今成了稀缺的霜桑叶和冬桑叶。杏园产的杏子,有黄、红、白三种,以前是食其果肉而弃其仁,而今杏仁专作药用。梨园的梨只有莱阳梨一种,品相不美,梨皮上布满雀斑似的点子,果肉口感粗糙,食后果渣能占四分之一。但莱阳梨药用价值高,用它做的梨膏,润肺生津效果最好。而一到春天,杏花、梨花次第开放,更是美不胜收的一景。桑葚大部分药用,一部分供时令鲜食。五一前后,在桑树优美的树冠里,隐藏着成熟的红白桑葚,不用采食,光看一眼,舌齿间便津津然、油油然矣。

　　医养中心只是齐东野探索医养结合模式的一个样板,没想到一经推出便呈现供不应求之势。医养中心只是面向北滨服务,结果省城及北京的预订加起来竟达20%以上。

　　在金色夕阳医养中心一千米之外,有一个幽静而神秘的所在,那是齐东野为自己打造的一个归宿之地——归来书院。书院与医养中心同时动工,于2018年年初全部装修完毕。

　　齐东野曾经跟赵传统和邓光亮说过他有一个计划,这个计划也于2017年实施。新月房地产公司在县城东湖以东拿了一大块地,陆续修建"晋城新天地"。回头村和牛角村两村合而为一,在这片晋城新天地里建了"回牛新村"。齐东野说动县里领导,结合易地搬迁和精准扶贫政策,给予一定的补贴,不仅让农民进得了城、买得起房,还实现了老人和孩子同时上楼。每一个搬迁户,一家给相邻的安置房两处:一处一百二十平方米左右,三室一厅;一处是老人房,八十平方米左右,两室一厅。这样便一下子解决了老人和在城市打工的孩子长期分居的问题。而回头村和牛角村,由此便成为北溟县历史上头两个消失的村庄,两个村的人全部进了城。村里的地怎么办?均由村办企业远景绿化公司员工去种,几百亩谷子和豆子的种、收,金银花、银杏等苗木的施肥浇水,桑葚和桑叶的采收,核桃、板栗、柿子的采摘,反正有农活儿的时候,他们坐大巴车去,坐大巴车回。

回头村和牛角村里的老旧房屋,因为石头房居多,现在反成了一大特色。新月房地产公司下属文旅公司一次性把这些房子全部收了,作为村集体的固定基金来源,按人头一年一次分红。通过一番新的改装,破旧的民房被全部改造成了民宿,很快成了网红打卡地,由文旅公司统一经营。愿意再回村经营的农民,身份便成为文旅公司的职工,根据业绩领取工资和奖金。这一模式被媒体报道后,东夏省新任省委书记管心晏不敢相信,特地进行了一番微服私访,后来便在全省推广。

第三章

　　到 2018 年 4 月中旬，齐东野在北溟想做的事都已圆满收官。对北溟制药公司的投资控股，医养中心、归来书院、回牛新村的建成，没有一件不让他欣慰。遥想十四年前——隔了十四年的时光，的确有些遥远了——当时想也不敢想的事，全部在他手里实现了。

　　在这所有的得意之外，有一件事让齐东野咬牙切齿，数年中不能释怀。都做到这个份儿上了，齐东野才明白，忍人所不能忍、舍人所不能舍真的是太难太难了。从 2010 年起，新月房地产公司大举向二线城市发展。齐东野首选的城市是东夏省省会汇泉市。为尽快抢滩布局，他选了一个合作伙伴。这个合作伙伴姓牛，身黑，体重两百五十多斤，外号大黑牛。大黑牛是本地人，在汇泉市手眼通天，他承诺能拿下四个城中村搬迁改造项目。拿下这个项目堪称虎口夺食，因为参与竞争者都是实力雄厚的虎狼之辈。齐东野与大黑牛合作，很快就拿下了这个项目，项目分四期进行。

　　可未承想这个项目到手后成了一个烫手山芋，拆迁工作麻烦不断，导致工程一拖再拖，光拆迁就费时三年。由于地势低洼，仅平整土地一项就增加了不小的成本。一二三期楼盘推出之后,恰逢房市低迷,多亏齐东野运营得法,才使项目不赚不赔。

到了2016年6月,第四期楼盘竣工封顶,齐东野长舒了一口气:终于要看到收获了。可就在这时,大黑牛却与他翻脸了。

6月初,一个周末,在太平湖湖心小岛上,大黑牛组了一个饭局,汇泉市分管城建的副市长、住建部门的领导、省市三位主要领导、公检法的几位领导,悉数到场。

汇泉市的夏天热得早,6月初便直奔盛夏,蝉声未动,暑热已起,整个城市空调都卖得断了货。但湖心岛四围皆是澄碧的水面,柳丝飘飘,微风轻拂,水上小阁里清凉舒适得很。齐东野心情不错,以为大黑牛让他这位背后的大老板出面,只是为了进一步密切与省市领导的关系,同时炫耀一下自己的背景而已。

但随着宴席的进行,他才发现味儿不对。地方领导仿佛对他视而不见,而大黑牛成了主角和核心。酒到中局,大黑牛图穷匕见,大刺刺地说:"齐哥,咱们前期合作还算愉快,但现在,兄弟不想合作了,想单飞。朋友一场,希望能好聚好散。"酒桌上那些领导纷纷附和道:"大黑牛早就应该这样了,来来来,我们祝贺大黑牛单飞。"于是一齐给大黑牛敬酒。

齐东野遭受了经商以来第一次致命的偷袭,而且这偷袭蓄谋已久。酒后,大黑牛与齐东野又在茶室里喝茶,更明确地讲了让齐东野退出第四期楼盘的条件——只归还齐东野投入的本金,而且仍沿用新月四期的名称。这是让齐东野吐血的条件,实质就是要他签订城下之盟。

齐东野感到肺都要气炸了。他说:"要新月退出,没门儿! 我们合作的方式和回报在合同上写得清清楚楚,还没有到期,即使打官司,打到最高法院,新月也不怕!"大黑牛平时是那种粗人,可这次并没有一句粗话,甚至很谦和地说:"齐哥一时接受不了,能理解,这事也

东野三世

不急。"可齐东野在心里已经多次骂娘了,脸色气得铁青。

齐东野想:你大黑牛不过是条地头蛇,老子可是一条强龙!你想靠地方背景压我?那好,老子就调动起所有的资源奉陪!何况法律在我们这一边,谁怕谁!

于是一场拉锯战在双方之间展开。大黑牛铁定要齐东野退出,齐东野坚决不干。齐东野恼怒万分,他经商以来,这是第一次让人骑着脖子拉屎。他如果后退,简直就是奇耻大辱!一个地产界赫赫有名的大佬,受到一个小地痞的欺侮,他感到是可忍孰不可忍!

齐东野一方面让律师团队做好打官司的准备,一方面调动高层的关系做好应对的准备。那段时间,齐东野最痛苦的是没有一个人可以与他就此事相互商量。屈辱感充斥他的心头,他常常凌晨三点多钟醒来便再也睡不着,睁着眼睛直到天亮。有一天,他心里实在受不了这种窝囊,便跟陈青娥吐露了此事。陈青娥也只能安慰而已,说事情总能找到解决的办法。但齐东野无论如何就是咽不下这口气。

齐东野跟京城大居士费而隐先生算得上是忘年交。费先生九十六岁了,一生的事业就是制作古琴和学佛,生活上就爱吃猪头肉、喝二锅头、喝茉莉花茶。齐东野那天去找费先生喝茶谈天。费先生问:"怎么了这是?一脑门子的心事。"齐东野不好隐瞒,便把与大黑牛的糟心事和盘托出。费先生说:"小事小事,除了生死,都是小事。我问你,你说实话,你如果退出,损失有多大?至少十个亿吧。十个亿对你伤筋动骨不?""那倒不会。""没有这十个亿你就走不下去了吗?""那倒没有。老话说,光脚的不怕穿鞋的。""你说光脚的为何不怕,穿鞋的为何就怕呢?""因为穿鞋的怕失去。"费先生点点头又摇摇头,对齐东野说:"喝了这杯茶就回去吧。有这杯茶可以解渴,没有也渴不死不是?回去好好想想佛被歌利王割截身体的故事,咂摸咂摸忍辱波罗蜜的味道,也许你就知道该怎么做了。"

齐东野退而思之,心有所动,最后终于把这个结打开了。他选择了退出。他没有吃到新月四期成熟的桃子——这个值十个亿的桃子。但他认了,不是认栽,是认辱。

一个五十岁出头的男人,搁过去,就是年过半百的老人了,可以堂而皇之地倚老卖老了。齐东野却特讨厌"年过半百"这个词。"革命者永远是年轻",只有年轻的心才是勇敢的,才有能力迎接挑战,才有资格拥有未来。

这天晚上,他独自在云间茶室里小酌,独自享受已经久违了的志得意满的感觉。退出汇泉市新月四期项目后,他蒙受了不小的损失,可这反而更加让他有了这种感觉。厨师做完几个他爱吃的小菜,他就让他们休息去了,不要扰他。陪他的只有一个叫巢南枝的女孩儿,是一个月前陈青娥推荐来的实习生,长得清纯可爱,在茶室做他的服务员。原先有两个女服务员,现在都已离去,他也没有问过她们去了哪里。巢南枝来这里这么久,他今晚算是第一次正眼看她,忽然发现她真的很像一个人,像梁燕妮,身段和神情特别像梁燕妮;但她同时又很像另一个人——陈青娥,脸蛋儿像,眉眼和头发都像极了年轻时的陈青娥。他恍惚记起,当陈青娥把巢南枝领来的时候,他还开了一个玩笑——怎么把你妹妹带来了?他知道陈青娥是没有妹妹的。

巢南枝只为齐东野服务,端茶、递水、倒酒。窗外月色很好,茶室里音量不高地放着古琴曲《高山流水》,出自管平湖之手,一直在循环地播放。齐东野突然听得出神,热泪涌上了眼眶。巢南枝说:"齐总是不是嫌这首曲子单调啊?那我去换一首曲子。"齐东野说:"不用换,我就爱听这个,这是高山流水遇知音啊。"

巢南枝说:"一个人喝酒容易醉,我陪齐总喝一杯行吗?"

齐东野说:"好啊,我求之不得呀。"

于是他就让巢南枝坐到身边,两个人一杯一杯地喝了起来。

酒喝得越来越密,齐东野的目光越来越伤,越来越黏糊。齐东野眼前不时交替闪动梁燕妮和陈青娥的身影,反复对巢南枝说:"你到底是谁呀？你到底是谁呀？"巢南枝声音轻柔地说："我是小巢啊。"
齐东野说："我醉了，'我醉欲眠卿且去，明朝有意抱琴来'啊。"巢南
枝说："齐总，我扶你到房间去。"巢南枝就搀着齐东野进了卧室。巢
南枝铺好薄被，揿灭了灯，与齐东野睡在了一起。

　　第二天，齐东野推掉了一切活动，也没有任何人来打扰他。很奇
怪，陈青娥也没有找他，以往几乎天天都要见面，不见面也要通个电
话，或是为公司的事，或只是问候。这些年，尤其在梁燕妮走了以后，
都是如此。他脑子里空空地坐了一天，似乎想了一天的心事，似乎又
什么都没有想。晚上他又想一个人喝酒，但巢南枝不让他再喝了。他
们两人都清楚昨天做了什么。今天的巢南枝穿得更加性感，化了淡
妆，眉眼间更像当年缫丝厂的陈青娥了。巢南枝今天敢于用眼睛直
视他了，而他也不用遮遮掩掩的了。四目相对，男女之间的事便心照
不宣。多少年来，他并没做到像一个苦行僧一样绝对禁欲，但男女之
事确也淡到几乎没有了。梁燕妮活着的时候，他不能背叛，梁燕妮走
了以后，他又始终没有走出下一步。他知道下一步将走向哪里，陈青
娥已经等了他那么多年，两个人心里都明白。陈青娥当初那么听他
的话，那么决绝地离开北溟，哪里仅仅是为了生意。若仅仅是为了生
意，一个女人是下不了那么大的决心的。更不是为了所谓的对他的
智慧和能力的信任，老实说在那时他对自己都没有信心。那么，就在
和陈青娥走到一起之前，让我再放纵一次吧。青春已逝，人生除了饮
食男女和生老病死还有什么呢？于是齐东野又一次与巢南枝度过了
一个销魂之夜。

　　后来一连半个月，齐东野都在南方出差，一方面陪一位老领导
游玩，一方面去深圳考察了人工智能项目。等他回到北京，再到云间
茶室，却发现巢南枝没有来上班，问了厨师长，说有半个月没来了，
还以为陪齐总出差了呢。陈青娥晚上到茶室来，齐东野还说起巢南
枝不辞而别的事，陈青娥淡淡地说："一个实习生，走了就走了呗，怎

么还这么舍不得呀？"齐东野说："我只是随便问问。"

又过了几天，齐东野终于向陈青娥郑重求婚。他说："我不能再自己骗自己了，再骗自己就不是人了。我们彼此在心里等了这么多年，孩子们现在都结婚了，还在犹豫什么？"

陈青娥一把鼻涕一把泪地哭了，一边哭，一边狠命地用拳头擂打齐东野的肩膀。"谁在犹豫？是你这个浑蛋在犹豫！你就是想这么拖着，把我拖老了，你好再找个像小巢那样的小姑娘！你就是盼着我晚年一个人孤独地在爱尔兰放牛放羊！这个世界上就数你最狠，最坏！

最狠最坏的齐东野终于把一枚钻戒戴在了陈青娥的手指上。他们并没有举行婚礼仪式，在北京的亲友一块儿吃了个饭，就算是广而告之了。齐绮和谢鲲都支持齐东野和陈青娥在一起，说这样他们作为小辈就放心了。当着陈青娥的面，齐绮还要求爸爸一定要对陈阿姨好，不然对不起陈阿姨所付出的一切。陈青娥也征求儿子霍海洋的意见，没想到这个已经把汉语忘得差不多的小子，竟按照徐志摩儿子答复妈妈张幼仪的话语和风格，说出了古色古香的文言文："母如得人，儿请父视。母与齐伯，蹉跎经年，今结秦晋，不亦迟乎！"梁兵和扈海棠也都表达了对姐夫的祝福。梁兵知道姐夫这些年在京打拼的不易，不仅为了自己，也把他们一个个带起来了。没有姐夫，他不可能做成今天这样的大盘，成为京城数一数二的古玩收藏家、艺术品鉴定家，北滇花与画艺术小镇镇长，幽古春秋博物馆馆长。中华艺术世界论坛永久会址就设在艺术小镇，一年一届的花卉博览会也落在艺术小镇。他设身处地地想过，在姐姐走了以后，即便姐夫第二天就跟陈青娥走到一起，他觉得也无可厚非，何况姐姐已走了快五年了。他懂得一个太有雄心的男人往往在感情上更脆弱，顾忌的东西也更多。

齐东野和陈青娥去日本度了半个月的蜜月。一对苦情鸳鸯，到

东野三世

人生的后半场才走到一起,才修成正果,虽勉强算是中年恋,其实日头已经偏西得很了。他们彼此珍惜,新婚的感觉胜似年轻人的地方也颇多。陈青娥给他的惊喜,远超他的想象。已经五十岁出头的女人,仍然有着很年轻的身体,每一寸肌肤都富有弹性。陈青娥是不相信所谓冻龄的,她觉得冻龄如同冷冻的海鲜,其实已经不鲜了,只是没有变质而已。但她相信女人可以保鲜,而保鲜术并非美容术。马鞍山乡是北溟县出美人的地方,陈青娥能在马鞍山乡缫丝厂成为群芳之冠,比入选香港小姐或亚洲小姐在某种意义上要难得多。陈青娥开服装店的时候,她自己就是衣裳架子,穿什么都好看。陈青娥开美容院,她自己就成为美容标准,可她自己除了最基本的美容护肤以外,从来不需要辅助或造假。她认为,女人的保鲜只来源于两个方面:一是女人的心气,一是爱的动力。在北溟开美容院时,有几个官员曾赤裸裸表达过对陈青娥的觊觎,但一方面因为她只与太太们打交道,另一方面因为又有她是县长小蜜的风闻,所以她把自己保护得很好。到北京后就不同了,参加 MBA 班学习后,有两位同学——一位国内家具业的大佬,一位有十几艘远洋捕捞船的四十八岁的石岛老板,为了追求她,已经摆开要比拼的架势。陈青娥原来并没有把他们的追求当回事,因为在她成长之路上似乎从来不缺少男人的追求。但看到他们两个人要来真的,陈青娥便只好请来齐东野帮忙。齐东野当然一口答应,专门请她这两位同学到花老吉的四合院吃饭,门口安排了四个保镖,皆是一色的彪形大汉。席间,齐东野首先亮出名片,继而亮出自己是陈青娥老公的身份,并表明二人从小青梅竹马。齐东野饮酒豪爽,谈吐非凡,两位老板知道他在读 EMBA,便自觉低了一等,见齐东野与陈青娥亲热异常,配合默契,便打消了以前的非分之想。

有一次齐东野抚摩着陈青娥的身体,开玩笑地说:"这里,还有这里,是不是假的呀?"陈青娥娇嗔地骂他是天下第一假正经,赚了便宜还在这里卖乖。"我干美容这么多年,皮肤护理是天天做的,"她说,"但从来没打过什么玻尿酸,也没有做过任何的整形和填充。只有对自己不自信的女人才做那些。"说到这里,陈青娥脸上便有泪珠滚滚而下,她说,"你这个坏人怎么这么命好?"她要他答应一定要怜惜她。齐东野捧起陈青娥梨花带雨的脸,深情地吻下去。蜜月期的齐东野与陈青娥共同的感觉是二人走到一起太晚了,他们恨时光流逝太快,一天只有二十四小时,为什么一天不能有四十八小时或者更多?他们又恨时光不能静止,假若时光能够静止,那么就从这一刻开始。陈青娥傻傻地说:"我希望我们两个人能进入另一个不同维度的洞天,在那里可以不受人间时间的限制——洞中方七日,世上已千年。"齐东野说:"你太贪了,那样不见得就有意思。想想看,有一天我们回到世间,没有一个熟悉的人了,都已经过世百年或千年了,就像'有鸟有鸟丁令威,去家千年今始归,城郭如故人民非'那样,将是一件多么凄凉、多么恐怖的事。"陈青娥说:"那就十倍好了,洞中方七日,世上七十天。"

齐东野对陈青娥说:"我打算退出了,开始人生的第三次转型。第一次转型是做官,第二次是经商,第三次我想干点儿自己喜欢干的事,做一只闲云中的野鹤。"陈青娥说:"不论你想做什么,我都会全力支持你。"

从两手空空到长袖善舞,齐东野历尽了常人难以想象的艰辛,也把握了人生难得的机遇。他超人的眼光、敏锐的嗅觉、卓尔不凡的资源整合能力、游刃有余的操控力、兔起鹘落的行动力、静如处子的稳健风格,让政商两界的人印象深刻。齐东野的稳健在于永不逾矩,在于永不膨胀。在经商的这些年里,齐东野一直雇用着两名律师,一个是顾雄恺,一个是陆少炎。前者出自华东政法大学,后者出自西南政法大学。这两名律师互不相识,各有不同的背景。公司签订的任何重大协议,最后都要经过他们的把关。陈青娥曾问过齐东野:"许多公司都是摊上官司才聘律师,你这是干吗呢? 聘一个也就够了,白白多花一个人的费用,值得吗?"齐东野说:"现在花点儿律师费,就是为了将来不打官司。"至于为啥聘两个律师,他没有说,这就是齐东野的城府了。他看到身边一些老板,由于多少年过分依赖一个律师,到头来反而被律师控制,吃了不小的亏。

2017年6月6日,齐东野在北京度过了他的五十二岁生日。他向股东和董事们宣布,辞去六家公司的董事长或总经理职务,只保留心之力人工智能公司董事长的职务。集团公司和控股公司分别由陈青娥、梁兵担任董事长、总经理,副总经理们一部分是自己培养起来的,一部分是通过市场聘请的职业经理人,许多都是高学历的专业人才。股东和董事们都表示挽留之意,齐东野说:"请股东们放心,我只是退居二线,重大决策和重大事项,当然还是由我把关。"

齐东野在黄花溪的归来书院,却是一个让人看不懂的书院。不少老板也建了书院,有的办成了休闲会所,有的变成了附庸风雅之地,有的办成了读经班——只传播四书五经,或者仅仅是《三字经》《弟子规》《烈女传》之类。而齐东野的归来书院则不同:地方不大,建得精雅,楼台亭榭,回廊萦纡。亭有两处,一曰川上亭,取"子在川上曰,逝者如斯夫"之意;一曰观鱼亭,取庄子濠梁观鱼之意。餐厅包间有二,一曰秋水,二曰蝶梦,均取自庄子。住宿的地方,名之曰槐安客栈,门口有一个巨大蚂蚁窝的标本,还配有一幅蚂蚁浩浩荡荡出行的油画。书院最核心的部分是在最里侧的一排中式小院,也不挂牌子,只有甲乙丙丁戊己庚辛壬癸十天干的编号,分别代指国学研究室——又分四室,一室重点研究诸子百家,二室重点研究《易经》,三室重点研究中医文化,四室重点研究古典文学,从诗词古文到戏曲小说;旅游考古研究所;智能机器人研究院;智慧农业研究院;生命科学研究院;现代教育研究所等。这个奇特的书院看似一个大杂烩,实际上却是齐东野的一个研发中心。他聘请了好多专家,有的在职,有的已退居二线,但以兼职为多,各自每年上报课题,不用到归来书院坐班,但要定期或不定期地进行交流,汇报课题研究进展和进度。书院仅仅开办两年多,已出版了十几本比较有影响的书籍。智达教育推出的教辅书籍,也是在这里拿出的初稿。齐东野还在东夏省开办了两所一条龙学校——从幼儿园、小学直到高中,并在青岛办了一所国际学校。虽是新校,由于办学理念新颖,很快都具有了品牌影响力。

在归来书院东南隅,摆着二十几个白色的箱子,码放得一人多高,这是齐东野的蜂场,只养了二十几箱意大利蜜蜂,自产自用。有的蜜蜂纯是牺牲品,因为医养中心新上了蜂疗项目。医养中心还建了一个樱桃温室大棚,当腊月花开时节,齐东野便拿出几箱蜜蜂过去给花儿授粉。

幽古春秋博物馆号称全国十大私人博物馆之一。在博物馆建成之前,梁兵早就在北京成了名。作为电视台寻宝栏目的首席鉴定专家和京城四大收藏家之一,梁兵成为那些热衷于艺术品投资的老板膜拜的"金口"。如同千里马往往不能自证,只能等待伯乐的鉴定一样,只有经梁兵一断,才得安心。因此,虽然梁兵鉴定一次的出场费已经从一万元升到三万元,求鉴者仍然趋之若鹜。有的老板辗转托人找到齐东野,才好不容易让梁兵鉴定一次。一天,齐东野陪梁兵到一位知名富豪的家中鉴定。富豪拿出了他珍藏的最得意的五件国宝级古玩。梁兵身着藏青色唐装,穿布鞋,戴圆边无框眼镜,蓄山羊小须,手捻一百零八颗菩提子串珠,口衔烟斗,一件件地看去。第一件是有谷纹的高古玉璧,富豪找人断过是西汉文帝时期的古物,但他自认为出自春秋。梁兵一上手,只看两眼,便说是新的;不是游丝毛雕,一看线条就是现代机器刻的。第二件是八大山人的一幅山水画,上有翠鸟一只。梁兵只看一眼,便直道"假得不像话,连八大的鸟都是白眼向人也不知道"。两件皆假,富豪的脸色便越来越难看。第三

　　　　　　　　　　　　　　　　东野三世

件上来,是把短如匕首的鱼肠剑,梁兵凝神谛观,摩挲不已,许久不说话,富豪的心一下提到嗓子眼儿,他说这是他花一亿港币在香港买下的。梁兵说:"这件东西我已找了三十年,这是著名刺客——刺杀吴王僚的专诸用过的鱼肠剑,铁定无疑。莫说一个亿,将来十个亿也买不到。"第四件是雍正时期的一个梅瓶。梁兵手一搭,便道是假的,说:"四爷的东西哪有这么糙?"第五件是个鎏金的蚕,梁兵闭眼把玩了一会儿,说:"这件东西我真没见过,绝对是件宝物,你得好好地留着。"这位富豪的收藏,他找不少名家鉴定过,几乎百分之百是假的,对他的自尊心摧残很大,也有一些鉴定者说他的收藏百分之百都是真的,他又怀疑他们是在愚弄他。梁兵的鉴定不一样,他是有一说一,毫不含糊。因此,一场鉴定下来,他对梁兵佩服得五体投地,额外又多包了五万元的红包表示感谢。

因为求鉴定的人太多,梁兵每天限定五十人五十件,而且要提前十天预约。齐东野略带讥讽地说梁兵:"你这可真是稳赚不赔的生意。我问你,你的鉴定究竟能保证百分之多少的准确率?"梁兵说:"谁也保证不了。干我们这一行靠的就是眼力和功力。为了修炼这个,姐夫可晓得我付出过多少学费?外人是只看到贼吃肉,没看到贼挨揍啊。"

第四章

　　齐东野近几年回北溟,或参加北溟人在北京的聚会,满耳朵都是意外的消息:谁谁谁出事了,谁谁谁又出事了。每当有当年的领导、同事或部下向他说起这些,并赞他是有先见之明,他其实心里很不是滋味。他没有为自己当初选择辞官而感到庆幸,相反,更多的是悲哀和惋惜。

　　已经任北溟市政协副秘书长的李春秋,本来以为能安全着陆,没想到第一个出事的就是他。他的事主要发生在任北溟县委书记期间,五年间提拔干部受贿金额五百多万元,牵涉北溟县副科、正科、县级干部六十多人,与他有不正当男女关系的有七人,在纪委通报中首次使用了"通奸""令人不齿"等字眼。

　　北溟市发改局局长廖二本受贿金额一千多万元,是被两名老板联名举报的。廖二本事发后第三天,几个园林工人发现,分管发改局的常务副市长高贵同吊死在山花公园的一棵白蜡树上,是用一根红色的尼龙绳吊死的。高贵同每天早上六点钟左右都到山花公园散步,是多年形成的习惯。省委组织部刚刚考察完,不久高贵同就要升任北溟市市长。高贵同的妻子告诉警察，头天晚上高贵同说是在单位加班，就没有回家，但市政府办公室的人说高市长当晚并没有加班。警方断定，高贵同那天晚上一直在公园里转，大概在凌晨四点多钟才采取了自杀行为。从现场勘测和尸检报告来看，已经排除他杀的可能性。高贵同的妻子还提供了几份医院的诊断报告，证明一年前高贵同已在吃抗抑郁的药物。

齐东野对高贵同的死感到十分痛心。他们当年同在市委工作，齐东野在研究室，高贵同在办公室，两个人经常一块儿在食堂就餐，周末还一起到书摊儿淘旧书，后来也曾在省委党校同班学习。

2017年夏秋之交，接连三天三夜暴雨，北溟县遭遇百年不遇的洪灾。黑虎水库泄洪和暴雨不止，淹了子牙河下游的三个乡镇三十多个村庄。乡镇干部都下到村里，深夜鸣锣，组织群众撤离。王家沟村、半截楼村有十几位七十多岁的老人就是不走，县委书记蔡咏梅下令给乡党委书记，让他们捆也要把这些老人捆出来，要确保不能死一个人。乡干部们当然没用绳子捆，而是不顾老人们又踢又骂，连抬带拽把他们转移到了安全地带。刚转移出去不到一个小时，洪水翻着浊浪，便把大半个村庄吞噬净尽。北溟多少年来都是抗旱，对防汛缺乏足够的准备。河道两边，农民建的温室大棚有上千个，新种的蔬菜被泡，农民损失很大。河道里还有几个养鸭场、养猪场和一个瓶盖厂，也被洪水全部冲走。副县长钟明友连续十五天在抗汛一线，有一天在查看完一处险情回来的路上突然倒下，再没能起来。齐东野以个人名义向北溟县民政局捐款五百万元，带动北溟县各界捐款两千多万，有力地支持了北溟县的防汛救灾和灾后重建工作。

女婿谢鲲征求齐东野的意见，想跳槽到国研中心工作。齐东野只问了他一句："当官就不能发财，这是官与商的边界，你想好了吗？"谢鲲说："放心吧爸，我在银行做首席经济学家这几年，经济基础已经很可以了，我不想一辈子就当个只会挣钱的经济学家，不然有愧于平生所学和年轻时的抱负。"

齐绮的预产期是 2017 年 12 月 28 日。齐东野和陈青娥提前来到北京,给她做产前准备工作。26 日,齐绮感觉肚子疼,便住进了玛莉亚月子中心,这是陈青娥的主意。齐东野不以为然,说:"我出生时就是村里接生婆接生的,不也好好的?"陈青娥说:"那是当年没有条件,现在我们有条件了,为什么不能让孩子减少一些生育的痛苦?"

26 日晚,齐东野在客厅里一边与陈青娥小酌一边看电视。各省级电视台上星之后,华西省卫视的喜剧节目吸引了齐东野的注意,只要赶得上,他都要看一看。好的喜剧不多,而好喜剧带给人的享受是无可替代的。

齐东野乐悠悠地看着喜剧小品,陈青娥穿着一条碎花短裙靠在他身边,让他有一种既亲切平常而又味道十足的幸福感。陈青娥别有一种妩媚的韵味,成熟、蕴藉,平时像安静的池塘里的荷花,经了雨丝和风的滋润吹拂,才会展露出那种顾盼神飞的韵味。二人不禁拥吻了好一会儿。刚要换频道,华西省卫视播出的一条新闻让齐东野立时愣住了。齐东野没有看错,是一条华西省主要领导职务调整的新闻,侯方生由东夏省常务副省长升任华西省委副书记、代省长。

齐东野一下子晕了过去。陈青娥一边找出速效救心丸,一边就要打电话叫救护车。齐东野却已经醒来,自己在舌下含了几颗速效救心丸,便不让她打电话,说他没事,是刚才受了刺激。

齐东野已经离开官场十三年,他也在有意无意地遗忘他曾经的仕途生涯,但有时还是遗忘不了,那种政治情结犹在,那种对政治的关注仍在。侯方生是他的好同学,有能力,有水平,人品好,为官廉洁。侯方生干到常务副省长时,出乎很多人的意料,但齐东野并不感到意外。而现在侯方生一下子成了一省之长,齐东野却有些接受不了。这些年来,他心中仿佛在靠着一个微妙的支点维持着平衡,可霎时间这个支点仿佛被抽掉了。第二天一早,齐东野似乎恢复了释然的状态,可直到中午,齐东野抱着一本打开的书一个字也没有看进去,只是两眼呆呆地望着窗外。

中午十二时三十分,谢鲲打来电话报喜,说齐绮生了,生了一个女儿,六斤八两,母女平安。接着,陈青娥离开齐东野的视线去接了一个神秘的电话,通话足有半个小时。然后两个人为外孙女的出生祝贺,齐东野高兴得有些不知所措。他非要起开一瓶香槟,陈青娥不让,说:"昨天你把我吓着了,不能再让你过分激动。"

过了一会儿,等齐东野激动的心稍微平复下来,陈青娥含笑问他:"还有更让人激动的消息,想不想听?"

陈青娥让齐东野先猜。齐东野如何猜得出?过了一会儿,陈青娥用两个指头狠狠地弹了下他的脑门,这才告诉他:"你的儿子也出生了,也是在十二点三十分,与齐绮的女儿同年同月同日同时。"

齐东野一脸的茫然,他是真的茫然。"我的儿子?他不知道自己何以会有儿子。"

陈青娥说:"还记得巢南枝——那个小巢吗?"

齐东野想起来了,点点头。

于是陈青娥便把如何物色巢南枝,如何把她安排到他身边实习等一一告诉了他。还说三天后两个保姆就会把孩子送来。

齐东野不知说什么才好。在陈青娥的良苦用心面前,他突然发现自己十分卑微。齐东野叹息说:"青娥,你这是何必呢?我已经让你受了这么多年委屈,你又为我做这些,这不是陷我于不义吗?我以后还怎么在你面前抬头做人呢?"

陈青娥说:"我愿意,所以我做了。我知道你今生最大的遗憾是没有一个儿子,但我这个年纪已经不可能为你生养了。这事如果直接跟你讲,你肯定不干,所以只好'曲线救国'。当然,从这件事也可看出,齐东野先生也并非圣人,根本做不到坐怀不乱啊。"

齐东野解释:"说这些都晚了,总而言之,我一辈子也还不清你的债了。"

当天,齐东野和陈青娥去月子中心看了齐绮。三天后,齐东野见到自己的儿子,把他小心翼翼地双手抱在怀里,就像抱着一个新生的自己。陈青娥对这个孩子也喜欢得不得了,说:"你看那额头,那眼睛,那鼻子,就是一个小齐东野,一个模子拓出来的。"

他给儿子取名陈续,之后便由陈青娥出面到民政部门办了领养手续。不仅是对外,他们对齐绮和谢鲲、梁兵和海棠也都宣称是自己领养了一个儿子。

东野三世

第五章

2019 年,北溟县到北京有了直达高铁。绿皮火车时代,到北京需要十二个小时。没有高速公路的时期,到北京开车也要十二个小时;全程高速之后,到北京开车只需五个多小时。齐东野的生意已遍布全国八九个省市,但他常年活动最多的地方还是北京、北溟、青岛。他在海南有一处别墅,冬天偶尔去住一段时间,但他还是喜欢四季分明的北方。

花老吉领导层陷入深重危机。吉世荣糖尿病并发症虽得到控制,可情况并不稳定,而且两个女婿的抢班夺权已明火执仗。两个人分别把持分管一块,吉世荣已插不进手。两个人的想法就是盼吉世荣早死,然后或者一方把另一方火并,或者干脆把花老吉分拆为二。吉世荣几次要求吉鹏回来主持大局,他要把班交到吉鹏手里。可一方面这个家族企业是吉世荣一手创办,两个女婿也是企业元老,他们之间并没有明确地划分股份,另一方面吉鹏离开花老吉已有十余年。吉世荣一筹莫展,只好来找齐东野帮忙拿主意。

齐东野在归来书院接待吉世荣和吉鹏父子。齐东野说:"我也不想看到老吉奋斗一辈子的成果就这样烟消云散——如果将来分拆为二,这个结局是必然的。但要一劳永逸地解决花老吉的问题,只有一个办法,那就是走股份制改造和重组这条路。先找个会计师事务所进行审计,理清企业的资产和负债,再引入三个外部股东注入相应资金,让企业变成股权明晰的股份制公司。"

此前,吉鹏已经委托一家咨询公司对两个姐夫的情况做了私下调查,发现他们均有吃回扣、贪污、提供虚假发票报销等行为。花老吉虽是私营企业,但经济犯罪是不分什么国营私营的,如果到公安局经侦大队报案,照样能判个十年八年。齐东野说:"我不同意吉鹏这么做,毕竟女婿背后是女儿,与吉鹏都是亲姐弟,这样手足相残的事不能干。但可以把这些证据拿给他们看,让他们彻底退出花老吉的经营,就靠吃10%的股权分红,他们也可以过得很好了。假如两个人不愿意退出,那么通过股东大会选举,也可以把他们选掉。到时候,花老吉就是吉鹏当家,实现权力的和平交接。"

吉鹏这些年跟在齐东野身边耳濡目染,学会了不少权谋,所以并不急于表态,反而表示仍由老爷子继续当家。

经过小半年的股份制改造,花老吉管理层的权力转移顺利实现。

齐绮的女儿谢丽韫一岁的时候,齐绮向齐东野提出,她不想再在高校教学了,想到商界尝试一下。齐东野刚一开始以为女儿在开玩笑,后来看到女儿是认真的,便道:"你有这个想法,我真是求之不得。老爸的产业不多,你随意挑一个板块先历练历练。"但齐绮却说,她不喜欢吃老爸锅里的菜,她想自己新辟一个文化遗产旅游项目。齐东野二话没说,便给了她一笔启动资金,由她折腾去。

2019年3月,齐东野差点儿遭受牢狱之灾。有人实名举报齐东野的公司不仅偷税漏税,还有做假账、向北溟市领导行贿、侵吞国有资产等问题。在立案之前,市公安局便通报了北溟市纪委。北溟市纪委首先约谈了齐东野。齐东野非常坦然,就相关情况做了说明,还让律师出具了详细的报告，并坚决要求市公安局经侦支队立案调查，以还他一个清白。

后来,北滇市公安局把调查结果上报纪委,举报的罪名一项都不成立。市纪委领导便要求对诬告者展开调查,结果发现幕后整齐东野的另有其人:一个是北滇县委原副书记李卓,当年齐东野推荐常务副县长曾辉接任县长,让他一直怀恨在心;另一个是现任北滇县政协副主席贺家树,他的女婿在齐东野任北滇县纪委书记时被"双开",自己求情再三齐东野也没给他面子。他们看齐东野辞官后生意越做越大,还在北滇做了不少有影响的项目,便妒火中烧,指使几个在北滇已经走下坡路的小老板联名举报齐东野。纪委查明此二人诬告事实后,发出通报,李卓和贺家树被免职,降为副科级。

被诬告事件发生后,齐东野毫发无伤,还收获了当地对他更高的赞誉,但齐东野还是心情沉郁了好几天。他反躬自省,发现自己一味低调也带来了负面效应。于是,他又重新出任了新月集团董事长,金色夕阳医养中心董事长的职务也一并兼任。

第六章

　　齐东野经商成功之后,曾经也和其他老板一样有过做慈善的想法:给家乡捐款,修桥铺路,或捐助希望小学。后来,齐东野的路子便改变了。他不再企慕慈善的虚名,而是想办法把慈善之事做实,做得一点儿也看不出是慈善来。比如,他的心之力教育集团,向北溟市各学校无偿赠送互联网名师课程,使乡村孩子在网上便能享受到全国最优质的名师资源;比如,他不去直接向贫困村扶贫,而是在县城开建农民新村,既接纳整村易地搬迁的农民进城落户,又让农民住上能买得起的房子;比如,他建起的医养中心拿出 20% 的资源解决农村老人养老难和看病难问题;比如,他开办的一条龙学校拿出 30% 的资源优先解决农村留守儿童就学问题。

　　2020 年春节,齐东野把父亲齐则久、母亲曹春花、姐姐齐文秀和岳父、岳母都接到医养中心过年。梁兵、扈海棠夫妇把扈冬菊带来了,也把师姐麻紫云请来了。陈青娥的母亲还不到八十岁,不愿来,齐东野再三请求,也接来了。齐东野给吉世荣打电话,问他愿不愿到医养中心过个年,没想到他一口答应,与老伴儿一起来了。县人大、

　　　　　　　　　　　　　　　　　　　　　　　东野三世

县政协退休多年的老领导,子女不在身边的有五六位,齐东野也派人把他们接来了。老人们参观了已经启用的养老客房,看了医疗保健等设施,又看了周边的环境,都很喜欢,说到了走不动的那一天,就来这里养老。

本来计划老人们在这里过个团圆年之后,再在这里过个正月初一,初二就都回去的,可突如其来的新冠疫情把这些老人都留了下来。其实被迫留下来的不止这些老人,齐东野夫妇和两岁多的小儿子陈续也回不去北京了。

大年夜晚上,黄花溪飘了一场小雪,使这块远离喧嚣的地方更加静谧。年夜饭在一个大厅里,共摆了满满三大桌。齐则久特别高兴,一直抱着小孙子不放手,还端起酒盅非要小孙子舔一舔。小孙子还真就舔了一口,辣得小脸儿通红,皱起眉头做痛苦状。曹春花骂齐则久老不正经,一把把小孙子夺过来,赶紧塞给他一块糖吃。老领导们都很开心,酒喝得不少,话也很稠,都感谢齐东野这么多年来还想着他们这些已经没用的老家伙。当然,在总体欢快的气氛中,姐姐齐文秀最让人难过,她目光呆滞,一言不发,饭菜倒吃得不少。齐东野跟老父亲说,过节后就让姐姐在这里留下来。老父亲说,也好,也好。

齐东野跟岳父梁老汉连喝了好几杯,梁老汉默默地一口一干,岳母则已是清泪满面。他们在心里为女儿梁燕妮感到悲楚:女婿是好女婿,可惜燕妮没那么大福分,竟早早走了。幸亏孙子孙女不停地闹着给爷爷奶奶敬酒,才冲淡了二老心中的感伤。

吉世荣夫妇也提出要住进医养中心,让齐东野大感意外。齐东野说:"这个我做不了主,即使我同意,吉鹏和你两个女儿能同意?"

吉世荣说:"我就一直想找这么一个地方,风景又好,住得又好,医疗保健条件又好。反正我赖上你了,你推不掉的。"

齐东野说:"好好好,你老吉想什么时候来就什么时候来。"

疫情防控期间,日子过得飞快。齐东野为保障已经住进来的五百多位老人不感染病毒,天天消杀,天天给老人们保证营养,天天给老人们测量体温,让老人们习惯每天都戴口罩。到了3月初,医养中心没有出现一例疫情病患。

不觉已是春暖花开。一天齐东野与陈青娥在归来书院的两棵玉兰树下观花,鸽羽似的玉兰花才开到一半。齐东野突然感到陈青娥的肚子有点儿大,腰也有点儿变粗。齐东野故意开玩笑说:"咦,莫不是怀孕了吧?你这体形近来可有点儿不大对劲啊。"陈青娥说:"怎么,这么快就嫌我老了,体形不好看了?都怪这疫情,活动得少了,整天吃了睡、睡了吃,还能不胖啊?我早就知道至少长了四斤肉了。"

陈青娥也心下狐疑,从去年下半年起,已经绝经两年的她,大姨妈忽然又光临了,可近两个月再没来,她还以为是回光返照呢。她本想去检查检查身体是不是出了毛病。难道还真的怀孕了?那可就成笑话了。

一旦怀疑起来,陈青娥便感到妊娠反应似乎都有了。她瞒着齐东野,悄悄找扈海棠去要试纸。扈海棠说,干脆让医生抽血检测一下,以打消疑虑。

结果陈青娥还真是怀孕了。齐东野惊喜得简直要跳起来。陈青娥则是骄傲而忐忑:五十三岁的女人还能怀孕,让她生出作为女人的骄傲,而她又纠结:到底要不要生下来呢?她不是为自己作为一个超高龄产妇担心,怕难产,而是怕生下的孩子不够健康。人们不是都说吗,高龄产妇生的孩子会走两个极端:或者是天才,或者是傻子,这就说明有50%的风险。

齐东野晚上兴奋得把陈青娥抱了起来,举了两下,体力便有些不支。他说:"没想到老婆这么厉害,在这样的年纪还送给我如此美好的礼物!"陈青娥神情娇媚地说:"哪里,还是你厉害,是齐东野大人厉害!"陈青娥略带愁绪地说,"可人们都说高龄产妇生孩子会有50%的风险啊,我们是不是也得考虑一下?"

东野三世

齐东野斩钉截铁地说："我早考虑好了，上天赐给我们的孩子，我们必须要！你要做的就是把宝宝好好地健康地生下来。"

齐东野每天的功课，就是陪陈青娥沿着黄花溪散步。他以前一直想不明白书圣王羲之为何对鹅情有独钟——舍得用一卷《黄庭经》去换道士的一群白鹅？他脑子里灵光一闪：莫非就因为鹅是白天鹅的今世？因为鹅是人类驯化的动物中最高贵的飞鸟？溪水潺潺，澄澈透明，映出天上的白云。他们缓缓地散步，陈青娥缓缓地移动，他就像领着一只大白鹅。走过一行银杏树，走过几棵白皮松，走过几棵金银木，走过一簇簇红白黄各呈其艳的月季花，他从未体验过岁月是这般静好。远处，医养中心的老人们有的也在散步，有的则坐在轮椅上晒太阳。吉世荣在莲月湖边垂钓，不一会儿便钓上一尾鲤鱼，他取下鱼钩，重又把鱼儿放进水里。鱼儿唰的一声不见了，好久才在一枝红莲下冒出头来。湖边的翠柳密叶中是否藏着黄鹂，他不知道，但自从医养中心开办以后，便经常有一群白鹭飞临湖上，在阳光下浴水，用长长的喙剔羽，见人不惊。他也并不遗憾归来书院依傍的小山不高，缺乏"窗含西岭千秋雪"的意境，他有"门泊东吴万里船"呀——他的生意比万里船还要兴盛！

第七章

　　与齐东野再婚后,陈青娥曾经有一段时间总缠着齐东野,非要他承认他就是一个"始乱终弃"的男人。陈青娥说,他们第二次见面到河中小岛上去,是齐东野的主意。齐东野矢口否认,说自己以前真不知道有那个小岛。陈青娥一口咬定,齐东野就是蓄谋已久把她带上了那个小岛,因为他当时带了几张旧报纸,他们就是坐在报纸上脸对脸地吃起了鸭蛋。齐东野看到红心鸭蛋的油沾在陈青娥菱形的嘴唇上,竟掏出一张皱巴巴的废稿纸要帮她擦,她没有让,而是拿出自己那方香喷喷的粉红色手绢给了他,因为他的嘴上沾的鸭蛋油更多。可齐东野竟然把她的手绢装进了裤兜,趁她一脸愕然的时候,很粗暴地吻了她,连她唇上的油也一舔而尽,还恬不知耻地说味道真好。而且齐东野背她涉水过河的时候,她的脚也并没有崴,是他居心不良,故意要背她,嘴里还说出猪八戒背媳妇那样的话。后来她才明白,齐东野在背她的过程中,手也很不老实,不仅故意摸了她的小腿,还趁机拧了她的屁股一把,只不过是轻轻地拧,分明有试探和引诱的意味,她还下意识地叫了一声。

东野三世

齐东野说,陈青娥的记忆混乱而且颠倒,有许多是无中生有的捏造,但陈青娥却说她的记忆是分毫不会错的。后来,齐东野送给了她一支钢笔,本来想扔掉的,拧开帽头一看,笔头很好,试了试,就不舍得扔了,何况齐东野还随赠了一瓶满满的未开封的蓝墨水。齐东野纠正说,他绝对没有送她墨水。陈青娥就说,他就是送了。陈青娥说:"这一支钢笔和一瓶墨水,让我知道了我和你的差距,所以后来的许多年里,我就不服这个事,我从此不断地学习、进修,不断地追赶。我就想,梁燕妮不就一个中专生吗? 我读完电大大专,又读了电大本科。后来到北京,你要我报 MBA 班的时候,我知道你心里根本就没有瞧得起我,只是想让我混个 MBA 身份,增加点儿人脉而已。可你怎么也想不到,我是真的把 MBA 读了下来,所有的课程都是优秀,我的文凭货真价实。你知道我的基础是那么差,但我就是一点点都补上了。为此吃了多少苦,只有我自己知道。"陈青娥不无幽怨地说。齐东野爱怜地抚摩着陈青娥的头发和脖领说:"这是何苦来哉!"陈青娥说:"不,这就是我,我要让你知道,我不比梁燕妮差,也不比你齐东野差。"齐东野说:"缫丝厂是美女窝,陈青娥是最美的那一朵,当年第一眼我就被你迷住了。""不,没有迷住,"陈青娥不依不饶地说,"要是迷住了,你就不会抛弃我选择梁燕妮。"

　　外界关于齐东野当年毅然决然辞官,一开始的猜测大多是为了下海赚钱,但两年之后,当人们得知陈青娥也去了北京之后,人们的猜测便转向了。一些人恍然大悟地说,齐东野辞官不单单是为了下海,而且是为了与陈青娥私奔。但他们私奔得多么隐秘而巧妙啊,谁都看不出来。齐东野后来听到这些传言时,只觉得荒唐可笑,因为那时他绝对没有想到这些,他就只是想逃离仕途而已。但陈青娥却一本正经地告诉齐东野,她听到这些传言时一点儿也不感到奇怪,认为这种传言真的是高人的推断。齐东野说:"为什么你竟相信?"陈青娥说:"对呀,我就是相信! 2006 年你跟我说要我把总部搬到北京之

287

时,我就信了,我就认为这是齐东野给我发出的信号——要约我一起私奔的明确的信号!所以我没有任何犹豫,三个月之内就办好了所有的一切!"齐东野说:"唉唉,误读信息是多么严重的事啊,如果不是后来——现在我娶了你,那我在你心里不就成了天下最大的骗子吗?"陈青娥说:"你还以为你是什么好东西呀?你就是一个大骗子,你说是不是?你只要承认你当初辞官就是为了和我私奔,我就不再说你是个大骗子……"

东野三世

第八章

　　齐东野近几年越来越让人看不懂:他回到北溟县,以陈青娥的名义控股了北溟制药公司,以梁兵的名义成功打造了花与画艺术小镇,有点儿头脑的人都知道背后的实际控制人是齐东野。齐东野现在公开的身份就是金色夕阳医养中心董事长、维鲸投资公司董事长。他是归来了,一年有近半年时间住在北溟,但在北京、上海、深圳、成都、苏州、海南也都设立了归来书院,这些书院相当于他云游不定的"行宫"。

　　齐东野虽然"归来",但似乎也看不出有陶渊明那样的归隐之意。不是吗?他的确是每天都潇洒着,可也每天都在忙碌着。经营上的事,都交给职业经理人团队去干了,遇有决策大事,他随时召开一个视频会议就解决了。他储备的投资项目,看上去五花八门,有人工智能,有互联网教育,有无人机,还有商用卫星;有金融科技,有物联网,有新能源电池,还有农作物种子。他在海南有个育种基地,繁育出了北溟高粱、北溟萝卜、北溟白菜种子。他创办的归来书院也很奇葩,是一手抓国学,一手抓科学,跨界得一塌糊涂。归来书院办了不同的沙龙,吸引了各路精英参与:文化大师,上下五千年,在此商量旧学,培养新知;产学研三界高手,紧盯全球科技创新最前沿的理念,一个个两眼放出攫取的光,在碰撞交融中火花四射。齐东野作为组织者、参与者,在倾听中发现先机,在先机中把握商机,使许多科学家与创业者的奇思妙想和异想天开变成了一个个可以落地的项目。

越来越多的创业者聚拢在齐东野身边,他既是他们的天使投资人,更是他们的导师。他曾提醒过自己,固然一个人最高的终极追求大概就是精神教父,但一旦以教父自命,那就不仅落了俗套,而且危险。他讨厌教父之名,虽然创业者们往往把自己奉若神明。他知道自己其实什么也不是,只不过乘时代之势而为之而已。他读了很多古往今来的家书,觉得郑板桥的家书最本色、最亲切、最实在。人生所谓成功,其实都是侥幸——侥天之幸。经过这些年的商场历练,他自己的座右铭分为两部分:一是"敬胜怠义,胜欲",但义胜欲就不易做到,因为人的贪欲如下山猛虎,很难克制;二是"知其雄,守其雌",世间能达到这一点的就更鲜矣,他自己也只是能认识到但很难做到。

经商成功后,齐东野的口碑大致不错,但也谈不上有多好,他帮了一些人,也得罪了一些人。像自己姐夫姐姐之类亲戚,尤其是那些八竿子打不着的亲戚,看他做大做强了,便想到他那里谋个差使,基本上都碰了壁;一些昔日官场中的同僚或部下,或因发展不得意,或已退居二线或退休,想到公司谋个事做,他都一一拒绝了。东夏省一位地级市的副市长辞官以后,经一位领导介绍,想到齐东野的公司任副总,他也没有接受。于是他们便抱怨齐东野的无情无义,有意无意说出种种难听的话甚至诅咒的话来。齐东野公司总部的员工,北溟老乡占比极少,都是天南地北通过招聘来的。

齐东野有时也反思自己是否不近人情,因为陈青娥就跟他截然两样:她的美容业板块,80%以上的员工都是她带出来的北溟老乡,亲和力特别强,也没发现有什么掰扯不清的矛盾和问题,他们对陈青娥就像对女王一样忠诚和服从。

第九章

九九重阳节这天,齐东野为岳父梁老汉举办的个人书画篆刻展在花与画艺术小镇的一号展厅开展,场面做得很大。梁老汉仔细瞅着大红横幅标语"著名农民艺术家梁石公书画篆刻展",竟怀疑起这个梁石公是不是指自己。梁老汉本名叫梁三石,十七八年前他开始学习书画篆刻、写古体诗,他拜的第一位老师——油葫芦村的井南坡,收下他送的两瓶老酒,便给他改了这个艺名,说:"你是石匠出身,有了这个名号,以后就是文人了。"齐东野为老丈人办这个展览,帮他实现人生的一大心愿,其实更多的是因为梁燕妮。

中午,齐东野在北溟县最豪华的五星级酒店世纪南华设了专宴。各级领导两桌,艺术界名家四桌,媒体三桌,亲友团三桌。齐绮和谢鲲专门带着女儿赶来祝贺,为梁老汉送上一个大大的红包。不少名家大咖,在展览大厅现场挥毫,留下了墨宝。一大早,梁大娘便为梁老汉穿什么衣服而犯愁。她备好了唐装、西装、中山装三样,难以抉择,最后梁老汉自己选了中山装。席间,气氛热烈。市文联主席一再赞扬,说梁老是终生不离乡土的新一代齐白石,书画印三绝,是中国当代农民艺术家的一面光辉旗帜！梁老汉红光满面，一头短粗浓密的白发雪亮如银。他喝了一斤多酒，有八分醉意，却无半点儿醉态。大家尽欢而散，梁老汉把每一位来宾都恭恭敬敬送到酒店门口。

送走最后一位客人，梁老汉还没忘记叮嘱齐东野："不要忘了告诉那些记者，我不仅是书画印三绝，更是诗书画印四绝！"

齐东野笑着说："老爷子你就把心放在肚子里，我都一一交代好了！"他心想，人之好名也如好财，年龄再大也是如此。

进入农历九月，梁家的喜事还有一桩，可谓喜从天降。梁兵这些年的收藏，一直以书画为主，其他藏品虽亦不乏珍品，但对于瓷器，他常常以无镇馆之宝为憾。看着拍卖会上不断爆出冷门，他或因财力有所不逮，或因犹豫失之交臂。前天，他寻寻觅觅数年之久的一件宝物，终于如愿以偿地搞到手了：他用一张明代衡王的"响泉"古琴和黄胄的七匹驴，从一位老藏家手里换得一只珐琅彩碗。这珐琅彩碗全称是乾隆御制杏林春燕图碗，侧面有乾隆御笔行楷题诗："玉剪穿花过，霓裳带月归。"

也许这喜从天降太过突然，竟引出乐极生悲的事来。梁兵自得了这宝碗，天天把自己关在幽古春秋博物馆最里头的一间密室里，把玩，静观，时而大笑，时而号啕，时而怒骂，时而狂舞，已经整整三天了，不吃不睡，看上去已经疯魔。

当梁兵的助理汤圆——汤彬，一米六的小个子，从脸到身体都像一个汤圆——来医养中心第三次报告扈海棠的时候，扈海棠才意识到问题的严重性。她详细询问了梁兵疯魔之状的每个细节，然后叫上齐东野，一块儿往幽古春秋博物馆赶去。扈海棠自责说，一年多来，她一直在医养中心忙活，对于梁兵收藏的事一向不闻不问。她隐约觉得梁兵近年来心态不大正常，也许名气大了后人就膨胀了，眼里只盯着最好最贵的藏品，想把世上所有顶尖的藏品都揽入怀中，这当然是不可能的。世界上实力再强的个人收藏家做不到，即使是

东野三世

顶尖的博物馆也做不到。但梁兵却陷入这个怪圈走不出来。因此，他的博物馆虽已是国内十大名馆之一，他却越来越不满意，成就感越来越差。

汤圆用密码打开密室，齐东野和扈海棠走了进去。梁兵视而不见，头发蓬乱如草，脸色红得像涂了胭脂，仍然不错眼珠地盯着那件宝贝。扈海棠摸了摸梁兵的脸，梁兵没有反应。齐东野说："梁兵，走，咱们出去吃饭去。"他似乎听到了，却只是嘻嘻地笑，也不作应答；宝碗紧紧地捧在手中，生怕别人抢了去。齐东野想，这不是办法，便向扈海棠使了个眼色。他从后面抱住梁兵，说："听话，把宝贝放下，我们吃饭去。"梁兵说："我是天下第一，是不是？"齐东野说："是是是，你梁兵是天下第一，不是天下第二。"扈海棠看梁兵稍稍有些放松，便出其不意地一下把宝碗从梁兵手里夺了过来，高举过头顶，对要前来争夺的梁兵说："退后，你要过来，我就把碗摔了。"梁兵迟疑了一下，似明白非明白地说："借你个胆，你敢摔？你舍得摔？你知道这值多少钱吗？苏富比拍卖行，一样的东西，一点二五亿！啊——哈哈，我好心疼啊，心疼那张明代古琴，心疼黄胄的驴啊。"说着就哎哎哎地学了三声驴叫。

扈海棠脸色气得红中透白，大叫一声道："梁兵，你还是执迷不悟吗？你搞的什么狗屁收藏？那都是别人留下的东西！你不是个画家吗？这些年你画的画在哪里？"

梁兵醉酒一般自言自语说："老子是天下第一，就是天下第一！"

突然，随着清脆的一声响，那只小巧、美丽的宝碗，被扈海棠使劲摔碎在靠近门口的地面上。密室地面大部分铺了红地毯，只有这块地面是实木的。碗上的燕子、杏花，顿时香消玉殒，变成了一块块碎片，有几块碎片还跳到了地毯上。

梁兵应声倒地，口中哇哇地吐出几口又黏又稠的黄痰。扈海棠变魔术一般，从袖中抽出金针，在梁兵头上唰唰唰扎了三针。不一会儿,梁兵便睡了过去。齐东野和汤圆一起把梁兵抬到车上。齐东野问扈海棠:"真的不用送医院吗?"扈海棠说:"不用,送医养中心。"

在医养中心医院,梁兵调理了半个月,渐渐神志清醒,眠食正常了。扈海棠除了给他进行针灸调理,煎汤药,对他的态度却冷如冰霜。梁兵慢慢忆起事情的经过:自己得宝而喜,喜极而疯,然后是扈海棠把宝碗摔了,一个多亿的宝碗没了。至此,他反而平静了,竟然不再感到痛苦,简直是咄咄怪事。要在过去,他肯定会把扈海棠撕了——那些收藏的宝贝才是他的命啊!

梁兵的一对龙凤胎在青岛国际学校就读,每个周末都来看爸爸。梁可以温柔地问他:"爸爸,你得的是什么病啊?"梁迅不等爸爸回答,抢着说:"妈妈说了,你得的是疯病,是贪病!妈妈说你太贪了,贪得无厌!"

梁兵无言以对。

东野三世

第十章

在齐东野的计划之中，自己年过八旬的父母和年龄相仿的岳父、七十多岁的岳母，是都要住进医养中心养老院的。可他怎么也没想到，一百个情愿的父母待了一个月就待不下去了，而一开始死活不愿来的岳父岳母却安营扎寨住了下来。

齐则久和曹春花住进养老院之后，看到儿子预留了那么大一块地种菜种花，喜欢得不得了，便想大有作为一番。中心规定这些地块是各自认领、自主种植，齐则久却自作主张，独出心裁，任命自己当生产队长，让老人们归他统一管理，土地统一种植。他武断地指定，某片地只能种黄瓜、西红柿，某片地只能种芸豆、茄子，可是有几位老人非要种韭菜、菜花、芹菜、芫荽、草莓；齐则久推荐大家用某某号的蔬菜种子，可多数老人却选择另外几种种子；齐则久推荐大家种茉莉、鸡冠花、菊花、香艾、月季，更多的老人却愿意种玫瑰、格桑花、凌霄、一丈红、虞美人、玉簪花。他还从家里找回了当年生产队时候的一口破钟，挂在一棵玉兰树上，要求大家每天早上六点半听到钟声准时集合出工。大家谁也不认可他的种植计划和种植品种及技术,说到底就是根本不认他这个自封的生产队长,结果听他的"社员"只有曹春花一个。后来他明白了,这些到此养老的老人,绝大多数是县里、市里的退休干部,其中有七八位是原来的农业局局长、农技站站长。他认为自个儿是种田务农的老把式,可这些退休干部根本没把他当回事。齐则久很生气,跟这些人说不到一处,也干不到一处,天天心里别扭,过了一个多月,就离开了黄花溪,跟曹春花一起打道回府,回齐家庙老家去了。

梁老汉和梁大娘却快快乐乐地住了下来。梁老汉办了个书画班,有百十号老人参加学习。梁老汉一副教授派头儿,教得很起劲,学员们学得更认真。梁老汉不断给学员们鼓劲:"等你们画得有模有样了,我让我女婿给你们办个展览。"在每次上课之前,他有一个例行的科目,那就是打开一本很老旧的《唐诗三百首》,先让三位退休的老太太一人朗读一首,自己再摇头晃脑地念一首自己作的诗,其中名句有"而今稻菽千重浪,只见野老荷锄归"之类。梁老汉将此美其名曰"学书学画先学诗"。梁大娘参加了秧歌队,每天两个脸蛋子抹得姹紫嫣红,两把扇子舞得呼呼生风,日子过得其乐融融。

有几次,梁大娘去梁老汉的书画班"探班",只见梁老汉倒背双手,来回巡视,不时对正在作画的学员指指点点。梁大娘发现,梁老汉对一位学员——六十多岁的退休县工会主席韩凤英特别上心,手把手地教,教她怎么画线,怎么点染,一双大黑手与一双小白手纠缠在一起很久。韩凤英还经常走上讲台向梁老汉请教,请教的时候,两只眼睛对着梁老汉一扑闪一扑闪的。

梁大娘看在眼里,记在心里,当天晚上便向梁老汉发难:"你这老汉怎么越老越不正经?"梁老汉道:"我咋不正经了?"梁大娘说:"今天我都亲眼看到了,你对那个女工会主席是不是有什么想法?告诉你,你什么想法都不能有!"梁老汉怒道:"简直胡搅蛮缠,不可理喻!"梁大娘说:"从明儿起,我天天在你的书画班坐堂,免得你晚节不保犯错误！"梁大娘还真的就到梁老汉的书画班天天坐堂了。可坐堂之后，两个人还是天天吵。最后吵到齐东野那里，让他评理仲裁。齐东野说："清官难断家务事，胡乱猜疑伤自己。岳母大人，这样好不好，以后，你也不用天天去坐堂，我们在教室里安上监控摄像头，你要不放心时，可以每天晚上调出视频来看一遍。"梁大娘一听，顿觉满意，从此两个人各忙各的，虽难免言来语去仍然有所吵闹，但大体上也算相安无事了。

偶尔到北滇县南部山区的甜水井小学给孩子们上一堂语文课，是齐东野最开心的事。他这时身上没有任何附加的光环，他就把自己当成一名普通的乡村教师。他不带课本，也不做什么PPT课件，他就一支粉笔拿在手里，滔滔不绝地讲。毛泽东的"老三篇"和《曹刿论战》《出师表》《兰亭集序》《赤壁赋》《醉翁亭记》《岳阳楼记》等名篇，他仍能背得行云流水。每堂课讲完，黑板上留下他那北滇县最漂亮的一手板书，宛如落在青草池塘里的一群白鹭，学生和老师们都珍惜得一个星期舍不得擦掉。

考虑到陈青娥毕竟是高龄产妇，齐东野8月便把她送回了北京一家最好的月子中心。其间，陈青娥出现过妊娠糖尿病和高血压症状，让齐东野很有些紧张。陈青娥倒不大在乎，水果、面食照吃。护士们限制她打电话的时间，可公司一大摊子事，一天接几十个电话是常事。对每月的财务报表或一些重要文件，她也必看必批，月子中心其实已变成了她的办公场所。

一天夜里，陈青娥决定为未来的小宝宝织件毛衣。齐东野说："这么多年没动手了，何必受这个累？"陈青娥说："我乐意。"于是把一个红色的毛线团抛在他手里，他们便面对面地捯线团。这时齐东野的眼前便忽然恍惚起来：三十多年前在齐绮出生之前梁燕妮灯下织毛衣的情景顿时再现，好像梦境一样清晰。他的思想开了一会儿小差，陈青娥问他："想什么呢？"齐东野收回神思，道："没想什么，想起了自己第一次出差住旅馆的事情,那时真的好笨好傻啊。"

陈青娥头微微仰起,笑意盈盈地听着。齐东野说:"第一次住旅馆,闹了两个笑话。洗澡,都脱光了,直接拧开水龙头,左旋,妈呀,出来的全是凉水,浑身一个激灵;赶快右旋,这回好了,全是滚烫的热水,后背都烫红了。又不好意思问服务员,折腾了小半夜,才把水温冷热调匀。刷牙,那小牙刷和小牙膏第一次见,好可爱,可牙膏怪,怎么挤也挤不出来,干脆用牙咬。这个错误一直持续了两年之久,后来我想,这样费劲肯定不对,于是再三琢磨,才发现牙膏帽里那个小尖尖并非无用的摆设,用它一扎,牙膏就出来了。我就奇怪,自己是不是天底下最笨的人?任何旅馆对此两项都不会有使用说明,但是不是所有的人都无师自通?还是都像我一样的心理,羞于去问,却装得像懂得似的,然后通过自己的摸索才得以解决?"

陈青娥开心地笑出声来,用两个指头轻轻地刮了一下齐东野的脸颊说:"原来,齐县长曾经也这么笨得可爱啊!"

"那你有没有过这样的经历呢?"

"我吗?呵呵,不告诉你。"

…………

他们幸福而平静地等待着一个新生命的到来。

后 记

　　十七年前,我的第一部长篇小说《边界》发表,被《检察日报》《大众日报》连载,彼时的我,最大的感受是释放的快意和确切的自信;而今,《东野三世》即将付梓,这是我的第二部长篇小说。此时我的心境更加笃定,感受到的只是从容与通透,无论是对文学创作和人生、社会的理解与把握,都已臻于更自觉、更自由的阶段。

　　我很庆幸并感激自己的新闻职业,它给了我广袤的视野、丰厚的阅历以及对时代更直接、更敏锐的感知。我也满意于自己的执着,小时候的文学梦想从未泯灭、从未弱化,它一直在我身上不断地成长,以拔节和分蘖的形式疯狂地成长。上初中的时候,从家乡县城文化馆门口和门口的展示橱窗前走过,我那时便萌生了当作家的念头。当到了高中,读完《水浒传》《三国演义》《西游记》《红楼梦》之后,我竟已不满足于着迷于那些非凡的人物和故事,竟有时用手探测和掂量这些名著的分量,其重几何? 并揣想部头这么大的书,里边的内容作者是如何装在脑子里的? 又是如何一个字一个字地写出来的?

　　如果说,《边界》已经在自觉地为官场精英提供文学上的"心灵读本",侧重于划出"欲望的边界";那么,《东野三世》则在更高的维度上实现了超越,它试图为所有的社会精英提供一个文学上不一样的"心灵读本",着重于表现"人生的价值选择和风险选择"。因此,《东野三世》绝不仅仅是主人公齐东野辞官下海、把一生过成三世的传奇,而是对社会精英在时代大潮下人生选择困境的繁复透视和考量。一些读者热衷于探求"《东野三世》是不是有某某某的影子",对此,我的确乐于接受来自读者的见仁见智的批评和建议,但对于这些猜测或"对号入座",既理解不了,更不敢苟同。小说是虚构的艺术,本人郑重声明,我的小说创作纯属虚构,从没有任何直接或间接的"原型"。至于不少读者称,读我的小说有很强的"代入感",不仅整体上产生共鸣,而且在很多章节感同身受,"看着看着就哭了",对此,我认为这是读者对我最大的褒奖。

每一位作家的成长,都有一个从不自觉到自觉、从自觉到自由的过程,也就是有一个从必然王国到自由王国的超越。我的小说创作也经历了并且仍然在经历着这样一个过程。看重对于人性的深度挖掘,善于从人的社会关系和时代层面解读现象背后的逻辑,敏于捕捉日常生活细节的无限戏剧性并借以推动情节的发展,努力发现并呈现世俗人生稀有的美好,这是作者自觉的艺术追求。

在《边界》的"后记"里,我曾宣告已经创造了自己的基地——一个成熟作家所有作品的孵化基地——我的北溟,如同福克纳作品中那个邮票大小的故乡和马尔克斯的马孔多。《东野三世》是我北溟系列长篇小说的第二部,今后还将有更多的作品陆续推出。自从有了我自己的北溟,我便成了北溟这个独一无二的世界里真正的王者,一切在这里凝聚,一切在这里生发,我可以自由地创造,自由地驱遣,大千世界、人生百态、万般武艺,尽情挥洒,红雨随心翻作浪,青山着意化为桥。北溟,我一手构建的神奇雄阔的小说国度,必将瓜瓞绵绵、蔚然大观地开枝散叶。

　　　　　　　　　　　　　　　　　　东野三世

感谢《当代》原主编孔令燕老师,感谢百花文艺出版社,感谢李勃洋、李靖、俞胜、刘祚臣、王洪岳、逄春阶、王乐成、李学广、谭炳华、高冰等好友,他们的大力支持和帮助,使本书得以顺利出版。特别感谢著名书法家崔寒柏先生,他亲自为本书题签。